U0737636

海岛女民兵

黎汝清◎著

中国言实出版社

图书在版编目(CIP)数据

海岛女民兵 / 黎汝清著 . -- 北京 : 中国言实出版社, 2021.1

ISBN 978-7-5171-3668-2

Ⅰ . ①海… Ⅱ . ①黎… Ⅲ . ①长篇小说—中国—当代 Ⅳ . ① I247.5

中国版本图书馆 CIP 数据核字（2020）第 272957 号

出 版 人 王昕朋

责任编辑 李 岩

责任校对 史会美

出版发行 中国言实出版社

地 址：北京市朝阳区北苑路 180 号加利大厦 5 号楼 105 室

邮 编：100101

编辑部：北京市海淀区花园路 6 号院 B 座 6 层

邮 编：100088

电 话：64924853（总编室）64924716（发行部）

网 址：www.zgyscbs.cn

E-mail：zgyscbs@263.net

经　　销 新华书店

印　　刷 三河市华东印刷有限公司

版　　次 2021 年 1 月第 1 版　2021 年 1 月第 1 次印刷

规　　格 710 毫米 ×1000 毫米　1/16　16 印张

字　　数 257 千字

定　　价 65.00 元　ISBN 978-7-5171-3668-2

黎汝清，中共党员。1979 年加入中国作家协会。著有长篇小说《海岛女民兵》《皖南事变》等，儿童文学集《秘密联络站》，诗歌散文集《在祖国的土地上》

等，电影文学剧本《长征》等，评论集《黎汝清研究专集》等。曾获全国第二届图书奖金钥匙奖、全军第三届文艺新作品一等奖、1988年华表奖、第二十一届《大众电影》百花奖等。

2015年2月25日在南京逝世，享年88岁。

目录

第一章

在时代的列车上

这是一九六〇年的春天。

由北京开出的13次特别快车，轰响着向南飞奔。温暖的东风吹动着绿色的窗帘，轻拂着乘客们的面颊。

我乘坐的第10号车厢的全体旅客，都是出席全国民兵代表大会的代表。我们每个人的怀里都抱着一支崭新的半自动步枪。这些枪是在大会上中央首长代表祖国和人民亲自赠送给我们的。在我来说，抱着这支枪，就像怀抱着我们的海岛，怀抱着我们的祖国，怀抱着幸福美好的岁月。抱着这支枪，我不由得感到肩头的责任加重了，身上的力量也增强了。

我们同车的代表，有闽南、闽北的老赤卫队员，有浙南游击纵队的游击队员，有平原、山区和沿海岛屿的男女民兵。车厢里真是热闹极了。在短短的会议期间，我们建立了亲密的战斗友谊。在不久就要分手的时刻，有多少话要说呵！有的在讲过去的斗争，有的在谈当前的工作。年轻的民兵们情不自禁地唱起了《民兵之歌》：

我们是民兵，
个个思想红，

保卫祖国建设祖国，
嗨！处处显威风。
生产是能手，
打仗是英雄，
能文能武全民皆兵，
嗨！力量大无穷……

歌声从车窗口飞出去，好像整个江河山林田野和我们一齐放声高唱。我的心被这歌声激动着。

初升的太阳正照耀着五光十色的大地。我们的祖国有多大呵！她好像没有边沿！——你看那嫩黄色的秧田，绿油油的麦地，墨青色的远山，淡蓝色的流水呵！——你看那工厂、矿山、学校、城市和村镇呵：牛羊在山坡上吃草，拖拉机在田野里奔跑，每当我们火车驶过的时候，在田野里劳动的人们把锄头拄在手里，对我们亲切地微笑，向我们热情地招手。

遍野鲜花，阵阵芬芳的香味扑进窗口，沁人肺腑；我深深地呼吸着。

我把脸紧贴在车窗上向外看。看呵看呵，腰杆儿扭疼了，脖梗儿扭酸了，我还是目不转睛地看；再有十只眼睛也不够用。

在我来开会之前，有人给我介绍过祖国大陆的面貌，我也做过很多很多的梦。当今天我亲眼看见她的时候，我才知道我们的祖国比我在梦里所见到的，真要美好上百倍千倍！我想：如果叫我们岛上的民兵都来看看祖国的大陆，该有多好！我们有这样一个伟大美好的祖国，我是多么自豪呵！作为祖国的儿女，为了祖国的一切，如果需要我献出生命，我是不会有丝毫犹豫的！我要把这一切都记在心里，回去讲给民兵连的姐妹们听，讲给岛上所有的人听，叫他们分享我的快乐和幸福。

我仍然目不转睛地看着雄伟壮丽的山河。我的心紧紧地贴着祖国的大地！我的眼睛不知不觉地被激动的热泪所湿润了。

坐在我对面的是一位体格健壮，脸上挂着慈祥、温和的微笑的老妈妈。她是早年浙南游击纵队的女游击队员刘秀珍同志，现在她是平阳县东风公社的党委书记。

这次开会，我们分在一个小组里。她的一言一行都给了我宝贵的启示和教育。我崇敬她，爱戴她。

现在我们又面对面地坐在一个车厢里。我暗自发现她在观察我，她以慈母欣赏爱女的目光盯着我。我还是兀自望着窗外，好像一个又饥又渴又贪馋的人，要把窗外的一切一口吞下。

她忽然牵牵我垂在茶几上的辫梢，半真半假地说："海霞，你可真是个小滑头呵！"

"小滑头"这个"尊称"把我吓了一跳。老实说，有生以来，别人还是第一次这样"奉承"我。

我奇怪而又惊讶地回过头来，呆呆地望着她。

她笑眯眯地说："眼睛干吗瞪得那么大？还不承认？自从开会以来，你总是听别人讲，求别人说，光带耳朵不带嘴，把别人的'宝'偷去了，自己的呢？却一点也不往外露！"

原来为了这个。我舒了一口气，也笑眯眯地回答她："大婶，我没有什么好讲的，你使激将法也没有用。"

她说："你讲讲你自己，也讲讲你们的海岛吧。"

我固执地说："真的没有什么好讲，我们的工作比人家差得远哩！"

你们想，在这些老游击队员面前，叫我讲我们的民兵，这不明明是"鲁班门口抡斧头"嘛。我怎么好意思讲呢？

"海霞，骄傲不好；你的谦虚也未免过分了！你们岛上的民兵工作搞得好，这不是你个人的事，这是党领导得好，是毛主席伟大军事思想的胜利。你从别人的报告中也受到了教育，你把你们的事迹讲出来，对大家同样也有教育意义呵，这和居功夸耀完全是两码事嘛！"

坐在近处的代表们都同意秀珍大婶的意见，期待地向我围拢过来，我很为难。秀珍大婶又启发我：

"我问你，你爱不爱你们的海岛？"

"爱，这还用问吗？"

"你爱不爱你们的民兵？"

"当然爱，我离开这半月，已经梦见她们七八回了。"

"为什么爱？"

"为什么？一时难说清楚。"我不由得把辫梢在手里绕来绕去。

“海霞，你想一想，你们那里是海防前线，人们是多么想知道你们海防前线民兵们的生活和斗争呵！”

其他代表，也以催促的眼光看着我，鼓励我说话。

是呵，我是觉得有很多话要说。我心里的确有一种自豪感，为我们的海岛自豪，为我们的民兵自豪，正像歌子里所唱的：“谁为祖国而战斗，谁就会得到无上的荣光。”这句话恰当地形容了我们民兵的心情。我希望人们都到我们小岛上去看看。

当你踏上海岛的第一步，你就会看到，我们岛上的男女民兵，紧握着枪杆，站在陡峭的巉岩上，警惕地守卫着祖国万里海疆。浪涛扑击着他们脚下的礁石，飞溅起丈多高的浪花；海鸥在他们身边飞翔。他们姿态雄壮，目光威严，使你立即感觉到“铜墙铁壁”四个大字化成了有生命的形像矗立在你的面前。

在离码头不远的地方，就会看到我们的军民友谊水库。当然它和京郊的十三陵水库比起来简直算不了什么，但它是我们全岛军民用双手造起来的，我们是在“平时保证旱涝丰收，战时保证不缺水源”的口号鼓舞下，在一个冬天把它修起来的。每块石子儿上都有人民解放军和我们女民兵的汗水和指纹。你也看看我们围垦的海塘，这几百亩海塘里的水稻比海水还要绿。在荒山坡上是一片连一片的幼林。当海潮退尽的时候，你就会看到成万组的海蛎石，每年要收三百多担海蛎肉。你也到织网厂里去看看，姑娘们的手有多么灵巧；这会使你相信，世上没有什么她们织不出来。

当你一踏上海岛，你会听到优美动人的渔歌。在旧社会，是一声渔歌一滴泪；可是现在的新渔歌里，充满着多少幸福、欢乐和战斗的热情呵！

那观潮山虽说海拔只有二百多公尺，却十分雄伟秀丽。它是我们同心岛的制高点。如果你沿着弯曲的山路攀上山顶，你就会在密密匝匝的剑麻丛中，发现纵横交错的壕沟和星罗棋布的掩体，这就是我们民兵连的阵地。

在观潮山的怀抱里，就是我们的榕桥镇。现在新增加了几排住房和渔业仓库；白色的墙壁，灰色的瓦顶，使渔村变得更加整齐漂亮了。

东榕桥和西榕桥分散在山坡上，好像一把椅子，观潮山是椅背，村子就是伸向两面的椅圈把手。村前就是葫芦湾，湾口很小，湾身大而弯曲，恰像个葫芦。出去湾口六七百公尺，就是虎头屿，它像一面影壁挡住葫芦湾口，大风吹不进来，所以葫芦湾是一个很好的避风港。夜里渔灯通亮，桅杆就像落叶树林一样难以数清。潮水一退，村前是一片平平的沙滩。

东西榕桥之间有一道山沟。山沟中有棵古老高大的榕树。它枝叶茂盛，像一团墨绿色的云彩，夏天是乘凉的好地方；它的须根横跨山沟两壁，像座天然的拱桥，榕桥镇就是因此而得名的。

每当夜间，我们在沙滩上巡逻，到观潮山上放哨。当天将放亮的时候，我们就喜欢站下来看看海上日出。当然我们不是为了欣赏景致，而是初升的太阳给我们带来一种感情。在东方由淡青色慢慢变成鱼肚白的时候，黎明就来了。鱼肚白慢慢变成胭脂红，一会儿就成桔红了，几朵霞云飘过，渐渐露出一点光亮，慢慢上升，一条线，像梳子，半圆形，接着就滚出一个大火轮来，把东半天照得火红，眨眼之间，它已被几朵金云托离了水面，放出耀眼的金光了。海水也变成了金黄色，荡漾着向脚下涌来。朝阳升得更高的时候，霞云就给我们的海岛披上一层水红色的轻纱。渔村升起了炊烟，渔船像展开翅膀一样的升起帆篷，向着初升的太阳驶去……

每当这时，我就觉得我们的小岛好看极了。每一块石头、每一棵小草都惹人喜爱，都变得极其漂亮，都闪着耀眼的光辉，这就是因为有了太阳。这时我就联想到，我们的祖国，我们的生活以至我们的生命，不正是有了伟大领袖毛主席和伟大的中国共产党的光辉照耀，才变得这样美好吗？我觉得我们的心就和北京连在一起，枪杆也握得更紧了。这一山一水、一草一木都是我们民兵的心头肉，我们绝对不能让敌人来动它一下！

但是，我还是更希望人们看看我们的民兵。每当螺号吹响，呜——嘟嘟，呜——嘟嘟，民兵们立刻放下手里的网梭、怀里的孩子、肩上的担子，披上弹袋，提起步枪，来大榕树下集合，快得就像是一阵旋风把她们卷了来的。她们穿着色彩斑驳的衣衫，拿着各式各样的武器：有从日本鬼子手里夺来的“三八式”步枪，有“运输大队长”蒋介石送来的美制“汤姆式”，有我们国产的“五四式”。当然，我们那些不够年龄的见习民兵们还扛着鱼叉。

我也很希望你们能和每个民兵认识。你们莫要嗔怪那个体魄强壮的女民兵，怪她因为背着孩子，把整齐的队形给破坏了。这就是我们的一排长阿洪嫂。她是三个孩子的母亲，是民兵连里有名的女金刚。

也莫要小看站在阿洪嫂身后的那个黄毛丫头，别看她又瘦又小，可是劲头却很大。她叫陈玉秀，以前她是见了毛毛虫都要吓得哇哇叫的。有人曾经预言：

“这个听见爆竹响也要捂耳朵的丫头，是不会成为民兵的。”可她现在是我们的优秀机枪射手。在一次射击比赛之后，军分区司令员扯扯她的小辫儿惊奇地说：“真看不出，你还有这样几下子！”她现在变得天不怕地不怕了，只有记者给她拍照的时候，她才又怕又慌，直向人们的背后躲藏。

那个身段苗条、脸儿很秀气的女民兵，她叫黄云香，是一个又文雅又安静，又耐心又细致的姑娘，是同心岛有名的渔歌手，是我们女民兵连里的女秀才。如今她已经出嫁了，但不常到婆家去，因为不愿意离开我们的女民兵连。在出嫁的晚上，她忽然抱住我哭着说：“海霞，我怕！”

“你怕什么？”

“我怕有一天会离开我们的女民兵连，那我会难受死的！”

她把我也说得难过起来。我说：“好在你婆家离这里不远！花名册上给你留着名字就是了：我们民兵连也舍不得你呵！”

当我回想我们民兵的时候，我们的引路人方书记的高大形像就出现在我面前，我们的每一个进步都是和他分不开的。还有苦大仇深的老一辈人：温和细致、深思熟虑的德顺爷爷，倔强耿直、粗犷威武的旺发爷爷，他们都焕发着革命的青春。我要介绍的人物是太多了，我恨不能一口气把他们的事迹都讲给大家听。……

只要你踏上我们的小岛，你就会立即感到我们的小岛充满着战斗的气氛。你就会看到：在插秧的田头架着枪；在织网的滩头架着枪；在渔业队的船头架着枪；在小孩子们的肩头扛着红缨枪。我们岛上的男男女女老老少少，对毛主席人民战争的伟大战略思想，都有比较深刻的理解，对敌人都怀有刻骨的仇恨。在这充满战斗气氛的小岛上，人人都热爱枪。不管春、夏、秋、冬，不管风、雨、阴、晴，枪，日夜不离身边，枪，时刻挂在心头。毛主席“兵民是胜利之本”“枪杆子里面出政权”的伟大教导，深深扎根在人们心间。

夜里，我们在沙滩上巡逻，眺望着大海，大海浩瀚无边，汹涌澎湃，掀起万顷波澜。我的心绪也随着大海的波涛，激荡翻卷；我仿佛看见了人民战争的汪洋大海，看到了淹没一切敌人的汪洋大海；在毛主席人民战争的光辉思想照耀下，我仿佛看见，我们伟大祖国有亿万支警惕着的枪杆，日夜保卫着无产阶级红色政权，保卫着社会主义红色江山！

秀珍大婶坐在我的对面，其他民兵代表挤在我的身边，他们在等待我讲讲我们的海岛和民兵连的姐妹们，也讲讲我自己，因为我是她们的连长，也是她们中间的一员。

但是，我向他们讲些什么呢？又从哪里讲起呢？我在回想着。

我回想起我自己，也回想起我们民兵连，这些年是怎么成长起来的，是怎么走过来的。我们是一步一个脚印地向前走，像一个初学走路的孩子，在母亲的教导下，一步一歪地走：有时害怕了，畏缩了，想向后退，母亲鼓励我前进；有时跌倒了，母亲把我扶起来。在旧社会，我是一个没有用的人，是“瞎子”，什么也看不见，是“哑巴”，什么也不会讲。这些年来，党给我擦亮了眼睛，使我心里充满了光明，我不仅看到了我们的海岛，看到了祖国，也看到了全世界。

这些年来，我在工作中有斗争胜利的欢乐，也有遭受挫折的痛苦。正像人们说的：“海上行船有一帆风顺的时候，在工作中却没有风平浪静的时候。”我叹过气，流过泪，也灰心丧气过，但是因为有伟大领袖毛主席和我们亲爱的党，鼓励我、帮助我、引导我，我才战胜了种种困难，迎着时代的暴风雨，向前走，勇敢地向前走。……

我对秀珍大婶和其他民兵代表们说：“好吧，如果大家要想知道我们岛上的人民在旧社会里所受的深重的苦难，和我们民兵是怎样在斗争中成长起来的，就听我一一从头讲起吧。”

第二章

——

阿爸和我

旧社会，在我们小小的同心岛，就有两家渔霸三家渔行。渔民把他们叫作“两把斧头三把刀”，正像渔歌里唱的：

有活路莫来同心岛，
同心岛渔民苦难熬。
头顶两把杀人斧，
胸对三把剐骨刀……

就在这种世道里，我一生下地，先感到的是饥寒，一开始懂事，先知道的是仇恨。

我家姓李，阿爸的名字叫李八十四，谁都说这是个奇怪的名字。这里面包含着多少痛苦和辛酸呵！这些事情是我长大后从阿妈嘴里知道的。

我们祖祖辈辈都是讨海人，有钱人家骂我们是“咸水牛”。我那爷爷和奶奶，不分春夏秋冬，一年到头出海捕鱼，风里闯，浪里钻，还是吃不饱穿不暖。在阿爸十二岁的那一年，爷爷生了病，不能出海捕鱼，家里断了炊，奶奶对阿爸说：“你去挖点野菜来下锅吧！”

阿爸摇摇头，坐在门口哭起来了。

奶奶很生气，怪阿爸不体谅大人的难处，偷懒！她把破竹篮儿丢到阿爸脚边生气地说："你去不去呵！十二岁的人了，不懂事的东西！"

阿爸还是不动，泪水扑簌扑簌地往下流。奶奶正要举手去打阿爸，忽然听到街上有人唱起了渔歌：

山葱苦菜无处寻，
观音土早挖干净，
花莲子菜连株吞，
茅节节根当点心。
没法混，
小娃卖到福建去，
小娘卖到沈家门……

奶奶一听才知道野菜都挖光了，错怪了阿爸。有什么办法想？总不能看着病人饿死呵！奶奶一狠心，就把阿爸押给了渔行主陈逢时（也就是渔霸陈占鳌的父亲）家当渔工，换来了一百斤番薯丝。背回家来一过秤，只有八十四斤，奶奶气得直哭，跺着脚骂这些没心肝的渔行主。她一把抱住阿爸说："孩子，你爸病着，别怪妈狠心。"

阿爸说："妈，别说了，我懂事了，给他家当渔工的也不是我一个！"

奶奶送阿爸走出门去，哭着说："你可要记住这笔账呵！"

阿爸说："妈放心，我忘不了这仇，就像我忘不了姓李一样！"说完就头也不回地往陈逢时家走去，他怕让奶奶看到他的泪水呵！

到了渔行里，阿爸往柜台前面一站，渔行主陈逢时就用文明棍点着阿爸的头说："小鳖崽你来了，看你瘦得像个猴子，准是个只能吃不能干的家伙，你叫什么名字呵？"

阿爸恶狠狠地说："我叫八十四斤！"

"什么？什么八十四斤？"陈逢时奇怪地瞪着阿爸。

"八十四斤番薯丝！"阿爸咬牙切齿地回答他。

"哈，哈，哈，……"陈逢时明白了阿爸的意思，大笑了一阵说，"你还不满意呵，老实说，穷鬼不值半文钱，八十四斤番薯丝就是便宜了你！”

这个悲惨的故事一下子就在全岛传开了。“八十四”就成了阿爸的名字，这是仇恨和苦难化成的名字。八十四斤番薯丝，这就是一个渔工的身价呵！

我出生那年，爷爷奶奶早已去世，阿爸阿妈也都是四十开外的人了。按说生下我来，两位老人应该喜欢，可是我生下来是多余的。当时岛上溺婴的事情很多，重男轻女是几千年来阶级压迫、封建迷信遗留下来的恶习，生下男的拼死拼活也把他养大，生下女的就放在脚盆里溺死。儿媳妇生了女孩，全家都不高兴，做婆婆的就在气头上把孩子溺死。可是，我的爹妈怎么能有这样狠心，溺死自己的亲骨肉呢？

阿妈说：“拼死拼活也要把她养大，是男是女总是自己生的！”

可是阿妈吃野菜和番薯叶，怎么会有奶水呢？我饿得直哭，死咬住阿妈的奶头，连血都吸出来了。

阿爸无可奈何地说：“孩子哭得实在可怜，要养也养不活，我看还是送给人家吧！”

阿妈同意了，她一边用衣服包裹着我的身子，一边流着泪对阿爸说：“可要挑个住得近些的好人家，以后还好常去看看！”

阿爸苦笑了一下，抱起我，在门外站了很久很久，然后叹了口气，顺手拖着门口的一个洗脚木盆就向沙滩上走去。正是涨潮的时候，阿爸就把我盛在木盆里，放在沙滩上。阿爸说：“孩子，你到大海上去吧，活了命算你有福，活不了也别怪爹妈，谁叫你错投了胎来呢！”

当时我哭得很厉害，阿爸又说：“你还哭，你是不想走呵；在这个恶世道里，你活着也只有受苦受罪，去吧！没有什么舍不得的。”

阿爸一步一回头地离开了沙滩。这时正是涨潮的时候，潮水一浪赶一浪地扑向滩头，眼看就要扑到木盆边了，阿爸又转身往回里跑，想把我重新抱在怀里，我的哭声像把挠钩一样抓住了阿爸的心呵！他下了多大的决心才没有把我抱回家。

阿爸从沙滩上回来，一屁股坐在门口的石头上，两手抱着头，呆在那里，像个石头刻的人。他不敢到屋里去见阿妈，头越垂越低，都垂到两腿中间去了，连刘大伯站在他的面前都不知道。

这位刘大伯也是陈占鳌（这时陈逢时早已死了）家的渔工，为人耿直，秉性刚烈，是个“冻死迎风站，饿死不弯腰”的人。海上的本领谁也比不了他：识水性，懂鱼情，辨风向。别人打不到鱼，他能打到；刮着七八级大风，别人不敢出海，他敢出海。在渔工中他的威信最高，是渔民兄弟们的主心骨，连陈占鳌也怕他三分。他和我阿爸是生死之交。

他晃晃手里的酒瓶子说：“李老弟，你怎么了？我给你贺喜来啦！”

阿爸这才抬起头来，伤心地说：“刘大哥，穷人家生了孩子算得了什么喜？叫我送给海龙王了。”

“嘿！你呵！”

刘大伯急忙把酒瓶向阿爸脚边一丢，一口气跑到沙滩。

这时潮水已经托起了木盆，我在潮水的波浪上漂荡着，刘大伯纵身扑进潮水，把我抱了回来。他有点埋怨地望着阿爸说：“富人家的孩子是人，穷人家的孩子也是人，一定要养活她！”

阿爸苦笑着说：“难道我就不愿养活她？她妈没有奶，让她喝海风长大？”

刘大伯沉思了一会儿说：“有办法，叫你嫂子给石头断奶来喂她！”不等阿爸回答，他就抱着哇哇啼哭的我，大步流星地跑回他家。

石头是刘大伯的独生儿子，这时才一周岁。刘大妈给他断了奶，就来喂我。刘大妈为我吃了多少苦，受了多少累呵！待我比亲生的还要亲。

当阿妈来看我的时候，刘大妈说：“你这做妈的，快给这小东西起个名儿吧！”

阿妈想起了阿爸那奇怪的名字，一阵心酸，说：“穷渔工家的孩子，还要什么名儿？丫头呵妮子地叫着吧！省得像她阿爸一样，叫起来让人伤心。”

刘大伯说：“不，我们人穷志不穷。人家说穷人生来就是下三辈，我们非给这孩子起个好名儿不可！”

阿妈说：“这孩子的命是你从海上拾回来的，你就给她起一个吧！”

刘大伯一口一口地吸着旱烟袋，回忆着说：“我从海上抱她回来的时候，太阳刚刚升起来。满天红霞正在海上飘着，我当时想：这孩子是会有福的。就叫她海霞吧！”

第三章

——

秤杆里的秘密

我的童年是悲苦的。但是，我还不懂得仇恨，不懂得忧愁。我有我的欢乐：阿妈用她的破棉袄给我改了件小棉袄，尽管棉絮又碎又旧，已经不暖了，我还是觉得又好看又暖和；如果吃一餐番薯做的稀饭，我也觉得又香又甜；人家有一个母亲，我却有两个——刘大妈比亲妈还要亲，并且还有一个哥哥，当别的孩子欺负我的时候，石头哥哥总是来保护我。其实，并不是每次都需要他，我自己也能保卫自己。

石头哥哥十三岁的时候，在我眼里，他简直成了大人了。虽然他比我只大一岁，可是什么事我都听他的。差不多我们每天都在一起，一道去铲海蛎、拾海菜、扒海虾，到观潮山上去打柴……

石头哥哥是个硬性子，是一个“山塌不后退，浪打不低头”的人，胆儿大得出奇。有一回，海花的柴刀掉到悬崖下面去了，海花在哭，别的孩子也没有办法。石头哥哥说：“哭有什么用？不会下去拿上来？”

有的孩子探头望望足有两丈深的悬崖说：“你狠什么？你敢跳下去，就算你胆大！”

“跳就跳！”

石头哥哥立即纵身跳了下去。他把柴刀扔了上来，自己却爬不上来了，因为他跌伤了腿。幸好德顺爷爷也来打柴，用捆柴的绳子把他拖了上来。

德顺爷爷一边给他裹伤，一边心疼地说："你这个愣小子，以后别干这些傻事情了！"

石头哥哥却说："这次我没有跳好，下次跳个不跌伤的给你看看！"

德顺爷爷笑笑说："你呵，和你阿爸一个样，真是块石头！"

我很喜欢石头哥哥这种脾气。

有一天，我和石头哥哥去拾番薯叶，很快就拾了一大堆。我们是多么高兴呵！小小的心灵真容易满足，如果碰巧捡到一块刨剩的番薯，那就比拾到个银碗还喜欢。

我们装好了筐，高高兴兴地往家走，迎面碰上了渔霸陈占鳌。他穿着青色的长袍，黑缎马褂，戴着大礼帽，一步三摇地走到我们面前，他胖得像一头肥猪，又粗又短的脖梗儿都胖没了，圆滚滚的小西瓜般的脑袋，就像安在两个膀子上。两只贼眼，骨碌骨碌地直转，好像随时随地都在搜寻着什么东西。他身后跟着他的账房先生尤二狗。

陈占鳌用他的文明棍戳戳我们的筐，又敲敲石头哥哥的头说："小鳖崽，这番薯叶子是从我的地里拾的吧？把它送到我的猪圈里去！"

石头哥哥横了他一眼，没吭声，还是低着头照直向前走。

这一下可惹恼了这个"渔霸王"。他紧赶了几步，举起文明棍，对着石头哥哥的头打了下去，并且辱骂道："你的耳朵里塞了狗毛吗？你这个小鳖崽！"

石头哥哥还是一声不吭，他把筐往地上一摔，猛不防一把夺过陈占鳌的文明棍，一头提在手里，一头抵在地上，用脚当腰一跺，"咔嚓"一声，文明棍成了两截。

陈占鳌气得发了疯，他对尤二狗说："二先生，你把这个小鳖崽给我绑起来！一条小泥鳅，还想成龙啦！不给他点厉害尝尝，他还不知道海水是咸的！"接着几脚就把竹筐跺了个稀烂。

石头哥哥一边挣扎一边骂，可是，还是被绑起来了，头也被打得出了血。我吓慌了，站在旁边只是哭。

石头哥哥瞪瞪眼呵斥我说："海霞，真没有用，光知道哭，你为什么不帮我打！"

就在这一年的春节，冬汛终了，渔民们谢了海，都准备过年了。

刘大伯、李双和叔叔还有我阿爸，三个人经常在我家悄悄地商量事情。开头，我还以为他们是商量春节后出海的事情呢，原来是另外一件事。我很好奇，一边给他们烧水，一边支起耳朵听。

阿爸说："今年我们不能像往年那样忍欺受骗了，我们是不见兔子不撒鹰，陈占鳌不答应我们的条件，我们就坚决不出海。工资还是要发，拖欠的鱼钱也得给，不然我们出了海，家里人怎么活？"

双和叔说："若是陈占鳌不答应呢？"

刘大伯说："我们要把渔工和贫苦渔民串连起来，不答应条件不出海！这次非和陈占鳌算算账不可！我算把陈占鳌看透了，他的心越来越狠毒，他不把我们渔民的血汗榨干是不甘心的！"

我一听是和陈占鳌算账，心里有说不出的高兴。在给他们端茶的时候，我对刘大伯说："和陈占鳌算账的时候，可要记住，把我们那筐番薯叶要回来！那个竹筐也要叫他赔！"

刘大伯笑笑说："小海霞，陈占鳌欠我们的债，算也算不完，可不光是一筐番薯叶。"

我奇怪了："陈占鳌还欠我们的债？"

"对，他欠我们的债，……"刘大伯把茶碗接在手里，忽然又问我，"小海霞，你会唱渔歌吗？"

"当然会。会唱很多很多呢！"

"唱个给我听听！"

大人们竟要听我们孩子唱歌，我高兴极了，拉开嗓门唱道：

什么鱼出世两条须，
什么鱼出世没眼珠，
什么鱼出世傻呆呆，
什么鱼出世滑溜溜？
乌贼出世两条须，
海蜇出世没眼珠，

刘大伯不等我唱完，就说："海霞，你唱的这个没有意思，我教你唱个有意思的好吗？”

“好！好！”我高兴地跳跳脚拍拍手。

接着他就教我：

捕一万斤鱼，
流了多少汗，
过过秤变成六七千，
压压价变成四五千，
拖拖期变成两三千，
吃个倒账两手空，
眼泪只好往肚里咽。

这算什么渔歌呢？刘大伯真会逗人。我顽皮地说：“刘大伯编的不好听，又不好唱，才没有意思呢，我不唱，我不唱！”

刘大伯像对大人一样认真地和我说：“海霞，你还不知道我们渔民的苦处，‘四六行’剥削我们还不算，他们还和冰鲜商勾结起来，在海上过秤，过秤后不给现钱，给一张水票（凭单），等汛期终了，再去结账，用压秤、压价、拖欠这些鬼办法，一层一层剥削我们……”

“为什么把渔行叫四六行？”我听不大懂。刘大伯就给我解释：“比方说，我们打了十条鱼，叫陈占鳌拿去六条，我们只得到四条，所以我们渔民把渔行叫作‘四六行’。就这四条鱼的钱，陈占鳌还拖欠着不给我们。物价一天一个样，上午能买一斗粮的钱，下午就只能买八升了。钞票越来越不值钱，等他把钱给我们的时候，四条鱼的钱就变成两条鱼的钱了。陈占鳌家为什么那么富？就是我们的血汗养肥了他！”

“那怎么不跟他要回来呢？”

“陈占鳌有钱有势，单单几个人斗不过他。众人拾柴火焰高，要把大伙都联合起来，才能斗倒他。”

“你叫我唱渔歌有什么用？”

“有用，你一唱，渔民们就懂了，知道谁剥削我们了，大家就会齐心。你一个人唱还不行，你不是有很多小朋友吗？你把她们都教会，唱歌的人不就多了吗？”

真想不到，唱渔歌还有这样大的用处。我是个急性子，说唱就唱，丢下茶壶，立即跑了出去，连水也不给他们烧了。一会儿我就把我的好朋友们都叫到了沙滩上，什么瘦高个儿云香呵，小胖姑娘海花呵，黄毛丫头玉秀呵，……都找来了。

我们都很喜欢唱，可是唱得最好的还是云香姐。她的嗓音好，说起话来像个银铃铛在响，唱得又动情，有时唱得大人们都落下泪来。她不仅会唱，还会编词儿。刘大伯教的词儿经过她一编，忽然变得好听了：

捕一万斤鱼哟，
流了多少汗呵嗨，
压秤压价又拖欠哟，
万斤鱼变成了两三千呵嗨，
吃个倒账两手空哟，
眼泪只好往肚里咽呵嗨！
……

我们唱呵唱呵，满街上到处都是我们的渔歌声，连男孩子们也都会唱了。

这一天我们在街口上唱渔歌，德顺爷爷和旺发爷爷正在太阳地里吸着旱烟聊天，他们把我叫过去，问道：“小海霞，你们的渔歌唱得好，唱的都是渔民心里的话，这是谁教的呵？”

“是我们自己编的呵。”我吞吞吐吐地说。

他们当然不相信我们自己会编出来。旺发爷爷拉我过去，不满意地说：“小海霞，爷爷又不是坏人，你干吗还瞒着我？”

我为难了，到底说不说呢？我不愿意在这两位好爷爷面前撒谎，我说：“是刘大伯不叫我说嘛！”

旺发爷爷忽然笑笑说：“好，不叫你说，你就不要说呵。”

到了晚上，刘大伯、阿爸和双和叔正在商量事情的时候，忽然旺发爷爷和德顺爷爷都到我们家来了。

他们一进门就对刘大伯说：“要和陈占鳌算账，有我们两个一份！”

刘大伯奇怪地说：“你这是从哪里听说的？”

旺发爷爷说："是小海霞告诉的呀！"

我生气了，连忙否认说："不对，不对，我才没有告诉你呢！我是说刘大伯不叫我讲嘛！"

大家一听，都哈哈哈哈放声大笑起来。后来我才明白我说漏了嘴。大人们的心眼可真多！

德顺爷爷说："海霞，你们渔歌唱得好是好，就是有点不过瘾。陈占鳌这狗娘养的，敲我们的骨头，吸我们的血，非把他编进去不可，我给你再编上几句。"他接着唱道：

陈占鳌是吸血鬼哟，
渔民的血汗全榨干呵嗨，
不发工钱不出海哟，
大伙快来把账算呵嗨……

坐在一旁织网的阿妈，一听把陈占鳌也编到渔歌里去，就担心地说："你们能不能斗过陈占鳌呵？人家有钱有势，听说他和'黑风'还是拜把子兄弟呢！"

提起"黑风"海匪，渔民们总是把他当成凶神恶煞。岛上有句俗话："提起'黑风'，胆战心惊；大人发抖，小儿吞声。"就是说夜里小孩哭，只要说："'黑风'来了！"小孩就吓得不敢哭了。有的渔民出海之前，祭海的时候，总是祷告："娘娘有灵，保佑别碰到'黑风'。"也有的渔民若是打赌发誓，也说："若是我说话不算话，叫我出海碰上'黑风'。"

"黑风"海匪不光是凶狠，而且很狡猾。渔民们没有一个认识他的，他行劫杀人的时候，自己从来不出面。就是他自己亲自出马，也从不露真形，都是戴着黑色面罩。他们来去无踪，住的巢穴也是迁移不定。有一次听说他为了和陈占鳌拜兄弟，曾在葫芦湾口外的虎头屿住过，那时吓得岛上胆小的人们白天不敢出门，夜里不敢睡觉，窗口不敢透出灯光，烟囱里不敢冒出炊烟！

"黑风"到底是什么样子？连最老的渔民也不清楚。人们都把他当成妖魔鬼怪，像一股黑风一样，刮来刮去，就是在海上遇上大风暴，有人也说这是"黑风"海匪使的妖法。

阿妈这一提，我见双和叔把头低了下去，我也不由得害怕起来。

刘大伯说：“要吃鱼鲜，就不怕下海。前怕狼后怕虎，什么事也干不成。”

阿爸也说：“这条路也是陈占鳌逼我们走的。拼死总比饿死好！我们绝不能三心二意。”

双和叔犹犹豫豫地说：“就怕大家心不齐。”

阿爸说：“陈占鳌有钱有势，又狠又毒，确是个不好惹的家伙，可是我们手里攥着他的把柄，不怕他不低头。若是大家知道，陈家祖祖辈辈用水银秤来坑害我们渔家，非把肺气炸了不可，哪能不齐心？”

刘大伯对阿爸说：“你说的那杆水银秤，一准可靠吧？”

“可靠！”阿爸十分肯定地说，“我在他家当了半辈子渔工，陈占鳌就是不让我动他的秤，我早就起疑心了，知道里面一定有鬼。今年春节，除夕那天夜里，我趁着陈家花天酒地大吃大喝的时候，我把那杆秤拿到仓房里，试了好几回，保管错不了。”

“那就好，”刘大伯放心地说，“等到节骨眼上，就给他揭出来，这一闷棍非把陈占鳌打蒙了不可。”

我忍不住好奇地问：“什么叫水银秤呵，这么厉害？”

阿爸说：“大人商量事，小孩子不要乱插嘴，更不要到外面乱说。”

我不服气地说：“真是冤枉人，我才不会乱说呢！”

“‘小孩嘴里掏实话’，不说也会滑了嘴，不该知道的不要乱问。”

“哼！”我还想说几句不服气的话，可是看见旺发爷爷和德顺爷爷眯起眼睛对着我笑，我就把不服气的话又咽回去了。

这一天我正在街上唱渔歌，陈家的账房先生尤二狗听到了。他皮笑肉不笑地说：“嗯……海霞，你唱得很好嘛，嗯……也唱个给我听听。”这家伙说话总是“嗯”呵“嗯”的，听了叫人恶心。我就唱给他听：

船顺水呵帆顺风哟，
阿哥打鱼在海中呵嗨，
阿妹助你一把力哟，
网网不落空……

他连忙摇头说：“嗯……不，不是这个，是你刚才唱的那个，嗯……是谁教你唱的呵？”

我故意说：“是你叫我唱的呵。”

他左问右问，我还是不说出来。他就骗我说：“嗯……你只要说出是谁叫你唱的，嗯……我就给你一块龙洋（银元），买花衣裳穿。”

果然他从袋里掏出一块龙洋来，放在他掌心里，托到我的面前。

“谁要你的臭钱！”我一巴掌把钱打在地上。

他一边拾钱一边骂道：“不识抬举的东西！以后不准你唱！”把“嗯……嗯……”都气没了。

“你管得着我唱渔歌？不叫唱，我偏唱！”于是我高声唱了起来。

他忽然扭起我的胳膊，恶狠狠地说：“你这个小丫头，要造反呵！”

我故意大声喊叫起来：“尤二狗打人了，尤二狗打人了！”

这时很多在外面晒太阳的渔民都围了上来。德顺爷爷说：“尤二先生，你这就不对了。她还是个不懂事的孩子呢，你是堂堂的裕丰渔行的大账房，这可有失体面呵！”

尤二狗狠狠地瞪了我一眼，夹起尾巴走了，人们放声笑了起来。……

春三月，是黄鱼汛。渔工渔民们都不出海，急得陈占鳌直跺脚。刘大伯借祭海为名，把大家召集在沙滩上。他对渔民们说：“陈占鳌不发工钱，我们不出海；不先给粮食养家，我们不出海；以后再压秤压价，抬高粮价，我们不出海！……”

大榕树下都站满了人，我们那些唱渔歌的孩子们也都来了。陈占鳌右手提着崭新的文明棍，这根比石头哥哥给他踩断的那根更粗更亮，大摇大摆地走到大家面前，说：“乡亲们，我姓陈的从来没有亏待过大家，压低鱼价这并不是我的错，这是冰鲜商的事。如果鱼价高了，他们不要，鱼不烂到舱里才怪呢！……”

阿爸在人群中大声说：“这是你们和冰鲜商串通好了的，压价四成，各分两成！……”

陈占鳌一道凶狠的目光横向我阿爸。他说：“李八十四，你能拿出证据来吗？说话可要凭良心！”不等阿爸回答，他又接着说：“拖欠工资，我也是不得已，冰鲜商不给我鱼钱，我陈占鳌也生不出钱来。我比大家还着急呢，你们看，这就是我向冰鲜商催钱的信件和电报，……你们看……”他摇晃着一把五颜六

色的纸头。

闹闹嚷嚷的人群，像一锅沸水突然被浇进了一瓢冷水，一下子沉默了。

陈占鳌一见他的花招发生了效力，一按自来火，“啪”的一声，点上了一支香烟。他说：“乡亲们，我姓陈的向来堂堂正正，从来没有用大斗小秤来坑害过别人，我称鱼称米都是用的一杆秤，一个筐，我称米给你们，总是秤尾翘得高高的；我收你们的鱼，总是把秤尾压得低低的，……我算对得起大家了。没有想到今天，大家反而恩将仇报，和我过不去……”

接着人群里就嘁嘁喳喳地议论起来。

有人说：“是呵，也许是冰鲜商拖着钱不还，陈占鳌哪有钱发工资呵！”

“和冰鲜商的事我们闹不清，陈占鳌过秤我们是亲眼看到的。"

“这么说，我们是应该出海了。”

德顺爷爷急得直搓手。他挤到刘大伯面前说：“有的人都泄了气了，你看怎么办？”

刘大伯说：“不要急，陈占鳌不仅是只狼，还是只老狐狸。等一下，我们就要把他的狐狸皮剥下来！”他又凑到阿爸耳朵上说了一阵，阿爸就从人群里挤出去走了，有的人也想跟着走；刘大伯说：“大家不要散，陈行主不是叫我们拿出证据吗？我们有证据！李八十四给我们拿证据去了。”

陈占鳌阴险地冷笑着说：“我也想看看你们有什么证据。”

不一会儿阿爸提了一杆大秤来。这是一杆六尺多长的红木秤。我看到陈占鳌一见拿来了秤，就像挨了一鞭子似的，脸唰地一下变了颜色。

刘大伯接过秤来，在手里掂了掂；对大家说：“大家看看陈行主是怎么照看我们渔家的吧！”

他屈起腿来，两手握住秤杆两端，狠命向膝盖上一磕，“咔嚓”一声秤杆断了，原来秤杆是空心的，里面装了水银。人们又震惊又气愤，呼啦一下子围了上去……

这哪里是秤，这分明是一把杀人不见血的杀人刀。它是陈家祖祖辈辈代代相传的发家宝。空心的秤杆里装了水银，他们收渔民的鱼时，就秤头朝上秤尾向下一捣，水银就滚到秤锤一头，看起来秤杆很低，好像少收了鱼，其实把一百二十斤鱼当一百斤收去了；若是卖粮食给渔民，他们就把秤尾朝上，秤头向下一捣，水银就滚到粮食一头了。我这才知道，奶奶用我阿爸换的一百斤番薯丝，就是这样变成八十四斤的。

这杆秤就像一股风，把大家的怒火，一下子吹旺了，呼呼地燃烧起来。哪一家没有吃过这杆秤的苦头呵！陈占鳌趁大家看秤的时候，便悄悄地溜走了。

大成婶说：“陈占鳌家真是好狠心呵！”

阿洪嫂指着陈家的灰瓦房骂道：“应该放把火，烧了这个狐狸窝！”

德顺爷爷说：“乡亲们，别的剥削不说，就这杆秤，从我们祖祖辈辈身上刮去了多少血汗呵？非和他算老账不可！”

“走！找陈占鳌算老账去！”刘大伯把半截秤杆向当空一举，人们就呼呼啦啦地跟着他，像潮水一样拥到了陈家关得紧紧的大门前。

人们愤怒地吵嚷着：“如果不开门，就把门砸烂了！”

一会儿陈家的大门开了一条缝，尤二狗从门缝里侧着身子挤了出来。他向大家深深地鞠了个躬，嬉皮笑脸地说：“嗯……乡亲们，有话好说，嗯……这杆水银秤是陈家祖上留下来的。嗯……陈行主也不清楚……陈行主顾念大家的苦处，答应大家的要求。第一，嗯……先发工资。第二，嗯……每户先发一百斤番薯丝。第三，嗯……另改新秤，保证公平交易，童叟无欺。渔汛不等人，嗯……请大家明天就出海吧！”

他嗯嗯地说完了，又从门缝里缩了进去。

渔民们提的条件都得到了满足，斗争胜利了。在回家的路上，我听到大人们也哼起了我们唱的新渔歌。我幼小的心灵，第一次尝到斗争胜利的欢乐。我跑到刘大伯的身边兴奋地说：“刘大伯，陈占鳌是怕你的。”

刘大伯笑笑，指指散乱的人群说：“不是怕我，‘众人拾柴火焰高’嘛，是怕大家！”

我又关切地问：“以后陈占鳌就不敢再欺负我们了吧？”

刘大伯说：“只要大家齐心，他就不敢啦！”

这时，德顺爷爷赶了过来，低声对刘大伯说：“别看今天陈占鳌低了头，他是看到‘众怒难犯’，怕吃了眼前亏，背后他可把你们这几个带头的恨死了，以后可要当心点，这个狼心狗肺的东西，是什么坏事都能干得出来的。”

这些话提醒了刘大伯，他说：“大叔，你说得对，我们以后多提防他就是了。”

德顺爷爷和刘大伯的谈话，给我满怀胜利喜悦的心情上投下了忧虑的暗影。

第四章

海鸥的翅膀为什么是白的?

斗争陈占鳌取得胜利之后，开头几天，人们都欢天喜地，心满意足。可是冷静下来仔细一想，心就慢慢凉下去了，各种各样的担心、猜测都出来了。表面上看去，家家户户都很平静，暗地里却是议论纷纷，惶恐不安。

“陈占鳌怎么这么好制服?难道他会轻易地算了?”

“俗话说‘众怒难犯’嘛。大伙齐了心，他也怕呵，水银秤害了我们几辈子，他占不着理，不服也得服呵。”

“你当他会和你讲理?陈占鳌狠毒是有名的，他答应条件，不过是应付大家出海罢了，以后还不知用什么法子治我们哩!”

“是呵是呵，我们就看看他的下一回吧!”

渔船出海之后，接连不断地下起雨来，一天到晚淅淅沥沥，下得叫人心烦，屋子里又阴又湿，一天到晚都像黄昏;外面到处是泥泞，随处都可以听到叫人担心、泄气的议论。我躲在家里懒怠出门，阿妈坐在床上给我补衣服，我坐在当门织渔网，各人想着各人的心事。

夜深了，一盏油灯不明不暗地照耀着这昏暗的小屋，好像黑暗太重了，灯光也穿不透它。我一连织错了五个网扣，心里又烦又闷。为什么?是心里挂念着出海的人呵。我说:“阿妈，我要早些睡了!”

“睡吧！”阿妈挪动了一下身子，把一半床让了出来。

我钻进被窝，可是翻来覆去睡不着。德顺爷爷和刘大伯的那次谈话，老在我的心头缠绕着。

阿妈一边缝补衣服，一边哼着她做姑娘时唱过的渔歌，多么凄凉悲伤的渔歌呵。听了叫人难受。

我说：“阿妈，你讲点什么给我听吧。”

“天不早啦，还不睡？你不是要早睡吗？”

“心里烦，睡不着。”

阿妈想了一下说：“你知道海鸥的翅膀为什么是白的吗？”

“白的就是白的呗，还为什么？”

阿妈说：“这里面有道理呢，我就给你讲讲海鸥的翅膀为什么是白的吧。”

于是阿妈就开始了她的悲惨的故事。她说：

“从前，有一个很穷的渔家姑娘，名字就叫渔姑，模样儿长得很俊，心儿很灵，手也勤快，就是性子刚强了些。她织网织得比谁都快，唱渔歌唱得比谁都好听。她有一个没成亲的丈夫，是个年轻的打鱼人，名字叫渔郎。

“当地有一个大渔霸，早就看中了渔姑，夜思梦想要娶她当小老婆。有一天趁渔郎出海的时候，他就派他的大管家来引诱渔姑说：‘只要你如了老爷的心愿，你就成了有福之人，吃不尽的山珍海味，穿不尽的绫罗绸缎，用不完的金银财宝，享不尽的荣华富贵。……’

“渔姑织着网，连头也不抬，看也不看狗管家一眼，就唱了一段渔歌回答他：

渔霸家里，
绸缎满箱金满柜，
点点滴滴，
沾满穷人血和泪。
渔霸生来心肝黑，
凶似虎狼恶如鬼。

“大管家听了，回府向渔霸一回禀，把渔霸气了个头发昏，就派狗腿子们抢

走了渔姑的网、衣裙、家具，然后把她从家里赶了出来，在门上贴了两张大封条。渔姑无家可归，就坐在海边上等她的渔郎回来，一边等一边唱：

渔霸抢走了我的网，
抢走了我的衣和裙，
抢走了东西夺走了屋，
渔家苦难海样深。

“渔郎从海上回来了，打回来满船鲜鱼。渔姑对渔郎说：‘我们成亲吧，省得渔霸再来纠缠。’渔郎说：‘好，我把这船鲜鱼卖了，结亲的花费也就有了。’……

“他们结亲的晚上，可真是热闹呵，全村的人都来吃喜酒。就在这时，人群一阵慌乱，渔霸带着人打进来了，把新郎新娘都绑了起来。渔霸吩咐：把渔郎抬到海边上，把渔姑抬到他家里。渔郎知道渔霸要夺走渔姑，非把他害死不可，就大声对渔姑喊道：‘渔姑！别忘了给我报仇呵！’

“果然，渔霸把渔郎的手脚捆了起来，腰里坠上几百斤重的大石头，丢到大海里去了。

“渔霸把渔姑关在他的厢房里，千方百计逼她和自己成亲，渔姑至死不肯，饭不吃水不喝，不住口地骂他。渔霸又气又急，还是没有办法；便叫他几个油嘴滑舌的姐妹来劝说，一连劝了三天三夜，还是劝不动渔姑，把渔姑劝烦了，就唱了段渔歌：

任你们说得天花坠，
任你们嚼烂舌根磨破唇；
穷人生来骨头硬，
刀砍火烧我不变心！

“她们一听，猜想渔姑还在盼望着渔郎，就说：‘你就死了这条心吧，你那渔郎早就丢在海里喂了鱼啦！你还指望什么？倒不如答应了老爷，人生在世，不就是为了吃穿二字嘛。’

“渔姑听说渔郎死了，就大叫一声，昏了过去，醒来之后又是放声大哭。……”

“真可怜！”我伤心地叹了口气。

“可怜的还在后边哩。”阿妈继续说，“渔霸的姐妹们还来逼她说：‘人死了，哭有什么用？你不答应老爷，不会有你的好日子过……’

“渔姑说：‘你们要答应我一件事。’

“她们一见渔姑松了口，高兴地说：‘莫说一件，就是十件也都依你……’”

我忍不住气愤地说：“这个渔姑变心了，软骨头！”

“你听我说嘛，别乱插嘴……”阿妈继续说，“渔姑提的这一件事，就是要一丈白绫，要一把剪刀。这就叫她们为难了。因为渔霸怕渔姑想不开寻了短见，早就吩咐，凡是刀子剪子等能伤人的铁器一律不准带进渔姑的房里。她们就问渔姑：‘你要剪刀做什么用？’

“渔姑说：‘我要给渔郎穿孝，没有剪刀怎么能做孝衣呵！……’”

我恼怒了，忿忿地说：“假若换了我呵，我就不用剪刀做孝衣，我要用剪刀扎死那个臭渔霸！”

“你真是个急丫头，你等我说完嘛！……”阿妈数落我说。

我已经对这个故事失去了兴趣，不高兴地说：“好，你说吧。”

阿妈继续说：“渔霸的姐妹们和渔霸商量了半天，总算答应了。渔姑穿上孝的第三天，渔霸等不及了，又让他姐妹来问，到底什么时候成亲。

“渔姑咬咬牙说：‘等到大海干了的时候，等到石头烂了的时候，等到我把你们那老鬼宰了的时候！……’”

“好呵，这才像话！”本来我已经听得不耐烦，真想睡了，这时精神头又来了。只听阿妈继续说：

“渔霸一听，就火冒三丈，打算强逼成亲。到了夜里，他喝得醉醺醺的，踉踉跄跄地闯到渔姑房里来了！……

“渔姑早就准备了这一着。不等渔霸来到她床边，就从枕头下摸出剪刀，冲向渔霸，朝他的喉咙窝子扎去。渔霸忙用手往上一挡，渔姑的剪刀往上一滑，就扎进了渔霸的右眼，痛得他惨叫一声，忙捂着眼逃了出去。……”

“渔姑呢？”我急急地问，这时我已十分喜欢渔姑了。

阿妈叹了口气说：“你想，渔霸家都是深宅大院，渔姑哪能逃得出去？成了独眼龙的渔霸，恨得把牙都要咬碎了，立即让人把渔姑捆起来，放在花园的亭子里，周围堆上柴草，放火烧了起来。

“全村的人见了都急得直跳脚，可是干着急，没有办法救，好多人都哭起来。忽然人们看见从火里飞出一个穿着白孝衣的姑娘来，……”

“渔姑怎么会飞呢？”我奇怪地问。

“不，她一飞出来就变了，已经不是渔姑，是长着两个长翅膀的海鸥了。海鸥的翅膀为什么是白的？这是给渔郎穿的孝衣呵。

“渔姑刚刚从火里飞出来，声音叫得很悲惨。人们不愿意叫她太伤心，就说：‘渔姑，你的渔郎还活着呢，他叫渔船从海里救上来了。’

“谁知这样一说，可把她骗苦了。她整天跟着渔船飞，嘴里不断地喊着：‘渔郎！渔郎！’找了多少年了呵，大船小船她都找遍了，找，找，可是找到今天还没找到她的渔郎。……”

我的泪水止不住地滚出来了，我觉得这个渔姑太可怜了，这个故事叫人听了很伤心，我不愿意相信，我说：“阿妈，这不是真的，这是人们编出来的。”

“为什么？”

“渔姑只有一个，可是海鸥却有很多很多呵！”

阿妈叹了口气说：“渔家的姑娘，像苦命的渔姑那样的也不只一个，也是很多很多呢。”

我在暗暗流泪，什么也不想说了。往常我还觉得海鸥的叫声很好听呢，现在我的枕边仿佛响起了海鸥的叫声：“渔郎，渔郎，渔郎！”一声一声，叫得好凄惨呵！渔姑，你不要再找你的渔郎了，好心的人骗了你，你要叫到什么时候呢？不要叫了，不要找了！

阿妈以为我睡了，收起补好的破衣服，靠在我身边睡下来，因为我的身体搐动得很厉害，阿妈忽然惊讶地问我：“唉呀，海霞，你在哭吗？”

是呵，我是在哭，我是在为渔家受苦的姑娘们哭呵！

嘭……嘭……嘭……

我正在为渔姑流泪的时候，响起了敲门声。我不由得推醒了阿妈。

“阿妈！有人敲门！”

阿妈显然也听到了，她一边披衣一边问：“谁呀？”

“是我，大嫂，我是双和呵！”

“你不是在海上吗？大伙都回来了？”阿妈边说边下了床，点上了灯。

“大嫂，快开门，出了大事啦！”

门一开，双和叔一脚闯进来，就跌到地上了。他全身是水。

“天呵，出了什么事啦！海霞，快来帮我！”阿妈慌乱地喊着。

我帮阿妈把双和叔扶在床上。到底出了什么事情？好像一盆冷水从我头上浇下来，一下子冷遍全身，连心都冷透了。

“大嫂，不得了啦！”这是双和叔苏醒过来以后的第一句话。

阿妈急忙从锅里给他舀了一碗汤，他咕咚咕咚喝下去。他的神情语气把我和阿妈都吓慌了。我接过碗还想再去给他盛汤，可是手老是打抖。

“陈占鳌勾结了‘黑风’海匪，把刘大哥和李大哥都打死了！”

“呵！”阿妈呆了好一会儿，方才明白出了什么事，一下子昏倒在床下；我吓得连哭也忘了，碗从我手里掉下地，摔了个粉碎，我的心，也和这碗儿一齐碎了。

双和叔还是呼哧呼哧地喘粗气，等阿妈苏醒过来以后，他说：“海霞，你快去找德顺爷爷来。”

德顺爷爷因为年纪大了，不能出海，就专管同心岛到东沙岛之间的摆渡。德顺爷爷一听出了这样的大事，衣服都没有披好，就跑到我家里来。

事情原来是这样：渔民们斗争陈占鳌取得胜利之后，满心高兴地出了海，又赶上渔汛旺发，不几天就打满了船。这一天渔船正载着满舱鱼鲜往回开，在虎头屿外的洋面上，忽然叫‘黑风’海匪截住了。海匪们都身穿黑衣，脸抹黑灰，一个个像黑煞神一样跳上了渔船，指名要刘大伯、阿爸和双和叔。

渔民们坚决不说出来。

海匪们用枪口对着全船渔民威胁说：“你们再不说出来，就把你们统统杀死！”

为了救全船人的性命，刘大伯和阿爸自己站出来了，刘大伯说：“好汉做事好汉当，斗陈占鳌领头的是我，和别人没有关系！”

海匪对准刘大伯和阿爸举枪就打。双和叔怔了，站在船上一动不动，不知怎么办好。阿爸忽然对双和叔喊道：“双和！快跳海！”

这句话提醒了双和叔。他一纵身跳下海去，海匪向水里打了几枪，没有打着他，他就连夜游回来了。

双和叔心慌意乱地说完了事情经过，然后说：“德顺大叔，陈占鳌这个又狠又毒的家伙是不会放过我的，你用你的摆渡船现在就把我送到大陆上去，同心岛我是不能待了。大嫂，你和海霞怎么办呢？”他转过脸问阿妈。

阿妈哭着说：“你快走吧，不要管我们了。陈占鳌这个天杀的强盗！”

双和叔犹豫地说：“还是想个办法好！”

阿妈说：“快走吧，不要磨蹭晚了。岛上不光我们，还有穷兄弟姐妹们，还有刘大嫂和石头他们，……陈占鳌再狠毒，也不能把我们这些孤儿寡妇斩尽杀绝吧？”

第五章

海上渔家

刘大伯和阿爸的死，对我们刘、李两家来说，真是塌天大祸。刘大妈和阿妈又伤心又气恨，一连几天不吃饭，全都病倒了。

陈占鳌丝毫也不隐瞒这件事是他下的毒手，并且放出风来："谁要是再不老实，刘大伯和阿爸就是样子。"

有的人听了，就像霜打的青草，一下子垂下了头，也有的人白天尽量不到我家来；德顺和旺发两个老爷爷反倒是常来我家了。他们两人都是孤苦伶仃的老头子，无牵无挂；来到我家，无非是想安慰阿妈几句，要么就蹲在锅台边一袋接一袋地抽烟，闷在那里一句话也不说。

有一次，旺发爷爷闷不住了，就不服气地说："我不信，我们就斗不过他！"

德顺爷爷磕磕烟袋，叹了口气说："光发狠有什么用？刀把子攥在人家手里嘛！"

旺发爷爷说："就不能夺过来？"

德顺爷爷接着跟上一句："怎么夺法？"

两个人又不言语了，再问就低下头去抽烟。

阿妈抚摸着我散乱了的头发，轻声叹息说："可惜海霞不是个男孩子……"

我知道阿妈的心思。难道女孩子就没有用处？我感到很委屈；但是我也承认，我没有石头哥哥那么大胆。

俗话说：“初生犊儿不怕虎。”大人们都把怒火压在肚子里，可是石头哥哥却不怕陈占鳌。他整天扛着鱼叉，等在陈家门口；每次都是刘大妈和大伙儿拼死拼活地才算把他拉回家来，并且有时对他又劝又吓地说：

“你这孩子怎么不知道好歹，这不明明是拿着鸡蛋往石头上碰吗？”

石头哥哥却发誓说：“我非把陈占鳌叉死不可！”

刘大妈没办法，只好把鱼叉给他藏了起来。

没有鱼叉，石头哥哥也不管，他是决心豁出性命要和陈占鳌拼一场了。这天，刘大妈一把没拉住，石头哥哥还是跑到陈占鳌家的大门前，用小拳头擂着黑铁叶子包裹着的大门喊道：

“陈占鳌，你这个杀人的凶手，早晚我要报仇！”

这一夜，我翻来覆去去净做恶梦。一会儿梦见陈家张筵请客；一会儿梦见刘大伯和阿爸血淋淋地站在我面前；一会儿又梦见我在海上打鱼，海浪就像小山一样压下来，一下把石头哥哥卷到海里去了；天黑得很，我怕得要死，大声叫喊起来，石头哥哥从海浪里钻出头来说：“别慌，抓住缆绳！”以后我好像到了岸上，忽然听到人们惊慌地喊道：“‘黑风’海匪来了，快逃呵！”于是我就听到人们纷乱的奔跑声。

我一震醒来，听到了人们狂乱地呼喊着：

“救火呵！快救火呵！”

睁眼一看，窗口照得发亮。这时阿妈也被惊醒了，可是她带着病的身体动不了。我从床上跳下来，连鞋也没穿就跑了出去。

起火的就是刘大妈的房子。我冲过救火的人群，拼命地向燃烧着的房门扑过去，这门是从外面锁起来的，门板上飞着火苗，人们把我拉开，用木头撞开了门。房顶已经坍下来了，山坡上没有水，等从海湾里提了水来，房子已经成了一堆火灰了，只有熏黑的墙壁向着黑色的天空，张着可怕的大口。

我拼命死喊着：“大妈！石头哥哥！”一边往火灰里扑了过去。……忽然觉着两只有力的大手从后面抓住了我。以后，我的耳朵也听不见了，我的眼睛也看不见了，只觉得像有几把钩子在绞我的心。

人们都知道这把火是谁放的，这是陈占鳌“斩草除根”的毒计！有的人在骂陈占鳌狠毒；有的还埋怨石头哥哥不该说那句报仇的话，惹来了灭门大祸；

有的对我们刘、李两家流下了同情的眼泪。

他们长长地叹着气说："唉，可怜呵，欢欢乐乐的两家人，不几天就只剩下孤儿寡妇了。"

自此以后，我是多么孤单呵！耿直的刘大伯，和蔼的阿爸，慈祥的刘大妈，还有石头哥哥，转眼之间都不见了。他们把我的欢笑，把我的希望，连同我的心一齐带走了。尤其是石头哥哥，平时无论到哪里我们总是在一块，现在我再也见不到他了。每当到海滩上去拾海蛎或是到观潮山去砍柴，我总是想起石头哥哥来，傻呆呆地愣在那里，站半天。这不是我和石头哥哥走过的路吗？这不是我和石头哥哥坐过的地方吗？一草一木，都叫我马上联想到石头哥哥。有时，我好像觉得他并没有死，他到很远很远的地方去了，又好像他离我并不远，我能看到他的身影，也能听到他的声音。但我又清醒地知道石头哥哥和刘大妈是真的死了，我永远见不到他们了。

一群海鸥在海湾里飞来飞去，"渔郎，渔郎"的叫声，又叫我想起那个渔姑的悲惨的故事。忍不住一阵心酸，就伏在石头上放声大哭起来。这时候我好像又听到石头哥哥呵斥我："真没有用，光知道哭，你为什么不帮我打！"

是的，哭是没有用的，我记起阿爸常说的一句话："伤心忧愁，不如握紧拳头！"对，人活着就要有志气，就是死，我也要站着死！我把攥紧的小拳头狠狠地捶在岩石上，心头就像有一团烈火在燃烧。

以后我哭的少了，不哭了。我唱的也少了，说的少了，想的多了。悲痛慢慢地变成了仇恨。仇恨又变成了力量。陈占鳌在我心里并不是那么可怕，而是变得更加可恨了。我想：如果陈占鳌再像那次一样夺我的番薯叶，我就和石头哥哥一样地反抗他，再也不会吓得哭叫了，如果我手里也有一把剪刀，我就比渔姑扎得更准，更有劲，非把陈占鳌扎死不可！

阿妈的病又加重了。我知道，阿妈若不是为了把我养大，她是不会活下去了，阿妈是为我活着；如果不是怕妈没人照顾，我也不想活了。但是，我不会去投海，也不会去跳崖，我要用鱼叉把陈占鳌扎死，我死也要拼上几个。每当我看见陈家那片灰色的瓦房，我恨不能化成一把火把它烧掉，变成一个霹雷把它打得粉碎！阿爸，阿妈，你们不要恨我是女不是男，你们没有白生我，也没有白养我，我能给你们报仇呵！

已经是傍晌午时分，阿妈躺在床上呻吟，我坐在床下织网。织呵织呵，不停地织，织得手别了筋，我拽拽指头再织。

阿妈说："海霞，歇一会儿再织吧！"

"我不累。"

不累是假，我怎能停手呢？家里吃的用的，就从我这个小小的竹梭上来呵！我好像从这密密的网眼里看见了给阿妈买的药，还有番薯干。累死，我也不能停手呵。

我听阿妈越呻吟越厉害，就十分难过地说："阿妈，等我织好了这张网，就去给你请医生。"

突然，柴门子一闪，陈占鳌的账房先生尤二狗钻了进来。

他嘿嘿地冷笑道："嗯……你们还有钱去请医生，嗯……日子过得蛮不错呵……"

阿妈欠起身子来说："二先生，有什么事呵？海霞，给二先生拿个座。"

我织我的网，理也不理他。一看见他那光秃秃的尖头顶和那黄鼠狼一样的眼睛，我就连骨头都觉得不舒服，一听到他那"嗯……嗯……"的腔调，全身都觉得发麻。

他装腔作势地说："李八十四不在了，嗯……他欠的陈行主的债也就一笔勾销了。陈行主可怜你们呵！嗯……不过，嗯……你们这间房子得让出来……"

我气冲冲地问："为什么要我们搬房子？"

"嗯……为什么？这是陈行主的房子，难道不能要回去了吗？嗯……陈行主要拆了它盖猪圈哩。"

阿妈故意抢白我说："孩子家，不懂事。"又向尤二狗说："二先生别见怪！"

我还从来不知道这房子是陈家的。

我咬咬牙说："等妈的病好了，就搬！"

尤二狗忽然又嘿嘿地冷笑起来。他说："嗯……你要搬到哪里去？冬天来了，嗯……你不怕把你妈冻死吗？"

"留着你的善心喂狗吧！用不着你假慈悲。你知道我们没处去，为什么还要逼我们搬房子？哼！你逼吧，大不了是个死！"

他仍然厚着脸皮说："海霞，光嘴硬有啥用？嗯……这样吧，你到陈行主家当个小帮工，嗯……房子嘛，我可以帮你在陈行主面前说说情。"

原来是以搬房子为名，逼我去给陈占鳌家当丫头呵，想得倒好！我说："我宁愿侍奉狗，也不给陈家当丫头。”

尤二狗说：“这是陈行主看得起你，嗯……小小的孩子不识抬举。嗯……跟我走吧！”他说着说着竟敢伸手来拉我。

我肚子里的怒火正往上冒，你说我不识抬举吗？哼！这就“抬举”你一下。我回头照着他的狗爪子扎了一竹梭，可惜当时我没有戳瞎他的狗眼。

尤二狗带着他那滴血的爪子走后，阿妈非常害怕。她心慌意乱地说：

“海霞，你又闯祸了！”

我忿忿地说：“死都不怕，还怕什么祸？兔子急了也咬人，搬就搬吧！冻死饿死也不给陈家当丫头！”

阿妈长长地叹了一口气说：“看来，陈占鳌对我们刘、李两家是非要斩尽杀绝不可了……”说完大声咳嗽起来。

阿妈怕我遭殃，拖着带病的身子起来收拾东西。她说：“要搬就早搬吧！”

搬到哪里去呢？阿妈也不知道。

我也收起刚织了一半的网片，忽然想到我们就要没有房子了，这间房子虽然又窄又矮又暗，夏不避雨，冬不遮风，我还是对它有很深的感情，它是我的可爱的家；搬出去，我们就没有家了，阿妈又生着重病，到哪里去找个安身之地呢？我忍不住抱着半张网片哭了起来。

“好孩子，别哭了，谁叫我们命不济来呢！”

“阿妈，我十四岁了，我知道家里穷，可是我从来没有想到，连这间破草棚也不是自己的！”

阿妈心酸地回忆说：“我们家祖祖辈辈都是这样的穷命，我是十七岁出嫁的。人家姑娘出嫁，再穷也要有一件花衣裳，可是我只有一件补了十几个补丁的蓝布袄，当时我对你姥姥说：‘没有新衣裳我不出嫁。’你姥姥伤心地抢白我说：‘十七八啦，不懂事，吃都顾不上呢，还想穿新衣裳？等你头发白了，我们也穿不起新衣裳。’

“结婚的时候，身上半旧的衣裳是借的，巴掌大的镜子是借的，连一个断了齿的木梳也是借的。到了婆家来，幸好还有一床破被盖，可是到了第三天，被子忽然不见了，心想：是你阿爸拿出去晒了？急忙跑到门外看看，没有。心不由得往下一沉：是让贼偷去了？我慌慌张张地去问你阿爸，你阿爸苦笑着说：‘是借的，还给人家了。’他接着回到屋里，从梁上取下一卷茅草苫子来，还是

苦笑着说：‘盖它吧，反正这也挺暖和。’

“后来我才知道，连我吃饭的那个白地蓝花的碗也是借的。我知道婆家穷，可没有想到会穷成这个样子，当时我一听连手里捧的饭碗也是借的人家的，泪水就啪哒啪哒地往碗里掉；你阿爸还一本正经地逗我说：‘呃，哭什么？等日子好了，我给你买上两个大花碗，一个手里托一个。’你阿爸把我逗笑了。我说：‘那就不用拿筷子了？”’

我们从草屋子里搬出来之后，到哪里去呢？本来德顺爷爷要我们搬到他的草房里去，但是阿妈怕连累这位一生悲苦的老人，坚决不肯去，于是我们就住到龙王庙里。这龙王庙就在榕桥镇西面一里多路的山坡上。海风从破碎的门窗里吹进来，在宽阔空洞的庙堂里，卷着尘沙乱草呼啸打旋，给人一种凄凉冷清的感觉，幸好天气慢慢转暖，虽然衣衫破烂单薄，也还能够忍受。

一走出庙门，就看见对面山坡上，像一团火一样开满了映山红花，花儿呵，难道你不知道人间的苦难吗？为什么开得像往日一样好看呢，如果在以前，我就会去采上一朵簪到辫子上，可是现在，我连一点心思也没有。

阿妈天天带我去讨饭，肚子饿得咕咕叫，我也说不饿；全身累得骨头疼，我也说不累。我咬着牙忍受着，但是，这一切怎么能瞒得了阿妈呢？我也知道，阿妈是比我更饿更累呵！只不过是勉强支撑着。

使我难以忍受的还是夜里。当我被冻醒或饿醒的时候，在蒙胧中，那些龇牙瞪眼、奇形怪状的神像，真是可怕极了。好像它们也不准许我借住它的庙堂，发怒发狂地要向我扑过来。我害怕，但是我不敢说。我怕说了阿妈又要搬家，在这穷人没有立脚之地的恶世道里，能搬到哪里去呢？就是怕得再厉害，我也不能和阿妈讲呵。

我这个十三四岁的孩子，连“害怕”二字都不敢讲，都没有权利讲，这使我感到深深的悲伤，我不禁悲愤地问：“天地这么大，难道就没有穷人立脚的地方吗？陈占鳌连一间草棚都不准我们住，把我们孤儿寡妇赶到这破庙里，你们这些牛鬼蛇神们又来吓唬我，难道连破庙也不让我住吗？”我由悲伤又转为仇恨，又由仇恨变成了愤怒，这愤怒就像火一样烧遍我的全身，不！我不能害怕，我不能屈服，我要反抗！神像怒视着我，我也怒视着神像，我们来一个以眼还眼，以牙还牙！满腔怒火给我增添了勇气和力量。如果这时候，那些凶神恶煞猛然向我扑过来，我不喊叫也不躲藏，反正你有爪子我有手，我们个对个地拼了！以后每逢睡觉前，我总是凶狠地瞪那些神像几眼，意思是说："你不要凶，我不怕你！"可也怪，那些凶神恶煞却像怕我似的，躲到灰蒙蒙的夜色里去了。

这一天，在回庙的路上，我和阿妈是又饿又累，一步一个趔趄地向前走，迎面碰上了陈占鳌。当然他身后还是跟着那条"狗"——账房先生。

陈占鳌吃得更胖了，两腮的肥肉垂挂着，在两个膀子之间叠了两三层。他扬扬得意地说："这不是李八十四家吗？怎么搞成了这样子？真可怜……放着阳关大道不走，偏走独木桥。自讨苦吃。这真叫'木匠戴枷，自作自受'呵。哈哈哈……"他笑得差点断了气。

阿妈气得全身发颤，一句话也说不出来，然后就接连吐了几口血，我把她扶回庙里，她就病得不能动了。

我多么高兴呵，一位好心的老奶奶给了我一块比拳头还要大得多的热番薯。她说："可怜的孩子，这么小就自己讨饭，快趁热吃了吧！"

我是多么想咬一口呵，哪怕是一小口；但是我不能，阿妈病倒在庙里，她已经好几天没有吃东西了，我要赶快回"家"去。

又黑又厚的乌云，紧压着观潮山顶从海上翻卷过来，天色骤然变黑了。一阵凉风差点儿把我扑倒，接着铜钱大的雨点就噼噼啪啪地打下来，打到我的脸上，又冷又麻。我不敢把那块番薯放在篮子里，怕跑起来丢掉了，我把它捧在手里，一路上不知跌了多少跟头。

狂风暴雨。天骤然黑暗下来，观潮山躲到云里去了，村庄藏到雨里去了，海鸥躲到窝里去了，那狗那猫也都藏起来了。只有我一个人在这暴风雨里奔跑。龙王庙，你离我还有多远呢？阿妈，你等你的女儿等急了吧。

我不顾死活地往前跑。

暴风雨仿佛生我的气了，它用风搡我，用雨浇我，用树枝抓我，用石头绊我，用呜呜的吼叫声吓我！阿妈，你一定挂念你的女儿了。阿妈，你莫要担心，你的女儿已经看到庙的粉墙了，她就要回到你的身边了。

跳进庙门，番薯变成了泥蛋，我也变成泥人了。庙里黑得什么也看不见，我捧着那块番薯摸索到阿妈身边。

阿妈好像不行了，说话已经上气不接下气了。她说："孩子，妈的苦……受到头了，你的苦……什么时候是个头呢？……我们刘、李两家，就剩下你这条根苗了，……海霞，你为什么是个女孩子？……阿妈没有能把你拉扯大，……

阿妈对不起你……对不起……”话没说完就咽了气。

“阿妈呀，阿妈！……”我抱住了阿妈冰冷的身子，拼命地摇着，外面的暴风雨更大了。

忽然一只手把我拉起来，我清醒了一下，认出来了，这是德顺爷爷。他说：“孩子，咱们走吧！”

“海上风暴起，妻儿昼夜啼。”德顺爷爷也是个苦命人。他原来也有过一个儿子，叫阿才。有个儿媳妇，还有一个两岁的小孙儿。德顺爷爷是有名的船老大。有一次去远洋捕鱼，海上突然起了特大风暴，家属们都万分焦急地等在埠头上，到处是妇女、孩子的哭声。

有的船慢慢回来了，就是不见德顺爷爷的船。大家等得几乎失去了一切希望的时候，从翻腾的海涛里冒出了德顺爷爷的船，人们欢呼起来，拥向自己的亲人。谁也没有注意船上少了些什么。最后跳下船来的是德顺爷爷。他像吃醉了酒一样，趔趔趄趄地走着，仿佛两条腿都拖不动了。他的儿媳妇追到他的身边问：“阿爸，阿才呢？”

德顺爷爷什么也不说，低垂着白发苍苍的头，径直从他儿媳妇身边走了过去。

儿媳妇在他后面追赶着，拼命地叫喊着：“阿爸，阿爸，阿才呢？”

德顺爷爷不回答，还是向前走。他聋了？哑了？

同船的渔民走过来对阿才媳妇说：“阿才嫂，你莫追问了。”就把事情原原本本地告诉了她。

当风暴卷来的时候，德顺爷爷要阿才奔向船头去扯帆篷，一个大浪把船打得侧歪起来。阿才一失手没有抓住绳索，一个开花大浪扑上船头，把他卷到海里去了；阿才的脸好容易从浪里钻了出来，叫了声：“阿爸，救我！”又被一个浪头打下去了。

这一声叫喊，撕碎了德顺爷爷的心，他的脸色立即变成了铁青。

船上的渔民都喊：“德顺爷爷，快停船救人！”

凡是出过海的人都知道，在大风大浪里，小小渔船就像片树叶一样随波逐浪，一会儿被抛上浪尖，一会儿又被摔下浪谷，船是万万不能停的。如果一停，小山般的大浪劈头砸下来，船就会被打得粉碎。这时全船人都紧张地看着德顺爷爷，等待他作出决定：是冒着全船覆没的危险停船救儿子呢，还是舍了儿子保护全船人的生命安全呢？只见德顺爷爷把舵把一拧，大声说：“开！”

有人被德顺爷爷这种精神深深感动了，抱起桅杆大声哭起来。德顺爷爷喊道：“哭什么？别误了开船！”

德顺爷爷就这样失去了儿子。他像病人一样回到了家，拿起酒壶，几口浇了下去，伏在桌子上，放声大哭起来。儿媳妇不久改嫁了，把小孙儿也带走了。

德顺爷爷失去了一切希望，从此身体也衰弱下来，头发也很快全变白了。

德顺爷爷的房子是里外两间的石壁草房。原来里间是阿才夫妇住的，德顺爷爷就住在外间。屋外面还有一个小草棚，是放锅灶柴草用的。自从儿媳改嫁之后，就把锅灶搬了进去，人住里间，锅在外间。德顺爷爷领我回家，第一件事就是摔碎了他那老酒瓶子。他说：“海霞，爷爷从今天起，不喝酒了！”

从此，我就和德顺爷爷相依为命，组成了一个新的家。从我们这几家人的遭遇，也就看出海上渔家的苦难有多么深重了。正像渔歌里唱的：

渔家胸口三把刀，
渔霸海匪加风暴；
渔家面前三条路，
挨饿跳海坐监牢；
吃的是：
半碗野菜半碗泪，
睡的是：
半床风雪半床草。
船上鱼虾难饱肚，
家里儿女难养老。
问老天：
世上纵有千条路，
哪有渔家路一条？
苦难深重的渔家，你的救星在哪里呵？！

第六章

——

米和水

这些日子，驻在岛上的国民党的水警大队，就像热锅上的蚂蚁团团打转，每天都到观潮山上挖工事，修碉堡。陈占鳌更是六神无主，惶恐不安。风传解放军要来解放海岛已经好些时候了。看来，好像真的要来了。

人们都在交头接耳地悄悄打听、议论、猜测……解放军是什么样子？有的说很好，有的说不好，到底怎么样？谁都没见过。大家都习惯地自动地聚集在村头，眼睁睁地向大陆张望。到底是盼解放军来？还是怕解放军来？连自己也弄不清楚，大家心里有希望、振奋，也有疑惧和不安。

虽然爷爷早就听说解放军是好队伍，但这是传说，渔民们最讲实在，不亲眼看看是不敢相信的。解放军究竟怎么样呢？那时我并不知道。但是，我还是盼望解放军快来解放海岛。

可是，我越盼望，岛上的国民党匪兵越多。我的心情更加沉重。爷爷就宽慰我说：“国民党在大陆上打了大败仗，这都是从大陆上退下来的，国民党是兔子尾巴——长不了啦。”

从大陆上败退到同心岛的国民党匪兵，一个个睁着充血的眼睛，凶神恶煞一样地大声叫骂着，挨户抢劫、拉船抓丁，把个同心岛搅得天昏地暗。这些狗东西，真是临死不留好呵！

有一天，外面刮着七级大风，天气格外冷，我和爷爷都没有出门。忽然五六个国民党匪兵到了我们家里，二话没说，进门就踢了爷爷一脚，用枪指着爷爷恶狠狠地说："老不死的！快把粮食交出来！"

爷爷说："我们一粒粮食也没有。"

匪兵把刺刀在爷爷胸口前摆了一摆说："不赶快交出来，老子一刀把你捅了，没有粮食，你们吃什么？"

爷爷指着门后边一筐野菜说："这就是我们吃的！"

匪兵扭头一看，冷笑了几声说："草？这是给猪吃的，我看你是存心和我们开玩笑，等我把粮食搜出来，非把你枪毙不可！现在先帮我们挖工事去！"于是跑过来两个匪兵把爷爷拉起来就走。爷爷临出门的时候，回头关切地望了我一眼，他是想嘱咐我几句，可是没等他开口，就被匪兵粗暴地推走了。

爷爷年纪大了，又带着病，被他们抓去修工事，我心里很难过。本想说几句，可是和这些狼心狗肺的匪兵们有什么道理好讲呢？难道要低三下四地哀求他们发善心吗？不，我死也不会求他们！这时，我没有眼泪，也不悲伤，只是满腔仇恨的怒火在熊熊燃烧！我两眼死死地盯着锅台上的菜刀，心想："你们要是动我，我就和你们拼了！"

爷爷被拉走之后，他们就乱翻了一阵，连一件值钱的东西也没有找到。他们失望地摇摇头骂道："真是穷鬼！"

这时另外几个匪兵提着从别处抢来的鸡、鸭、肉、蛋和粮食，到我家里来煮，看看缸里没有水，就对我喊道："小丫头，挑水去！"

我气哼哼地把头一扭说："我挑不动！"

匪兵把扁担扔到我面前说："挑不动也得挑，不挑揍死你！"

这时我真想抡起扁担和他们拼了！忽然想到爷爷是穿着破夹袄出去的，这样冷的天，本来就有病，怎么能受得了？心想："我得想法给爷爷送棉袄去。"我便赌气似的说："我去！"

于是我拾起被匪兵们丢在地上的爷爷穿了二十年的破棉袄，挑起水桶走了出去。到了井边，我把水桶丢到井里（反正是可以捞上来的），就飞跑着去找爷爷去了。

那是一九五〇年冬天的一个早晨，海风呜呜地吼叫着，横扫着这个小岛。炮声、枪声整整响了一夜，现在渐渐稀疏下来。小岛大部分地区的战斗已经结束，只有退到观潮山上的敌人，死不投降，凭险顽抗。

在战斗开始不久，国民党军队往观潮山上退的时候，村子里的人几乎都跑光了，都躲到南面山里去了。我和爷爷没有躲——因为爷爷前几天被匪兵拉去修工事，又气、又累、又饿，心口痛的病又犯了。身体比以前虚弱多了，他半躺在床上呻吟着。

好心的阿洪嫂来叫我们走。爷爷说："我病着，不走了，要么，你和海霞一道走吧。"爷爷不走我也不能走。虽然爷爷再三催促我，我还是坚决不走，我怎么能让生病的爷爷一个人留在家里呢？阿洪嫂只好抱着她的小三子走了。

东西榕桥镇住满了解放军，我们家里也来了一个班。

开头，我和爷爷躲在里间屋里，尽管爷爷曾经听说过解放军和别的军队不一样，我对带枪的人总有些害怕。"耳听是虚，眼见是实"，到底是什么样的军队，我要亲眼看一看。

这时，国民党匪军正从山顶上往村子里打炮，有几处房子打得起了火。

解放军一住进来，开头他们向里间屋里看看，对我们笑笑说："老乡，麻烦你们了。"不等我们回答，接着就连忙打扫屋子，有的人忙着擦枪。他们全身都是泥土，看样子他们打了一夜仗，还没有吃饭呢。

一个又瘦又小的解放军，看上去不过十五六岁，穿着又肥又大的军装，扎着很宽的皮带，打着绑腿，活像个药葫芦。一看就知道是个机灵鬼。他一边擦枪，一边很关心地问爷爷说："你们怎么不到南山里去躲一躲呵？国民党往这里打炮，有危险哩！"

爷爷叹口气说："人老了，又有病，走不动了！危险也没有办法呵。"

小解放军忽而又安慰我们说："危险是有点，不过也没有关系，不出三个钟头，咱们就会把山头给拿下来了。"

他们打扫好屋子，擦好了枪，小解放军就问一个大个儿说："班长，要不要用房东的锅煮饭？"

"看看空不空！"

这个小解放军揭开我们的锅看看，见锅里煮的是野菜和草。他回头问爷爷说："老爷爷，这锅里煮的是什么草？是吃的吗？"

爷爷慢吞吞地说："穷人家还能有啥好吃的？连这个也快没有了。"

小解放军同情地看了我和爷爷一眼问道："你们两个人，怎么煮这么一大锅？”

爷爷解释说：“煮野菜很费火，这样煮一回吃几天，省柴草呵。”

有几个解放军听说是吃的，把脸凑到锅口上，皱皱眉头说：“这些草，人怎么吃？”

我一听生起气来，冲着他们说：“你们要吃好的，到陈占鳌家去！”

爷爷白了我一眼，低声说：“海霞，干吗发火，解放军又没说要吃我们的！”

经爷爷这么一说，好几个解放军都一齐回过头来，他们倒没有生气，笑眯眯地对我说：“你当我们吃不下？我们也是吃这个长大的。”

小解放军又好奇地问：“小妹妹，你说的那个陈占鳌是什么人？”

我气呼呼地说：“是同心岛顶坏顶坏的渔行主。”

小解放军一见我讲话很大胆，一下子高兴起来，说：“小妹妹，看样子你倒很恨陈占鳌呵！”

我说：“恨，恨不能立刻把他烧成灰！”

这时走进一个四十多岁的解放军来：中等个儿，满脸胡子楂儿，手里拿着旱烟袋。他一进门，小解放军就亲切地喊他：“方排长，咱的饭怎么做？老乡的锅不空，里面煮的净是草。”

这位方排长说：“二班房东的锅大，李铁军，你把米送去一块煮吧。”

原来这个小兵叫李铁军。他喊了一声“是”，就提着米袋子飞跑出去了。

方排长揭开锅看了看，样子很有趣地对战士们说：“同志们是不是饿狠了？每个人先来一碗怎么样？”

全班的解放军一听，都蹦起来，高兴地说：“行，保证完成任务。”

于是好多人都从绣着红五星的小挎包上解下小瓷缸，挤到锅台周围去盛野菜。

送米袋子去的李铁军，一脚闯进来说：“你们别把我的那份抢去吃了。”说着就挤到前边盛了冒尖的一碗。我心想：“人不大，倒挺贪吃！”我咬着嘴唇气愤地瞪着他们。看！这就是我日夜盼望的解放军！连我们的野菜都抢去吃了。前几天国民党匪兵拉走爷爷，逼我去挑水的情景又出现在我眼前，心想：“天下当兵的都一样，都是祸害老百姓。”我失望极了。

方排长一面吃还一面逗我说：“小妹妹，不要生气嘛，往后你就不再吃这玩意了，又苦又涩，实在不好吃。这叫什么野菜？我们平阳县的野菜可比这好吃得多啦！”

“不好吃，你还吃！”我生气地说。

“等会儿，你再吃我们的呵！”

“我不吃，气都气饱了。”我说完，把身子一扭，连看都不想再看他。

满屋的解放军哗的一声都大笑起来了。我不知道我的话有什么好笑的，但我知道，当时我的样子一定很凶。

他们好像故意气我，吃了一碗又吃一碗，把锅里的野菜吃了个一干二净，这时外面响起了哨子声。

他们说：“开饭了。”

接着跑出去几个人，不一会儿就提进一桶白米饭来。方排长先给爷爷盛了一碗，铁军又盛了一碗送到我的面前。

这时我还在生气哩。我把头一扭，不伸手去接。

方排长说：“人不大，气头倒不小，快趁热吃吧！我们已经吃饱了。”

当我弄清楚这是怎么一回事的时候，我呆住了，手和舌头也都僵住了。我简直不明白解放军为什么要这样做。当我捧起热乎乎的饭碗时，一阵温暖和香味冲进我的肺腑。从一落地就淹没在水深火热中的我，日日夜夜盼望解放的我，一旦发现亲人、救星就在面前的时候，我那猝然迸发的感情便化成滴滴热泪，落进了碗里。

趁我和爷爷吃饭的时候，方排长拉过一个小竹椅子坐在我们面前，问我姓什么，叫什么名字，然后就给我们讲革命道理，什么阶级斗争呵，共产党呵，社会主义呵。……我像个小傻子，听不懂。他讲了很多很多，可是，我只记得这样几句：“中国人民解放军是毛主席共产党领导的队伍，是劳动人民自己的军队，是为穷人打天下的。”

我觉得这几句比什么都珍贵，比什么都新鲜。爷爷虽然是快七十岁的人了，也是第一回才听说。若是阿爸、阿妈、石头哥哥……他们都活着该有多好呵！

这位方排长叫方世雄。他那笑眯眯的眼睛，现在我看起来是那么和善，我觉得比我阿爸还亲切。方方正正的脸，虽然一脸络腮胡子，看上去却很威武，我觉得他可敬又可亲。吃顿饭的工夫，我在他面前，已经变得无拘无束了。我正想问问，将来要不要把陈占鳌打倒，这时门外忽然有人喊：“一排，准备战斗！”

接着，呼隆一下，他们全都跳了起来，把枪提在手里。方排长从肩上拿下一个圆鼓鼓的干粮袋送到爷爷面前说："你肠胃不好，煮顿软饭吃吧。"回头又对排好了队的战士们喊："跟我来！"

他们提着枪，弯着腰，飞一样的跑到屋后小山包上去了。我赶出门来，看着他们的背影，心想："这是些什么样的人呢？他们的心为什么这样好？我能帮助他们做些什么呢？"

爷爷说："烧锅开水，等他们回来喝！"

爷爷也过来帮我刷锅、添水、抱柴，我拼命地拉着风箱。水很快就烧开了，我把水盛进铅皮桶里。这时，外面枪声正紧。

我说："我要给解放军送去！"

"不行，你听枪炮响得像开了锅，不能去！"

"我不怕！"

不等爷爷答应，我就提起水桶，走出了街口。外面风很大，天气很冷。我踉踉跄跄地爬上了小山包。

子弹在头顶上尖叫，炮弹在前面土岗子上轰隆轰隆地爆炸，升起几丈高的烟尘。我提着水向上爬，根本没有想到子弹会伤人，心里只有一个念头：把水送给解放军。

"当啷"一声，我觉得腿上一热。原来子弹打穿了水桶，热水直往外流。我急得想哭，赶快拔了一把茅草把洞塞起来，又继续往上爬；快爬上山包的时候，方排长忽然发现了我，他从战壕里跳出来又气又急地说："怎么搞的？你怎么到这里来了？快下去！"

"我……我给你们送水呵。"我不明白，方排长为什么这样生气，我不听他的，还是气喘吁吁地往上爬，然后走上了山包。

忽然，一声刺耳的啸叫，方排长猛然向我扑过来，一把把我按到地上。

"轰——"

一颗炮弹在我们身旁爆炸了。开水倒在地上，耳朵震得嗡嗡响。方排长把我从土堆里拉起来，给我拍拍身上的尘土。

我看着滚得老远的水桶，惋惜地说："水都洒光了。"

"不准你再上来！"方排长严厉地对我喊。他的声调和脸色使我想起了阿爸，想起有一次阿爸因为我做错了事而斥骂我的神情。方排长又向战壕里喊：

“李铁军，把她送下去！”

我像做错了事，又不明白错在哪里的孩子一样，直愣愣地瞪着方排长的脸。当方排长回身走向战壕的时候，我看见鲜血从他的右胳膊上流下来，染红了壕沟上的黄土。我吓呆了——出了什么事？

铁军粗暴地拉着我的一只胳膊，把我拖下了山包，还不住地埋怨我：“你呀，你这个冒冒失失的小丫头，你干了些什么呀！……你……”

我把嘴噘得老高，很是委屈。我做错了什么呢？

夺下了一个小山包之后，方排长就被卫生员背下来了，然后把他抬上担架。他的右臂受了重伤。

我难过地站在担架旁边。

方排长十分费力地转过脸来，对我微微地笑笑。我看到他的脸色蜡黄，眼窝深深凹了下去，络腮胡子好像忽然变长了，转眼间老了好几岁。我难受极了。我明白了铁军为什么那样生气地训斥我。我默默地看着他那枯黄的脸，心里好像刀子在绞。

当人们抬起担架来的时候，方排长还笑着对我说：“小海霞，再见！你不是很喜欢听革命故事吗？我以后来给你讲革命故事听……”

我眼里噙着泪珠，嘴里喃喃地嘟念着，连我自己也不知说了些什么。我站在门口，一直看着担架把他抬下了山坡。

那时我还不懂得什么叫阶级感情，也不知什么叫革命的友谊。我不明白为什么和方排长这么亲近，我们认识还不到半天时间，心和心一下就紧贴在了一起。那一桶饭一袋米，只要有钱，到处可以买到，但方排长那颗心到哪里去找呢？我烧的水，方排长他们一口也没有喝到，可是我送上去的仅仅是一桶水吗？不，这是我们贫苦渔民的心呵。

他们为什么对我这样好？我又为什么不怕枪炮上山给他们送水？方排长又为什么舍弃性命来掩护我？为什么？当时我很想追上担架，去问问方排长。但担架已经走远了，下了山坡，看不见了。我的心在呼喊着：

“方排长，什么时候才能见到你？”

解放军冲上观潮山去了，枪声急得像滚了锅。一面红旗像飞一样扑上了山顶。我高兴地跳了起来。

“小海霞，你爷爷呢？”旺发爷爷不知从哪里跑了来，突然出现在我的面前。他手里拿着一杆雪亮的鱼叉。

“爷爷在家里！”

他不等进门就喊：“德顺哥，快！驾上你的小舢板，和我一齐抓土匪去！”

爷爷弯着腰忍着心口痛，从里屋走出来，急切地问：“土匪在哪里？”

“嘿！解放军都攻上观潮山顶啦，你还躺在家里，我看见有的土匪跳了海，准是逃到虎头屿去了。我们快去追！”

“要不要找解放军一道去？”爷爷做事总是想得很周到。

旺发爷爷心急得像火烧着一样，他嫌爷爷太啰唆：“哎呀，来不及了，我这杆鱼叉能对付得了。快，你驶船！”说完，一把拉起爷爷就往海滩上跑。

我在后面追着说：“爷爷，我也要去！”

爷爷说：“你不能去，留在家里看家！”

我不听，我还是跟在他们后面跑。

旺发爷爷说：“小海霞，去抓土匪你怕不怕？”

我不会说谎。我说：“有点怕。”

爷爷说：“怕，你还要去呢！快回去吧！这是打仗，可不是小孩子闹着玩的事，不要在舢板上碍手碍脚的。”

“你心口痛，我帮你摇橹呵！”

结果爷爷还是没有拗过我。

舢板快到虎头屿的时候，旺发爷爷说：“小海霞，你看，前面好像有个什么东西在漂。”

我仔细一看，不由得叫了起来：“是个人，还抱着一块木板呢。”

旺发爷爷夸奖我说：“还是海霞眼尖，这准是从观潮山上跳下来的那个坏蛋。”

爷爷驶着舢板向那个家伙靠拢过去。

“渔船！快来救我！”那个家伙声嘶力竭地朝着我们喊，他还以为我们是打鱼的船呢。

旺发爷爷用手做了个喇叭，回答他：“噢——嗬——就来了。”舢板靠近了这个已经筋疲力尽的土匪，他像见了救星一样向舢板扑过来。

两位老人使了个眼色。爷爷对我说：“海霞，帮我摇橹。”

土匪两手扳住了船帮。两位老人一人抓住他一条胳膊，像提落水狗一样，把他拖上船来，并立即把他的胳膊拧到背后去。

土匪吃惊地问：“你们要干什么？”

旺发爷爷说：“我要找你算账呢，不是你用刺刀戳伤了我的肋骨吗？”一边说一边把他紧紧地绑了起来。

土匪哭着哀求说：“老大爷，你可不要认错人了呵，我没有做过什么坏事，饶我这条命吧。我腰里有一百块龙洋，全都给你们。”

旺发爷爷说：“谁要你的臭钱！你的枪呢？”

土匪说：“丢到海里去了。”

“丢在什么地方？”

“我从观潮山上滑下来的时候就丢了。”

爷爷从我手里接过橹来说：“走，带着他去把枪摸上来。”

风很凉。爷爷的花白胡子上挂着汗珠。我用力帮着爷爷摇橹，全身也都汗津津的了。我们的舢板划得比风还快，不多时就到了观潮山下。土匪认出了他丢枪的地方。

旺发爷爷把鱼叉递给我，一头就扎到海里去了。

我紧握着鱼叉，眼睛眨也不眨地盯着土匪，鱼叉对着他的胸口，好像生怕他忽然长出翅膀飞走了。

不一会儿，旺发爷爷从海里钻上来。他眼睛红红地问土匪道：“我怎么没有摸到？你要滑头没你的好处，有枪就有你的脑袋！”

“是丢在这里了，我敢发誓，我就是攀着这块石头滑下海的。若是骗了你，我不得好死！……”

旺发爷爷不等他把誓发完，又一头扎下水去。不一会儿，一支枪先露出了水面，接着旺发爷爷也冒出头来。他上了舢板，提着枪，像拾到什么宝贝似的问土匪：“这叫什么枪？”

“中正式。”

“什么‘中正式’‘中歪式’的，比我的鱼叉好使多了……”

他兴奋地放声大笑起来，对爷爷说：“我们手里也有刀把子了。”

第七章

方排长的故事

双和叔在我阿爸和刘大伯被“黑风”海匪杀害的那一年，逃上了大陆，以后又找到了中共浙南特委，参加了革命工作。同心岛一解放，建立了乡政权，他就被派回同心岛来当乡长了。

不久，双和叔就在部队工作组的协助下，领导同心乡的群众进行了清匪反霸斗争。陈占鳌被捕了。

陈占鳌为什么没有逃掉呢？说法大不一样。有的说：在解放海岛之前，他就想逃跑，甚至把细软东西已经装了箱，由于解放军来得太快了，又首先拿下了港口，他没有逃得掉；也有的说：陈占鳌根本就没有想逃走，他不相信解放军会打下同心岛，即使打下来，他认为也站不住脚，他还等国民党打回来哩。

在斗争陈占鳌的那一天，我也提着爷爷的鱼叉去了。有冤的申冤，有苦的诉苦，整整开了两天大会。渔民们可真是扬眉吐气了。如果不是工作组拦着，陈占鳌早叫愤怒的人们一口一口地咬碎，一片一片地撕烂了。我恨不能一鱼叉把他叉死。阿洪嫂不管有多少人拦着，她还是跑上去在陈占鳌身上乱扭了几把，解了解心头恨。

尤二狗虽然没有像陈占鳌那样被绑了起来，但是，群众并没有放过他。他也不得不跟着他的主子上台作坦白交代，向大家低头认罪。他一件一件地历数了陈占鳌十几条大罪状：譬如，如何勾结“黑风”杀害刘大伯和我阿爸啦；如何烧刘大妈房子以斩草除根啦；如何以搬房子相威胁，逼我到陈家当丫头啦；还有许许多多压迫剥削渔民的事……

尽管他讲的都是大家知道的事，他还是“满腔激愤”地讲，好像受害的不是别人，而是他自己。后来，他把自己做的那些坏事，一股脑儿都推到陈占鳌身上了，说什么他也是一个“受压迫”的人啦；他做的坏事都是陈占鳌出的主意，并且“逼着”他干的啦；他像陈家的一条狗，陈占鳌叫他咬谁，他不得不咬谁啦……

说到这里，他竟噼噼啪啪地打了陈占鳌几个耳光，并且质问道：“嗯……我说的对不对呵？……嗯……”

陈占鳌立即点着头说：“对，对，对。”

尤二狗嗯嗯的更起劲了，唾沫星子直往外喷。他说：“嗯……乡亲们呵，嗯……我虽然是陈家的账房，可是，我和大伙，嗯……是一条心呵！我来揭发，嗯……我来揭发，陈占鳌家后院的假山下面有一个地窖，嗯……有一个地窖，里面藏的都是金银财宝、大米白面……”说到这里，他突然提高了嗓门：“嗯……我要求政府，开大会公审陈占鳌！嗯……枪毙罪大恶极的大渔霸陈占鳌！嗯……乡亲们，我姓尤的过去做的事，嗯……很对不起大家，嗯……请大家原谅我，嗯……我要重新做人！……”喊完之后，还举了举拳头，就一摇三晃地走下了台。

他的话打动了若干人，可就是打动不了我。我一听到他那“嗯……嗯……”全身就发麻。我暗暗给他数着，他这一段狗屁，一共放了七十七个“嗯……”。

尤二狗在台上“嗯……嗯……”的时候，会场上就议论纷纷。

有的说：“尤二狗真的要变成好人了？”

有的说：“这家伙是属泥鳅的，滑得很！”

德顺爷爷和旺发爷爷也在嘀咕。德顺爷爷说：“这些事他不讲，别人也都知道，我不信他会放下屠刀立地成佛，还不知他葫芦里装的什么药呢！”

旺发爷爷说：“等着瞧吧。我们准备好打狗棒子，就不怕他咬人。”

我也这么想：“狗即使学会了说人话，也不会变成人的。”

双和叔在大会上宣布：“没收陈占鳌的全部财产。把浮财分给渔民，先把他看押起来，第二天押到区政府去处理。”

我跑到双和叔的身边说："双和叔，也该把尤二狗抓起来和陈占鳌一齐治罪。"

双和叔说："尤二狗表现还不错，有改造自新的决心，应该宽大他。"

我生气地反驳道："他是个大坏蛋！"

谁知双和叔却说："这是大人的事，小孩子不要乱打岔！"他还揪揪我的辫子。

我生气地打开他的手说："你得民主民主，大人是人，小人就不是人？"

双和叔笑着说："再过两年，你才有公民权呢，快到旁边玩去吧！"

我把鱼叉向地上一墩，对他瞪瞪眼睛。真把人气死了！……

这是陈占鳌被斗倒的第一个夜晚，也是一个风大雨狂的夜晚。这一次，和刘大伯领头斗争陈占鳌的那一次，大不相同。海岛是我们的了，天下是我们的了。人们的心里踏实了许多。就像旺发爷爷说的："刀把攥到我们手里了。"

方排长留下的一袋米，使爷爷得到了养息，又加上精神愉快，心口痛的病已经好多了。他脸上整天挂着笑容，我觉得他又年轻了几岁。

夜已经很深了，我已早早睡下，爷爷还坐在灯下编鱼筐。

爷爷忽然对我说："海霞，现在解放了，把陈占鳌斗倒了，我们翻了身，你将来就有好日子过了。"

我说："对，我要好好织网，还要到医院去看看方排长，叫解放军同志到海上去把'黑风'抓住……和陈占鳌一齐枪毙！"

爷爷感叹道："是呵，渔家苦了多少年，今天总算苦到头了，这可真是托了共产党毛主席的福呵。"

爷爷的话又把我引向苦难的过去。死去的亲人们又都一个个站到我的面前……夜深了，我还是不能入睡。

突然，透过风雨，传来了一阵激烈的枪声。到底又发生了什么事情？整整一夜，我心里总是忐忑不安。

第二天清早，令人震惊的消息快得像风一样，一下子吹遍了同心岛。昨天晚上，不知从哪里上来了一股海匪，打倒了看守陈占鳌的两个渔民，把陈占鳌全家劫走了。当时，海岛刚刚解放，民兵队还没有成立，解放军一个连驻在观潮山上，当听到消息赶到海滩上时，海匪的船已经去远了，便向海上打了几梭子机枪，也不知打死了几个海匪。同心岛的大祸害还是从海上逃走了。

这件事情发生之后的当天，榕桥镇上出现了反动标语：“共产党待不长，陈占鳌就要回来了！”“美国已打到鸭绿江边，第三次世界大战就要起来了！”“国民党就要反攻大陆了！”

当时同心岛对面的东沙岛和半屏岛还没有解放，刚刚解放了的同心岛真是人心惶惶。我不识字，听到许多人围在那里念这些标语，心里很气，人们为什么不把它撕下来？我不管三七二十一，走上去三把两把就把标语扯了个粉碎！

有两个胆小怕事的人便走开了，他们一边走一边说道：“这个小海霞，是吃了老虎胆了？”

另一个接着说：“这是祖传的脾气，他们刘、李两家的人，就是能闯祸。”

也有不少人支持我。阿洪嫂说：“海霞，撕得好！像我们渔家的姑娘。”

这时，海花猛然从背后拽了我一把，悄悄地对我说：“有一个姓方的书记来找你！”

什么叫书记？他找我干什么？我愣了一会儿，不相信；可海花那个认真的样子又不像说谎，我心里有些害怕。我做错了什么事？难道这些反动标语不该撕？我对海花说：“他找我干什么？我不去！”

海花说：“他在你家里等你呢！”

我的心怦怦地跳着，走回了家。一眼就认出是方排长，我不由得失声叫道：“是方排长来了。海花这个死丫头还说来了个什么书记呢，真会骗人！”

方排长站起来，用左手别别扭扭地拉拉我的手说：“海花没有骗你，我现在是同心乡的党支部书记了。”

我这才发现方排长身上有了很多变化，虽然还穿着军装，但他的帽徽没有了，胸章符号也没有了。这时我明白了，我扑上去抱住他那条垂挂着的右臂哭了起来：“方排长，你这是为了我才……”

他拍拍我抽动的肩头说：“小海霞，傻孩子，怎么说出这种话来？解放军南征北战流血牺牲，是为革命，为天下受苦人闹翻身，不是单为哪一个人。你提着水桶到火线上送水是为谁呢？好，等有了空，我给你讲革命故事听。”

“现在就讲，现在就讲！”

“你可真是个急性子。等我办完了事，我就来给你讲。现在你领我找乡长去好吗？”

吃过晚饭，方书记果然来了。我和爷爷坐在灯下，手里编着鱼筐，听方书记讲革命故事。他说：

“那是一九四九年的春天，解放大军横渡长江的前夕，我们浙南游击纵队接到上级的指示，要积极战斗，扰乱敌人后方，摧毁伪政权，迎接大军渡江。……敌人为了巩固后方，也加紧了对游击队的攻势。战斗十分频繁，有时一天打两三仗。这一天我跟随中队长李荣胜去括苍支队开会，领受战斗任务。在回来的路上，碰上了伪浙保四团的一个连。我们两个人，沿着半面山的斜坡退向山顶，敌人从三面包围上来，我们且战且走，准备从半面山的峭壁上扯着青藤杂树滑下去。谁知刚退到崖边的时候，一梭机枪子弹打了过来，把中队长的两条腿打断了。我把受重伤的中队长背到一块能挡住敌人子弹的岩石后面，又转身伏到路口旁边的小树丛中狙击敌人，因为崖陡路窄，易守难攻，一条枪守在路口，敌人就很难突破，在接连被撂倒了七八个以后，就不敢再往上冲了，只是躲在石头缝里乱诈唬。这样相持了半个钟头，我的子弹打光了。我便回到中队长身边说：‘中队长，子弹打光了，我们沿着陡崖的后坡往下撤退吧！’中队长由于流血过多，面色苍白，无力地斜倚在石头上，声音微弱地对我说：‘老方，你快撤吧，我是不能动了，把手榴弹给我，我掩护你，你快从峭壁上滑下去！’

“我说：‘我背你下去！’

“中队长说：‘那我们两个全都得摔碎。’

“我从腰里抽出最后一颗手榴弹说：‘那我们就和敌人拼了。’

“中队长不同意，他说：‘不，拼没有必要，我们还要迎接大军渡江哩！我命令你撤下去！’

“当时我急红了眼，什么话也听不进去了。我说：‘反正我不能丢下你。’

“这时敌人已经很近了，大声喊：‘抓活的！’

“中队长无可奈何地看看我，忽然说：‘看，我脑子怎么昏了，这里还有重要文件哩，你快去交给淑芹。’朱淑芹是中队长的爱人，是地下交通站的联络员。接着他从沾满血迹的衣袋里取出一个小本本来。

“我一听是重要文件，哪里还敢怠慢，把手榴弹交给中队长，把文件往怀里一揣。

“中队长说：‘把我这支没有子弹的枪带着。革命的武器不能留给敌人。’我接过了枪，立即滑下了悬崖。

“一阵密集的枪声过后，接着就是一声猛烈的爆炸。回头张望崖顶，上面升起一团烟雾——我知道中队长在包围上来的敌群中拉响了手榴弹，壮烈地牺牲了。

“我眼含着泪水把本子交给了朱淑芹。她接过去打开一看说：‘老方，这哪里是文件，是中队长的日记本呵。’

“我懊恼极了，捶着自己的头说：‘我真傻呵，我把中队长丢在那里了。’我伏在床上呜呜地大哭起来。朱淑芹在外间里说：‘老方，坚强些，革命者流血不流泪。’

“好容易我才忍住了。朱淑芹的独养儿子小铁蛋正好砍柴回来，他还不知道发生了什么事情，进门就问妈说：‘有信吗？我去送。’这个小铁蛋虽然只有十五岁，他已经是一个很能干的秘密‘小交通’了。许多报纸文件都是由他传递，很多地下工作同志都是由他去迎接，或者护送。

“铁蛋放下柴筐走到屋里来，看见我眼圈红红的，诧异地问：‘方叔叔，你怎么哭了？’

“我说：‘别胡说，你见我什么时候流过泪？’

“朱淑芹同志忽然对我说：‘老方，这日记本里还夹着一张纸呢，是不是一封信呵，你念给我听听。’

“我接过那张折叠着的纸，展开一看，不错，是中队长写给朱淑芹的一封没有写完的信。那时我比朱淑芹多识几个字，就吭吭哧哧地念给她听。

“因为那是中队长牺牲前写的最后一封信，这封信充满着革命精神和战斗的激情，当时深深地感动了我，我就把它抄在本子上了，海霞，我现在就把这封信念给你听。”

方排长，不，现在是方书记了，他翻开一个红布包皮的本子，就给我念起来。我怀着激动而又新奇的心情，聚精会神一字不落地听着。

方书记念道：

淑芹同志：

在今天的战斗中，我的两腿受了重伤，看来是撤不走了，我将为人民流尽最后一滴血，为革命战斗到最后一口气。

毛主席教导我们：“要奋斗就会有牺牲，死人的事是经常发生的。

“但是我们想到人民的利益，想到大多数人民的痛苦，我们为人民而死，就是死得其所。”

革命的胜利是不会从天上掉下来的，要艰苦奋斗，要流血牺牲，要排除万难。

敌人依仗他们数量上的优势，又发起猖狂的攻击，正在缩小包围圈。方世雄同志在顽强抵抗，但他将要打完最后的几粒子弹。情况万分危急，我不能多写了。为革命而死，是人生最大的光荣。我将含着自豪的微笑，献出我的生命。希望你不要难过，要化悲痛为力量，用更加英勇的战斗去迎接伟大胜利的明天。

一个人倒下去，十个人站起来；一个人牺牲了，千百人来接班。铁蛋已经长大，你不应该再把他留在身边，他是为革命而生的，他应当为革命而战斗。你应该让他接过我手中的枪。……

方书记念到这里，他说：“中队长给淑芹的信就写了这些，因为敌人就要冲上来了，他没能写完。”他把日记本合起来，沉思了一会儿说：

“当时我也对淑芹说：‘中队长的牺牲是为了我……’淑芹同志却说：‘不，他不是为某一个个人，而是为革命牺牲了。在战场上，同志之间相互救援，用自己的生命去换取同志的生命是应该的，因此，世界上没有任何感情比阶级兄弟之间、革命同志之间的感情更珍贵、更崇高。’……”

我静静地听着，默默地想着。方书记继续说：

“当天晚上我就要去参加新的战斗。淑芹同志说：‘老方，你把铁蛋带上吧。’我说：‘不行，还是留在你的身边吧，他的年龄还小呢。’淑芹刚刚失去丈夫，我怎么好带走她的儿子呢？

“她却说：‘为人民服务是不分年龄的。老李在的时候，就想带他到游击队里去锻炼锻炼，是我不同意，把他留在了身边，这是不对的。老李信上说得很对，教育革命后代接好革命的班，这是一个革命者的责任，我不能违背老李的心愿。革命者的孩子，应该把他交给革命。他应该把他爸爸的枪、把他爸爸的事业接过来……’

“我只好把铁蛋带走了。解放军一渡长江，我们就改编成了正规军。我当排长，铁蛋就在我排里当战士……”

我问：“小铁蛋呢？”

方书记说:“你们不是认识了吗?就是那个从山坡上把你拖回来的李铁军呵!”

“呵!小铁蛋就是李铁军呀,他现在在哪里呢?”我很想再见到他。

“他现在参加了志愿军,抗美援朝去了。……噢,我还差点忘了呢,”方书记好像想起了什么,“铁军在出国时,到医院里来看我。他说:‘你见到小海霞的时候,就说我要向她作检讨,我对她发了火,叫她不要生我的气。……还有,她送的水,虽然我一口也没有喝到,可是我永远也忘不了她那一桶水。’……”

第八章

一碗饭的风波

方书记来了之后，就领导渔村进行民主改革。召开群众大会，选举出贫苦渔民、农民代表成立了新的村政权。过去的伪保长、伪保丁全都被撤掉。这可真是穷苦人当家做主坐天下了。

方书记到西榕桥开会去了，这东榕桥的选举就由双和叔来主持。

在分组酝酿的时候，人们都很少讲话，不知道怎么办好。大家闷了很久，忽然有人说："穷人怎么能管事？不会写，不会算，连句话也说不明白。"

接着又有人说："穷人一天不干活，一天没饭吃，工夫也赔不起。"

尤二狗的婆娘"臭三岛"就接上去说："说得是呵。古话说：'不读书，不识字；不识字，不明理。'不明理又怎么能管事呢？虽说如今不讲究这些了，办公事总得会动动笔杆子才行呵！"

这个尤二狗婆娘，是个不要脸皮、不知羞耻的人物，远近知名。在娘家做姑娘时，外号叫"小白龙"。出了嫁之后，又换了个外号叫"臭三岛"，她娘家住在东沙岛北岙镇。她阿妈从小就是个不正派的人。到了三十多岁，就整天装神弄鬼、算命相面，谁家出丧、生病、送鬼、招魂都少不了她。每当夏天，就穿一身雪白的府绸衣裤，搽胭脂抹粉，招蜂引蝶，走起路来一步三扭，活像一条蛇，人家送了她一个外号，叫"白龙仙姑"。

这位“白龙仙姑”的女儿沾了阿妈的光，人家叫她“小白龙”。小白龙没有学上她阿妈装神弄鬼那一套，没有去和那些“善男信女”打交道，却专和国民党的军官们勾搭，今天这个来，明天那个去，争风吃醋，有一次还动了刀枪，差一点出了人命。

“白龙仙姑”怕“小白龙”给她惹下大祸，就想方设法把她嫁出去，但东沙岛没有人家敢要她，以后就嫁给了半屏岛的一个伪保长。这个伪保长死了以后，就又嫁给同心岛的尤二狗。在同心岛又和陈占鳌不清不白，不然，尤二狗也当不上账房先生。

这个婆娘从东沙岛、半屏岛来到同心岛，走到哪里哪里臭，所以人们背后都叫她“臭三岛”。这种人提起来就叫人觉得肮脏，人们也都知道这种女人一肚子的坏水。按常理说，她的话该没有人相信了吧，可也怪，她的话偏有人听。

二狗婆一讲，接着有人就帮腔说：“我看尤二先生行，能说会算，算盘儿打得噼啪响，是能办事的材料。”

于是尤二狗就被提上名了。接着，从前当过伪保丁的也有的被提上了。

“他们能代表贫苦人吗？”我正在纳闷。阿洪嫂猛然站起来说：“我不怕得罪人，尤二狗不合适！”她的脸儿憋得像个熟透了的红柿子，她有生以来还是第一次在这样多的人面前讲话。

“对！对！”我赞成着。可是声音在我喉咙里咕噜了一下又咽下去了，谁也没有听到。连我自己也觉得，这几个字不是用嘴说的，而是用心说出来的。

一个伪保丁斜了阿洪嫂一眼说：“我说尤二先生行，人家在斗争陈占鳌的时候有功劳，受过双和乡长的表扬。人就不能改好了？”

会场上鸦雀无声。

尤二狗忽然站起来说：“海霞家里顶穷，又受过渔霸的害，我提议选她！”

我心头不由一震，真是叫人捉摸不透。尤二狗为什么提上我？莫非他真的变成好人了？双和叔是对的？应当争取改造他？我是个十六岁的女孩子，正像人们说的：不会写不会算，两眼一抹黑，连句话都说不明白。这个代表是怎么个当法呵？心里有些怕。

我一直傻乎乎地瞪着眼睛乞求双和叔。果然，双和叔是了解我的。在大会快要结束的时候，他说：“我看海霞年纪太小，还是另选别人吧。”

我刚刚松了一口气，没想到方书记从外面进来了。他说：“我看海霞行，不会干就学着干。我们要好好培养革命的后代嘛。”

于是大家纷纷说：“对，就这样吧，别看海霞小，可是很懂事，就不要再换了。”

我对方书记不满意，这可不是逗我玩的事。方书记又在会上讲了话，可是他讲了些什么，我一点也没有听进去。你想，一个人身上忽然压上了块大石头，连气都喘不上来，哪有心思听别人讲话。散会的时候，方书记还故意叫我“小代表”逗我笑，我哪里还笑得起来。

回到家，心里一直忐忑不安，等爷爷讨小海（不是出远海大捕捞，而是在近海不用帆船，用小舢板捕些小鱼虾）回来，和他一说，爷爷却热心地支持我。他说：“既然方书记说你行，你就干下去。要干就得干好，别给我们穷苦渔民丢脸。你爹妈在的时候，嫌你不是个男孩子，可是，你这不是能干大事了吗？”爷爷不由得捋起胡子哈哈地笑起来。代表好是好，可是怎么干法呵？连爷爷也搞不清。

爷爷又问我还选上了谁。我把当选的人讲了一遍，爷爷不满地说：“尤二狗、陈三怎么能给我们穷人办事？怎么选上了这种人？”

我说：“大家都怕管事，就把他们选上了。”

爷爷闷了一阵说：“选了还能不能改？”

这事我哪能知道呢。爷爷说：“你是代表了，要多长些心眼。你要对方书记说一说，顶好把这两个人换一换。”

我觉得这是个大事，急忙放下饭碗，就去找方书记，可是他不在家。

第二天，发下了登记表，要我们这些当选为代表的人登记，然后再从中选一个小组长。

尤二狗一见我，就和我拉起近乎来。他说：“嗯……小海霞，嗯……你怎么见了我就噘嘴呢？我现在进步了，嗯……要做新人了，今后我们都是一家人了，嗯……”他嘿嘿地笑着，笑得满脸的肉都皱起来。我觉得他每条皱纹里都藏着奸诈。

我说：“哼，你还是少‘嗯嗯’几句吧，你是油我是水，咱们合不到一块！”

他叹了口气，摇摇头说：“嗯……小孩子家，就学会了记仇。”

陈三说：“莫说了，快填表吧。”

尤二狗先替我填姓名、年龄、职业……我的职业能填什么呢？填阿爸的？

尤二狗摇着脑袋说："嗯……你是个无职业者，嗯……这一项就空着吧。"

因为我不识字，对填表就特别加心。我听陈三为难地说："二先生，我们过去的职业怎么填呢？"

尤二狗说："都填渔农业。"

我奇怪了，瞪起眼睛质问尤二狗说："方书记不是叫照实填吗？伪保丁怎么好填渔农业？"

尤二狗像哄孩子一样教训我说："女孩子家，不懂事就要少说话。你的表已经填完了，没有你的事了，你到外面玩去吧！"

简直叫人不明白，我又是女孩子家，又不懂事，又不能多说话，你为什么提我当代表？是为了"你到外面玩去"吗？

哼！我看出来了，他们把我当成什么也不懂的黄毛丫头，生着法儿糊弄我！

到了晚上，我憋着一肚子气跑到乡公所，找到了方书记。他正在灯下审查我们的登记表。我把登记的事情一讲，方书记说："小海霞，你给我们做了件大事。"他热情地给我搬了把椅子，又说："过来，把他们每个人的真实情况告诉我。这个尤二是谁呢？他不是陈占鳌的大账房吗？"

我说："对，这个尤二就是陈占鳌的大账房。是个大坏蛋，人们背后都叫他尤二狗。"

方书记又翻了一张登记表说："这个陈三怎么样？"

"陈三是过去的伪保丁，整天喝酒，赌博，不干正事，是个地痞流氓，对人可凶呢！"

"这个陈大成呢？"方书记又翻了一张登记表。

"他是玉秀的阿爸，家里很穷，就是很老实，连句话也不会说，他听说把他选上当代表，吓得连饭都吃不下了。"

"为什么要选上这些人？"方书记像问大人一样问我。

我说："我也弄不明白，只是知道穷人怕管事，又不会管事。"

这时双和叔进来了。方书记说："双和，我看东榕桥的贫渔会要重选。"

"为什么？"

"怎么好选尤二狗、陈三这种人？他们能为穷人办事吗？你是当地人，这些人的面目你应当清楚。……"

双和叔好像无所谓地说：“这些人又不是渔霸，也不是渔业资本家。产业也没有什么，是些跑腿吃饭的人，还不是叫他怎么干就怎么干？办事的人要会要笔杆子，会动动嘴才行，他们在我们手下，还不是听我们的？穷苦渔民太老实，怎么能办事？”

方书记又和双和叔讲了好久。什么印把子问题啦，什么阶级路线啦，什么群众观点啦，我不全懂，但也听出这是有关到底由谁来当家的大事。方书记说：“双和同志，革命的根本问题是政权问题，丢了政权就是丢了革命，丢了胜利，……这次选举可是一个大教训呵！”

双和叔最后还是认了错。他说：“我只是想找几个能办事的人，以后工作上使用起来顺手些，没有想到在政治上犯了错误。”

这时旺发爷爷和德顺爷爷都来了，他们对选举提出了意见。因为这次选举，准备得不够充分，道理没有和群众讲透彻，群众的顾虑没有打破。因为规定一家去一个人，有些人家叫妇女孩子去了，主要成员也没有参加会，这怎么能开好呢。双和叔说：“那明天就改选吧。”

方书记说：“不，先不要太急，等几天没有关系，首先要提高群众的政治觉悟，在群众没有充分发动之前，仓促选举是不会有好结果的。现在我们就要分头去找基本群众谈一谈，印把子是绝对不能交到阶级敌人手里的！”

隔了几天，在方书记亲自主持下，又重新召开了群众大会，另行改选。尤二狗和陈三被撤换了，德顺爷爷和旺发爷爷都当选了代表，我心里真有说不出的高兴。大会散了以后，贫苦渔农代表开了个会，选举小组长，方书记提议我当小组长，大家一齐鼓掌赞成，可把我急坏了。我说：“我干不了，我不干！”可是方书记却严肃地对我说：“海霞，这是革命工作，不仅要干，而且还要干好！”

当时岛上正闹春荒，敌人在海上的活动十分猖狂。美帝国主义的兵舰在海上来往横行，有时国民党的炮艇就开到岛子跟前，向岛上打炮。渔船不能出海，渔民的生活就更困难了。

大成叔在前几天硬要出海，因为天冷水凉，近海无鱼，鱼都进了深水，要到远海去捕，结果大成叔一去就没有回来。只漂回了几块被蒋匪帮的枪炮打碎了的破船板。人们说大成叔被蒋匪兵打死在海上了。大成叔一死，家里就剩下大成婶和一个十五岁的女儿玉秀。大成婶真是黄连木刻成的苦人儿。她老家是福建，爹妈北上捕鱼，碰上风暴，船打破了。就在她六岁那年被卖到这个岛上，爹妈把她换了盘费带着她七岁的哥哥回了老家，一去三十多年没有音信。现在玉秀正病着，家里断了烟火，日子正难着呢。

就在这时候，人民政府拨下了三万斤救济粮，这简直是救命粮。方书记叫我调查东榕桥的困难户，然后研究合理分配。他嘱咐我："不要光听本人讲，也要听听四邻群众的意见。有事要和大家商量。……"

方书记就是这样，我的工作每走一步，都是他亲自把着手教我。

"谁家最困难？"第一个我就想到了大成婶。我到她的四邻打听了些情况，就走进了大成婶的家。这时玉秀正端着半碗白米饭在吃。

大成婶见我进来，丢下手里的活儿，急急忙忙地给我拿座位。当我问起她家的困难情况时，她连忙解释说："海霞，我们家可是一粒米也没有了。玉秀肚子痛得直打滚，这才借了半碗饭给她吃。"

大成婶生怕我不相信，还搬来了盛粮食的空坛儿给我看。其实，我并没有在意这碗米饭。

在小组会上讨论救济的时候，我提议按一类困难户救济大成婶，大家也都同意。开完小组会，我正要到乡里去汇报，臭三岛当街拦住了我。她说："你为什么在贫渔会上造谣，说玉秀吃了白米饭？"

我一听说我"造谣"，就气炸了心肺。我说："谁造谣？吃了就是吃了嘛，我不亲眼看见我不说。"

接着陈三就插进来说："吃白米饭的人家可不能救济。我们连番薯丝都吃不上呢！"

我正要分辩，尤二狗凑过来了。他厉声地斥责他的婆娘说："嗯……你们这些人都是盐堆里爬出来的？嗯……成（闲）话可不少。嗯……你们干吗难为海霞呢？吃了还是没吃，嗯……叫大成家的来问一问不就清楚了。"

没想到尤二狗给我想出了解围的办法。我说："对，你们不信，就找大成婶来问一问。"

不一会，陈三就把大成婶叫来了。大成婶低着头说："海霞，我家没吃白米饭，你可不要乱说呵！"

我说："是我亲眼看见的嘛！"

大成婶急了，她一口咬定玉秀没有吃。我气愤地瞪着她。大成婶本来是个不会撒谎的老实人，这次说谎使她羞愧得满脸涨得绯红，她连看都不敢看我一眼，低着头踉踉跄跄地走了。

我做梦也没有想到大成婶会一口咬定玉秀没有吃白米饭。我当时气得全身发颤，脑袋嗡嗡响，舌头硬得像块木头，梗在嘴里。什么也想不出，什么也讲不出，只是咬定："我看见吃了，我没有撒谎！"把救济不救济的事早忘干净了。

街口上站满了人。

尤二狗说："嗯……一个说吃了，一个说没有吃，嗯……反正有一个撒谎的，光打嘴架没有用，嗯……把饭碗拿来看看就清楚了。"

臭三岛跑得真快，玉秀吃饭的碗，就像变戏法一样立即变了出来，送到大家面前。饭都吃光了，拿空碗来有什么用?

人们都在纷纷议论，东邻西舍也都帮着大成婶讲话。他们说："俗话说：'家有多少钱，四邻有戥盘。'谁能相信大成家有白米饭吃？"

"刚刚当了小组长就办事不公平。"

"这么小小年纪，就学会了撒谎！"

简直是天大的冤枉！明明是别人说谎，反而加在我的头上。

当时我成了大家围攻的对像。臭三岛带头嚷着："应该把她的小组长撤掉！"

纵有千张嘴也难分辩清楚。当时我能做到的只是竭力忍住眼泪，不让它流下来。心想："不用你们撤，求我当我也不当了。"

这时又有人说："她为什么说谎？海霞过去可不是这样的。"

臭三岛辱骂我说："你不看，这个小婆娘，贼眼瞪得那么大，鼻子翘得那么高，看样子就不是个好东西。你们不明白她为什么撒谎吗？还不是想把别人的救济粮克扣下来自己吃！"

这比用皮鞭子抽我还厉害。我相信世上最毒的毒蛇也没有这个婆娘的嘴毒!

我回到家一头扑到床上，就放声大哭起来，这可把爷爷吓慌了，只当出了什么大事情，急急地问："你……你这是怎么了？出了什么事吗？"

我抽抽搭搭地说："爷爷，我求求你，去和方书记说说，把小组长给我退了吧，当不了，当不了。呜……呜……呜……"

爷爷又关切地问："谁欺负你了？"

"都欺负我，我不当了！"

“可不要要小孩子脾气哟！唉！”

“我就是不当了嘛！呜……呜……呜……”

爷爷见我那个可怜的样子，叹了口气走出去了。不一会儿，我就听到方书记的声音。他一边进门一边批评爷爷说：“你应该鼓励她，怎么也帮她打退堂鼓呢？”

“这是大人办的事，小孩子怎么能办得了？”爷爷辩解着。见他们走了进来，我的所有冤屈都涌上心头，哭声更大了。

方书记拍拍我抽动的肩头笑着说：“小海霞呵小海霞，动不动就眼泪汪汪的，你忘了朱淑芹怎么说的啦？‘革命者流血不流泪。’”

“我算哪号子革命者？”我把脖子一拧，哽咽着顶他一句。还是呜……呜……呜……

方书记的笑声更大了。

我抽抽搭搭地说：“你笑吧，反正我不当这个小组长啦。”

“叫谁当？”

我任性地说：“谁都行，就是我不行。”

“那好，咱叫尤二狗当。”方书记故意赌气地说。

“叫他当？我不同意！”我立即收住了眼泪。

方书记说：“小海霞，你好好想想，你不当，谁高兴？还不是尤二狗这伙人高兴吗？你整天说穷人要坐天下，叫你坐，你又不坐了。”

“这股子冤枉气我吃不下，再说，现在穷人不受人欺负了，翻了身，不就算坐了天下了？双和叔说，我现在还没有公民权哩……”本来我很不满意双和叔这句话，现在倒成了我的挡箭牌了。

“刚刚上阵就忙着退却可不好。你先把事情的前前后后，详细地讲给我听听。”

我把事情的经过简单地讲了一遍。方书记说：“你不觉得这里面有人捣你的鬼吗？上次你揭发了他们假填身份的事，有人恨着你呵。”接着他指出我的工作方法不对头，不该当面和大成婶对质……

“大成婶为什么撒谎呢？”我很不服气。

“你想，如果她承认了吃白米饭，不救济她了，她可怎么活？”

“谁说不救济她？我还提议按一类困难户救济她哩！”

“这事你知道，可是大成婶并不知道呵，有人一吓她，她当然不敢承认了。”

事情原来这么复杂。方书记一说，我倒有些醒悟了。我说：“这么说，我是上了坏人的当了，怎么办？”

“要把事情搞清楚，小海霞，你这两只大眼睛瞪得再大也没有用，得把这个——”他指指我的脑袋说：“好好武装武装！”

我故作生气地推开方书记的手，心想：“真会开玩笑，脑袋怎么个‘武装’法？”

过了三天，救济粮就发下来了，我背着五十斤米给大成婶家送去。我走进去的时候，大成婶正背着门口在洗野菜。这些野菜里有茅节节根、花莲子菜，还有一种苦菜，名叫“三十六桶水”。就是说，用三十六桶水洗过，味道还是苦的。

玉秀正在床上哎哟哎哟地喊肚子痛。大成婶很烦躁地说：“你号什么？号就号了粮食来？这回救济粮若是发不下来，非饿死不可。”

我把粮食放在地上气喘吁吁地说：“大婶，我给你送救济粮来啦。”

大成婶吃惊地站了起来，甩着手上的水，看着粮食袋子“这……这……”“这”了半天没有说出话来。

我说：“这一回救济共分三类，一类户是顶困难的，救济五十斤，二类户是三十斤，三类户是二十斤。你家是五十斤。大婶，你去找杆秤来称一称……”我用手背抹着额上的汗珠儿。

大成婶激动得嘴唇都发颤了。她说：“哎呀，还称什么，还能少了吗？你快坐。看，把你累坏了。”她又慌慌张张地去给我找座位。

我说：“大婶，我不坐啦，你快把粮食倒下，这口袋我还要用呢。”

在大成婶找家具盛粮的时候，我走到玉秀身边，问她哪里不舒服。玉秀一把抱住我说：“海霞姐，你真好，阿妈是个糊涂人……”说着就哭起来了。眼泪沾到我腮上，我也陪着她掉起泪来。

当我提着空粮袋向外走的时候，大成婶忽然拉住我的胳膊，又抱歉又难过地说：“孩子，大婶对不起你，可不是大婶诚心想冤枉你，是怕得不到救济粮，全家就没有命了呵。”

我看出大成婶心里很难受，把对她的不满全忘光了，也激动地说：“这件事过去了也就算了，不提啦。只要大婶不生我的气就行了。”

第九章

心明眼才能亮

一九五一年春，美国强盗在朝鲜战场上接连不断地吃败仗，他指使他的走狗蒋匪帮加紧了沿海的骚扰活动，以配合他的侵朝战争。当时我们岛上的基本任务有两个：一是对敌斗争，二是生产建设。结合镇反、土改，组织渔业互助组，大力发展民兵，建立民兵组织，召开群众大会控诉美蒋罪行，进行阶级教育。方书记根据伟大领袖毛主席的教导，号召岛上渔民自己拿起武器保卫海岛，保卫生产建设。他说："我们广大贫苦人民靠枪杆子打天下，还要靠枪杆子保天下，毛主席说：'在中国，离开了武装斗争，就没有无产阶级的地位，就没有人民的地位，就没有共产党的地位，就没有革命的胜利。'我们都应该懂得'枪杆子里面出政权'这个伟大的真理，这里我要表扬旺发大伯，他屡经灾难，苦大仇深。他对旧社会恨得狠，他对新社会爱得深，有人说旺发大伯性子倔，口笨不会说话，你们听他是怎么说的：'枪杆子是咱们穷人的印把子、命根子。'他说得多么好呵！他说出了多么深刻的道理呵！青年们应该向旺发大伯学习，积极参加民兵。"

方书记话音刚落，阿洪哥就第一个蹦起来报名参加民兵，我和阿洪嫂忍不住给他鼓掌，我看见旺发爷爷怀抱着他的枪，坐在人群里微笑了，我第一次看到他这样的笑，笑得好开心，笑得好甜呵！

旺发爷爷是上七十岁的人了，解放海岛那天得了那支枪，可就成了宝贝。整天让解放军教他拆卸、擦拭、瞄准、射击。双和叔曾经动员他交公，他板起脸来说："不，说什么我也不能交，别看我年纪大了，我还要为新社会站岗放哨保江山哩！"接着还批评起双和叔来，他说："看押陈占鳌的那天晚上，你为什么不让我去？还不是嫌我老吗？若是我去呵，哼，他就别想活着逃走！"这件事反映到区里，区里不仅批准他留下了这支枪，而且还表扬了他。他的事迹对开展民兵工作起了很大的推动作用。

这一天，会议一直开到半夜，我回到家翻来覆去睡不着。想呵想呵，许多往事就像织网梭一样，在我脑子里穿来穿去，直到鸡叫，我才迷迷糊糊地睡着，还做了场噩梦。我梦见陈占鳌、土匪坏蛋们又站在我面前。他们用枪抵住我的胸口，并且对我冷笑。他们伸出黑色的手来抓我，好像要把我撕碎。我大声呼喊："爷爷，快来！"但是，我的声音却喊不出来。真是把人急死了。忽然听到有人说："给你一支枪！"我听出这是方书记的声音。我着急地说："我不会放枪。"他说："你会的。"我急忙接枪在手，枪就"轰"的一声响了，闪出一片红光，那些坏蛋们连影子也不见了……

醒来，才知道是从窗口透进来的阳光照在我的脸上，但我仿佛觉得枪还握在我的手上，仔细一看，原来是把扫床的小笤帚。我欣慰地想："毛主席号召我们当民兵，我要听毛主席的话，一定要争取当一个女民兵，枪不就有了吗？"

吃过早饭，我去和阿洪嫂商量，阿洪嫂担心地说："女兵，人家要不要？"

我说："方书记以前给我讲过妇女参加革命斗争的故事，有的还当了女战斗英雄哩。她们能当兵，我们还不是一样能当兵？再说，她们是真正的兵，我们当个民兵总该行了吧？"

阿洪嫂比我还心急，她把怀里的小三子往床上一丢，拉着我就往乡公所跑。

乡公所就设在陈占鳌家的大前院里。走进黑铁叶子镶裹的大门，迎面就是一段挂满紫藤萝的影壁墙，中间有一个比渔筐还要大的"福"字，院子里有假山、梧桐树、月季花、红梅花和迎春花。

现在院子里到处放满了锚缆、渔网、帆篷、橹桨、筐篮和竹竿……这些渔具原来都是陈占鳌的"裕丰渔行"的。双和叔在分浮财的时候，原想把这些东西都分给渔民，方书记根据上级指示，没有同意。他说："这样把渔具一分，你家半片网，我家一把桨，反而不利于生产，倒不如趁机组织起渔业互助组来。

一条渔船一个互助组，东西归互助组所有，这样既对组织渔民走集体化的道路有好处，对生产也有利。”

这的确是个好办法，双和叔也同意了。现在乡里就是忙着搞互助组的事。

当我和阿洪嫂走进去的时候，院子里正闹嚷嚷地像吵架。双和叔被几个渔民吵得不耐烦了，就说：“好，好，好，我明天就给你们解决。把头都给吵昏了。”他好容易把这几个人打发走，抬头看见了我们，便问道：

“你们两个到这里来干啥？”

阿洪嫂说：“来要求当民兵呗！”

双和叔皱皱眉头说：“哎呀呀，你们可真会凑热闹，也不看看这是什么时候！……”说完就转身忙他的去了。

我说：“我们去找方书记去！”

方书记的办公室在东厢房里。他正在埋头写材料。

阿洪嫂一进门就像到了自己家里，大声说：“渴死啦，给口水喝！”说着就提起桌上的水瓶向碗里倒。阿洪嫂这种大大咧咧、泼泼辣辣的莽撞劲，使方书记感到惊奇，他抬起头来看看她，暗自笑笑，然后转过身来问道：“你们找我有事吗？”

我说：“成立民兵组织，怎么没提我们妇女的事？”

方书记说：“现在海岛解放还不久，群众觉悟还不高，封建思想一时还打不破，成立女民兵组织是有困难的。乡里打算把这件事往后放一放再说。”

阿洪嫂心直口快，说话从不转弯，是个喜怒哀乐全挂在脸上的人，她冲着方书记说：“咦！你这当书记的还怕困难？”

一句话把方书记说笑了，他说：“不是我怕困难，是怕你们有困难，你叫什么名字呵？”

“我娘家姓赵，我小名叫二鳗，出嫁了，把名字也嫁掉了，人家叫我阿洪家的。”

“你家里有哪些人呵？”

“公公婆婆早死了，有三个孩子，阿沙七岁，小二四岁，小三一岁，还有孩子他阿爸阿洪。”

“和孩子他阿爸商量过了没有？”

“商量什么？我自己还做不了主？”

"唔，当了民兵要站岗放哨，孩子多、家务忙，困难大得很呵，你得回去跟阿洪商量商量。……就说海霞吧，当个小组长还哭鼻子呢，能扛动枪吗？"

阿洪嫂不满意了，她说："你这个书记就是偏心，海霞说有的女的都当了英雄啦，怎么要别人，就不要我们？"

我不由得用臂肘捣了她一下。根本是两码事嘛。

"唛……唛……"方书记一时没有弄明白。当他想过来后，便放声大笑起来。阿洪嫂却鼓着嘴巴，连一点也不笑。

我想方书记为什么净给我们泼冷水？也许是想看看我们的决心吧？我说："渔家有句俗话：'船的力量在帆上，人的力量在心上。'有决心就什么都能干。"

"很好很好，有决心什么都能干。"方书记很满意这句话。"我明天就请示区委，你们也要和家里商量好，明天下午你们来听消息。妇女能顶半边天呵。"

阿洪嫂说："还请示什么，你说了就算嘛！"

方书记笑笑说："那不行，要请示了区委才能决定。这事我个人可做不了主。"

阿洪嫂一脚踏出大门就放声说："哼，这个方书记办事怎么婆婆妈妈的，黏黏糊糊不像个打仗的人。"

"你叫他听见了！"

"他听到怎么的？我就是故意说给他听的，他又不是老虎，还怕他吃了不成？我就是这个脾气，看不惯拖泥带水的人。"

回家和爷爷一商量，爷爷很支持我。他说："只要方书记让你当，你就去当。古时候女兵女将也很多呢。"

我说："现在怎么能和古时候比？"

爷爷说："怎么不能比？当民兵就是有志气嘛，方书记说得对，过去国民党、海匪、陈占鳌为什么欺压我们？就是因为他们手里有枪嘛！为什么现在把他们赶跑了？也是因为我们有了解放军嘛。若是我们也拿起枪来，坏蛋们就再也别想回来了。你旺发爷爷是个有心劲的人，他把那天从海里摸上来的枪留下了，在全区里受到了表扬。"

我说："当了民兵，我也会有枪！"

第二天我去找阿洪嫂，想问她和阿洪哥商量得怎么样，我刚开口，她就气呼呼地把手里的扫帚一丢说："谈崩了！"

“怎么崩了？”

“阿洪说：‘当民兵不是女人的事，女人只能在家洗衣做饭抱孩子。’”

“那你怎么说？”

“我说：‘忙家务是私事，当民兵是公事。你说哪个应该放在前头？再说，当民兵也耽误不了忙家务！’……”

“阿洪哥怎么说？”

“他向我直瞪眼，要是在解放前，说不定还要和我动拳头呢。他说：‘我就不相信你有八只手。’我说：‘家务事你也该帮帮忙嘛。’他炸了，摔桌子砸板凳地说：‘叫男子汉忙家务？自古以来没有这个道理。’一撅屁股跑到船上去了。”

我说：“谈不通怎么办？还是我自己找方书记去吧！”

“怎么？难道就光听男人的？他报名当民兵的时候怎么没和我商量呵，我还高兴地给他鼓掌呢，可好，我要当民兵了，他倒来拖后腿了，我不管他通不通，我还是报我的名，到书记那里，你要给我漏一句，我就拧烂你那小嘴巴！”

第三天的傍晚，方书记才从区里回来，我们早已在办公室里等他了。他看见我们就问：“商量好了没有？”

我说：“都商量好了，不然就不来找你啦！”

阿洪嫂满意地对我点点头。我心里骂道：“我在替你撒谎，你还点头呢。”

方书记显得很高兴，他说：“刚解放的海岛，工作基础薄弱，很需要你们这样的积极分子呵！”

“批准我们是民兵了？”

“对，批准了，而且不只是你们两个。区委指示，在东西榕桥镇先成立一个女民兵排，可是，只许办好不许办坏，别村还要向你们学习呢。”

“快发枪给我们吧！”我们兴奋起来。

“现在还没有枪。”方书记抱歉地笑笑。

“没有枪叫我们拿拳头打敌人？”我很失望。

阿洪嫂双手拍了一下膝盖站起来赌气地说：“我走啦，小三还等着吃奶呢。依我看，解放了，天翻身地翻身，就是我们妇女翻不了身！”说完，一阵风卷出去了。

我追了出来，阿洪嫂又发牢骚说：“没有枪，算哪号子民兵呵？我说这个方书记比阿洪强不了多少，瞧不起妇女。”

这未免冤枉了方书记。我说："方书记还是重视妇女的，他不是说'妇女能顶半边天'嘛。"

阿洪嫂微微一笑说："这句话嘛，还不错，可他为什么不发枪给我们？"

我说："也许现在没有，以后会发的！"

阿洪嫂白我一眼说："男民兵为什么有？偏偏轮到我们身上就没有了！这不是看不起妇女是什么？"

这一问，倒问得我一时不知说什么才好了，我就没有再多讲。天已经快黑下来了，阿洪嫂还要回家烧饭呢。结果方书记又把我叫回去了。

他说："这个阿洪嫂大概没有和阿洪商量通。"

"你怎么知道？"

"我看得出。你们工作难得很呵，成立难，成立起来之后更加难，不只女民兵排本身有困难，而且敌人还会进行破坏的。"

"破坏不了！"我蛮有信心地说。

"你不要大意，不警惕就要吃敌人的亏，上坏人的当。我问你，那半碗白米饭的事搞清楚了没有？"

方书记专会煞风景，一提起这件事我心里就不痛快，怎么哪一壶不开单提哪一壶？我说："还了解什么？我和大成婶已经没有误会了。"

嘴里这么说，心里却在不满地想："让人家当民兵，又不发枪给人家，还故意东岔西岔的，怎么忽而又扯到白米饭上去了。"

方书记却说："你呵你呵，你还想要一支枪呢，我说你现在脑子里还缺乏阶级斗争观念，要是没有阶级斗争观念呵，手上有枪也没有用处，你应当先把你的头脑武装起来。"

我这次才听出"武装头脑"不是一句玩话，但是怎么个"武装"法呢？

我说："我和大成婶已经没有意见了，事情不就完了吗？"

"就这么简单？小海霞呵小海霞，看来你眼睛大大的，盯起人来像两把钻子，可是看不透问题的本质。"

"什么'本子'？"我根本听不懂。

"这半碗白米饭里有阶级斗争。"

我更迷惑不解了：白米饭里有什么阶级斗争呢？从方书记严肃认真的神情里，我看出这句话是极其重要的，我极力猜想着这句话的含义。

方书记接着说:“毛主席教导我们:‘谁是我们的敌人?谁是我们的朋友?这个问题是革命的首要问题。’小海霞,若是分不清敌友,手里有枪也不知道对准谁。你说尤二狗这些人是敌人还是朋友?”

我斩钉截铁地回答说:“这还用问吗?是敌人,是坏蛋,永远不和我们一条心,可是枪杆子在我们手里,他就不敢使坏!”

方书记说:“不对,他们是绝对不会甘心他们的失败的,他们无时无刻不在暗地里捣蛋、破坏,只不过是你还看不出来罢了。这半碗白米饭的风波,就是他们掀起来的呵!”

“咹?是他们捣的鬼?”我又吃惊又诧异。其实,这些话在发救济粮的时候,方书记就说过,可是我没有把它放在心上。

“是的,我问你,这半碗白米饭是谁借给玉秀的?”

“是臭三岛呵!”

“过去穷人饿断肠子,你可见过臭三岛借给哪个白米饭?为什么现在政府要发救济粮了,她才借?是心变好了还是搞阴谋诡计?我再问你,叫大成婶出来对质的是谁?”

“是臭三岛呵!”

“说你造谣,要撤你职的是谁?”

“是臭三岛呵!”

经方书记这么一连串的追问,我慢慢地有些明白了。俗话说“无风不起浪”,这股歪风原来是阶级敌人掀起来的呵。可到底是怎么回事呢?我还是弄不清楚。

方书记说:“你别看出面的是臭三岛,在背后出主意的可能就是尤二狗和陈三这些人。”

我听了,仿佛从梦里惊醒过来,生气地骂道:“哼,这些没心肝的坏东西,好狠毒呵。我非去找他们算账不可!”

方书记说:“这是我的判断,你可以先去调查调查。把事情搞清楚。”

“怎么个调查法?”我很为难。

方书记见我为难的样子,就耐心地告诉我说:“调查就是了解情况,干革命工作,这是一门必须学会的学问。不了解情况,什么事情也办不好。”接着他又教我调查的方法。他说:“你不是和玉秀是好朋友吗?你可以先问问玉秀。然后根据玉秀谈的情况，你再考虑让玉秀去和大成婶谈呢还是自己直接去找大成婶。要多动动脑筋，事情总会查清楚的。”

我是个急性子，事情办不完，饭也吃不下，觉也睡不着。我当天就按照方书记教给我的方法，一下子就把事情弄清楚了。

原来事情是这样的：

是尤二狗、陈三这伙坏分子捣我的鬼。在选举贫苦渔民代表的时候，他们以为我是个不懂事的小孩子，故意提上我当幌子使。没想到我竟揭了他们的老底。他们恨死我了，总在想办法整我。在政府拨下救济粮来的时候，他们装出可怜大成婶的样子，要借白米饭给玉秀吃，大成婶说没的还，臭三岛就说：“现在解放了，穷富变成一家人了，还不还没关系。”

这半碗白米饭，他们早不给，晚不给，单等我到大成婶邻居家了解情况的时候才给，结果玉秀刚端起饭碗就叫我碰上了。臭三岛在我走后不久，便来问大成婶说：“玉秀吃白米饭叫海霞看到了？”

大成婶说：“看到了。”

臭三岛说：“那你们的救济粮没有了！”

这对大成婶家来说简直是坍天横祸，大成婶吓得哭起来：“怎么办呵，天哪！”

臭三岛说：“现在只有一个办法，一口咬定说玉秀没有吃。”

大成婶为难了，她说：“怎么好撒谎呢？”

臭三岛说：“嗨，我那大妹子，你真是大处不看小处看，这算什么撒谎？救济粮要紧呵。”

“海霞是亲眼看见的呵。”

“你不承认，海霞有什么办法？横竖你知我知，没有第三个人知道。”

结果大成婶就上了他们的当。

我怀着激动而又兴奋的心情，把我了解的情况向方书记说了以后，方书记说：“这是一堂生动的阶级斗争教育课。今后你还要在阶级斗争的大风大浪里不断地经受锻炼。”

我说：“这件事确实使我受了很大的教育，可是有一点，我还是不明白，这件事是我亲身经历的，我却看不出这里面有坏人捣鬼。你只是听我谈了谈情况，一下子就看得清清楚楚，这不是‘神’了吗？”

方书记笑笑说：“这就是个要‘武装头脑’的问题啦。当然这里面虽说有个斗争经验问题，但主要的是首先要有阶级斗争观点，心明才能眼亮。在阶级斗争这个问题上，头脑一定要保持清醒。不然，可要吃大亏，上大当的！”

我满怀崇敬地说：“方书记，我是个不懂事的毛丫头，经你这一说，我心里亮堂多了，你以后多给我指路才行。不然我一迈步就要跌跟头，我一定按照你教我的去做。”

方书记诚恳地说：“我的年龄比你大，斗争经历比你长一些，受党和毛主席的培养教育也比你多一些，可以也应该给你一些帮助，但是，我们大家都要按照毛主席的教导干革命，都要按照毛主席指引的道路向前走呵！”

我又奇怪了：“毛主席住在北京城，我们住在小岛上，相隔千山万水，可怎么个教导法呵。”

方书记对我笑笑，从抽屉里拿出很多本大大小小的书来，他说：“毛主席的教导全写在这里呢，关于阶级斗争问题，你看毛主席是怎么讲的……”他抽出其中一本翻了翻，指着用红笔画出来的一段说：“……在拿枪的敌人被消灭以后，不拿枪的敌人依然存在，他们必然地要和我们作拼死的斗争，我们决不可以轻视这些敌人。……”接着他又翻开另一本，又是用红线画出来的：“……捣乱，失败，再捣乱，再失败，直至灭亡——这就是帝国主义和世界上一切反动派对待人民事业的逻辑，……”他念完了就给我解释。然后问我：

“你懂了吗？”

我点点头说：“听了你的解释，我有些懂了。”的确，我觉得心里慢慢明白了，眼睛渐渐亮起来了。这就是说，尤二狗、陈三、臭三岛这些人，都是不拿枪的敌人。我又禁不住问道：“这些话都是毛主席说的？”

“是呵。”

我看看桌上摆了那么多的书，又问：“对于我们民兵的事，毛主席怎么说的？”

“有。”方书记很快地翻了出来，又念给我听，“……真正的铜墙铁壁是什么？是群众，是千百万真心实意地拥护革命的群众。这是真正的铜墙铁壁……”然后他又给我解释。

我不由得感叹道：“这些书可真是宝贝！”

“对，你要是把这些书学好了，你就不会走错路，你就会心明眼亮，看得远，想得宽，工作碰上再大的困难，也能克服。”

“我要是自己会看这些书该多好呵，可惜我是个睁眼瞎。”我长长地叹了一口气。

“不会就要学嘛，小孩子家就学会了叹气！过些时候，我们办个识字班，叫大家上夜校。”

“什么时候办？”

“现在事情太多，等到冬天再说吧！”

“我等不及，你现在就把这些话给我写下来，教我念。”

这时天已经黑下来了，方书记点上了煤油灯。他见我这股子急劲很高兴，他说：“你可真是性急呵，但愿困难挡不住你，吓不倒你。好，我就先当你的第一任教师，今天就上第一课。不过，天已经黑了，再急也得等吃完饭之后开始吧？”

我让步了。

回到家胡乱扒了几口饭，把碗一推就来找方书记。他还没有吃完呢。我趁他吃着饭便问他道：“方书记，你是怎么识字的？念过多少年书呵？”

方书记笑笑说：“我上过游击大学哩。”

我惊奇地问：“这游击大学在哪里？”

他幽默地笑笑说：“在树林里、山洞里、茅屋里，到处都是。”

我笑笑说：“方书记可真会逗人，这算什么学校呵？”

方书记依然幽默地微笑着：“你别瞧不起这游击大学，它培养了数不清的革命家和革命知识分子哩，不过当时我可不是个用功的学生，我记得那时我还编了段打油诗呢。你听：

树枝当笔地当纸，
课堂安在山沟里；
油印报纸当课本，
李中队长当老师；
四十岁上当学生，
鸭子上架全靠逼；
笔杆更比枪杆重，

学文化真是苦差使；
我宁愿去砍三担柴，
不愿啃这两个字。……”

我听了以后，觉得很好笑，认字怎么叫啃呢？认两个字总比砍三担柴容易吧！我好奇地问：“是别人逼你认字的？”

“对，开头我可没有你这股热劲，中队长每天给我两个字的任务，要求会写，会读，会讲，会用，还说‘任务完不成，就要受处分’，如果那时没有中队长这么一逼，今天还当不成你的教员哩。”

方书记吃完饭，第一课就正式开始了。我跟着方书记一字一顿地念起来：“在—拿—枪—的—敌—人—被—消—灭—以—后……”

天已经很晚了。月亮照进窗口，好像瞪着眼睛看着我，奇怪我为什么能和书本产生关系。方书记教到我能读下这段话来之后，就连夜赶到外村开会去了。我一个人伴着油灯，念一遍又一遍，刚念过去，回过头来又不认识了。嘿，真够呛，原来认字是这样难，怪不得方书记宁愿砍三担柴，不愿啃两个字呵。

我一头扎在书上，连爷爷进来也不知道。爷爷说：

“海霞，快半夜了，还不回家去！”

我说：“爷爷，你先回去睡吧，我不念会这段话不回家！”

爷爷见我学念书，满心高兴，用粗糙的手轻轻地抚摸着书本，十分感慨地说：“海霞，我们渔家祖祖辈辈可不知道书是怎么念的呵，你算是有福了。”然后他还是劝我走，他说：

“今天学不会，还有明天。识字这事儿可不是一天的功夫，快回去吧。”

我故意埋怨说：“爷爷，你快回去吧，你看，你来一打岔，我又忘啦！我不念会不回去。”

爷爷知道我的拗脾气，没有办法。他怕我冷，就把他的夹袄给我披在身上，自己回去了。

我真体会到“啃”字的味道了。灯油点光了，我再添上油，又一头扎在书上继续啃。窗外的梧桐树唰啦唰啦地响着，好像陪伴我念着：“在—拿—枪—的—敌—人—被—消—灭—以—后……”等我把这段话啃下来之后，窗口已经透亮了。

我是多么高兴呵，一溜风地跑到阿洪嫂家，用两个拳头像敲鼓一样擂她的大门。

阿洪嫂头发蓬松地披着衣服跑出来开门，一见是我，便骂道："失火啦？你这个疯丫头！"

我兴奋地说："我有了武器啦！"

"呵？枪发给我们啦？在哪里？"阿洪嫂一想到发枪就来劲了。

"在这里！"我指指我的脑袋。

"哼，你这个疯丫头，我就'在这里'给你几下，你就不来捣蛋了！"她揪着我的辫子，装出凶狠的样子捶我的头，当然捶得一点也不痛。

"好嫂嫂，慢点打，你听我对你讲呵！"

第十章

——

书面通知

女民兵排成立了。我那些小时候的女朋友全都参加了民兵排。云香呵，海花呵，采珠呵全都报了名。玉秀只有十五岁，还不够当民兵的规定年龄，只好噘着嘴巴等一年了。

她们都是贫苦渔家的女儿，可是脾气却很不一样。海花是个团团脸的胖姑娘，个子虽说矮了点，却显得特别粗壮。她是个天真单纯、心热性急的人，想到哪里就说到哪里，只顾当时说得痛快，不管听的人架住架不住。办事也是粗粗拉拉，事前不细想，事后不思量。

云香和海花恰恰相反，细高的个儿，长圆的脸儿，做事耐心细致，为人诚恳谦和，是一个听得多、想得多、说得少的人；说话就像射击一样，不瞄准了不击发。

我喜欢云香的沉着，也喜欢海花的痛快，但比较起来，我还是更喜欢云香些。她有很多优点。她很含蓄，从来不露锋芒。她很小就是同心岛有名的渔歌手了，可是她从来没有表示过比别人优越。她很重感情，也很热心，但并不经常表示出来。云香和我同岁，只是她比我早出生了半个月。

采珠和她们两个都不同，一句话，有点儿娇。凡是遇见不如意的事，脸色一沉，泪珠儿就往下掉。

在成立民兵排的大会上，大家选我当了排长。方书记总是怕我没事干，又提议选我当了乡的治保委员。他对我说："你是全乡的治保委员了，眼睛不要光看着东西榕桥镇了，要看着整个同心岛了。"

我说："我不会当，我连自己还看不过来哩。"

"不会当也得学着当，穷人坐天下，开天辟地第一回，干什么不是学会的，我也不是天生就会当书记的呵。"

道理我是懂了，但信心还不足。我说："好吧，那我就试试看吧。"

方书记立即跟了一句，严肃地说："不是试试看，是要踏踏实实地干，要干好！"方书记对我严格起来了。

女民兵排的枪还没有发下来，所以练武也没法搞，白天拿着鱼叉，在村头岙口查查行人，也就算站岗放哨了，真不来劲。其他除了开开会，动员积极参加生产劳动外，就没有更多的活动了。麦收之后，种好番薯，有一段短短的农闲时间，我们民兵排就把识字班搞起来了。校舍就在西榕桥的祠堂里。

在这一段时间里，我个人的学习虽说没有明显的成绩，却也一直顽强地坚持着；如果要问支持我刻苦学习的力量是什么，那就是为了要看懂毛主席的书。为了达到这个目的，学习真是入了迷，谁要是教我几个字，给他磕八个响头我也干。真是像渴极了的人，碰到一股清泉水，越喝越想喝。

我们妇女识字班成立起来，聘请了个教员是乡公所文书陈小元。他是初中毕业生。因为他说话做事都有点摇头晃脑，偶尔还吹吹牛，以榕桥镇的秀才自居，好多女民兵看着他不顺眼。一听教员是他，教室里就立即起了哄。

海花说："干吗请他来教，这是颗不熟的葡萄——酸得很。"

阿洪嫂也接上去说："这家伙是搭起戏台卖螃蟹——买卖不大，架子倒不小。"

云香低声对海花说："当心，'道上说闲话，路边有人听'。再说有人就架不住了。……"

原来云香指的是采珠。因为采珠是陈小元的未婚妻。我一看，她的脸色果然变了。

谁知海花偏不看火候，瞥了采珠一眼，更加提高了嗓门："哟嗬，还没有过门，就知道护短啦！"

"咣咚！"板凳一响，采珠卷起一阵风跑出去了。谁知海花的笑声更大了：

“哈哈哈，真是才子配佳人，多么好的一对！哈哈哈……”

我发火道：“海花，你是怎么搞的？怎么摘瓜扯着蔓儿地乱说，教员没有来，学生先跑了。……”

海花见我生气了，她连忙说道：“我这个人肚里有话藏不住，说出来以后，就直后悔，恨不能一下把自己舌头咬下来！”说完还滑稽地伸了伸舌头。

结果引得大伙都放声大笑起来。真要命。

我跑出来追采珠，见她正一边走一边抹眼泪。我说：“采珠，走，回去上课去。她们开玩笑开得重了些，不计较也就算了。再说，小元是有些缺点，大家以后帮他改正了不也很好嘛！”

采珠像发誓一样地说：“小元当一天教员，我一天不到夜校！”转身走了。

回到课堂，见她们还在议论陈小元。

我像个和事佬一样，调和道：“算啦，管他酸呵甜的，只要能教咱们识字就行。”

开学第一天，可真够热闹的了。怪不得人家讥诮妇女们说：“三个女人在一搭，叽叽呱呱像群鸭，动嘴还不够，外加动手刮。”这话真还有点道理呢。你看教室里那个乱腾劲，就像到了菜市上。教员刚在黑板上写上“第一课”三个大字，海花突然提议说：“咱们是民兵了，得先学个歌才行。”

“对，欢迎老师教个歌！”大家跟着嚷起来。

陈小元立刻把课本往桌子上一放，拉着长腔说：“行，答应大家的要求！”

接着有人咕噜道：“看，酸劲上来了。”

陈小元没有听见，仍旧扯着长腔：“大家静一静，静一静，今天我来教个《民兵练武歌》。这个歌是男民兵唱的，你们可以放开嗓子，声音要洪亮，雄壮有力，热情饱满……”可真够啰唆的了。接着他又说：“我唱一句，大家跟一句。”说完，他就抡起手臂拉开嗓子唱开了：“‘擦亮钢枪磨快刀，民兵练武情绪高！’一——二——唱！”

谁也没有开口，不好意思。真要命，刚才还叽叽喳喳一个更比一个能吵，现在叫她们唱，哑巴了！

于是陈小元“刀啦刀啦”地定准了音，又来了一遍，还是没人唱。我发现这些“学生”们，看着陈小元张大的嘴巴和舞舞扎扎的胳膊，正都在发笑。

陈小元大声喊道：“唱哇！”

几个妇女也学着他的长腔：“唱哇！”

“那就来一遍！”

“那就来一遍！”妇女们又学他。

我生气了，站起来说：“大家守纪律好不好，像什么样子的民兵嘛！”

于是有人就在角落里嘿嘿一笑。这里也咕咕，那里也嘎嘎，最后哈哈哈哈全场都放声大笑起来，连我也忍不住大笑起来；大家笑出了眼泪，笑转了肚肠，到底为什么笑，鬼知道。

笑够了，抬头一看，教员早气跑了。这时才有人轻声唱道：“‘擦亮钢枪磨快刀，民兵练武情绪高！’……下边怎么唱？”一看教员不在，又随口骂道：“混账教员，怎么不教完就跑了？”

于是全场又放声大笑起来。第一课就在这哗哗的笑声中宣告结束。

第二天我不得不去向陈小元赔礼、道歉、下保证。教员总算来上课了。教员来了，采珠却真的不来了。只要小元来上课，她发誓不进课堂门。她像鸭子吞下根铁筷子，任你千说万道，她就是回不过脖来。

谁知陈小元拿来了解放前他在初小念的课本来，第一课是：上学去。第二课是：坐立走，身体直。到后面就是狗呵猫呵，皮球呵木马呵等等，开头我们还忍着往下念，后来实在忍不住了。我说：“小元，你换换课本好不好？我们都是民兵了，还‘皮球木马’的，有什么意思？”

陈小元说：“读书不是为了识字吗？管他什么课本，能识字就行嘛！”

我反驳说：“不，读书不只是为了识字，是为了学习政治。”

陈小元轻蔑地说：“你懂得什么叫政治？这政治二字怎么讲？……”

我也蛮有火气地回答他：“什么叫‘政治’，我真说不上来；念书识字是为了叫大家明白革命道理，为了读毛主席的书……”

“好，这样的课本我没有，你们找来我就教。”

陈小元总算让了步。

当天夜里，我就去找方书记，跟他要教材，他很赞成我的想法，他说：“学文化应该和学政治结合起来，学识字不是目的，学文化是为了更好地学习马列主义、学习毛泽东思想，学习是为了更好地为人民服务，为了把革命工作做得更好。”他给我找了三本书：《为人民服务》《纪念白求恩》和《愚公移山》。

我们学得可来劲了！

开学第五天傍晚，突然下起雨来。女民兵们全到齐了，在教室里说东道西，等候我们的教员。

阿洪嫂说："我看，这位'大架子'不会来了。"

连云香也等得失去了耐心，她说："我们这么多人等他，他不来也要说一声呵。"

又等了一会儿，时间已经很晚，雨又越下越大，我说："大家不要散，先复习昨天的功课，我叫他去！"

海花说："我看算了吧，你这是抱起木炭亲嘴——少不了碰一鼻子灰。"

碰就碰吧！

天很黑，我从灯影里走出来，什么也看不清，一出门就往墙角上碰，风又很大，蓑衣根本披不住，反而扯着我往后退。我索性把蓑衣夹在肘弯里，向东榕桥走去。走到乡公所，浑身上下没有一点干地方了，雨水顺着头发向下流。我敲了敲门。

陈小元拉着长腔说："进来！"

我推开门，看见陈小元半躺在床上看书，我一把抓过他的书，摔到地上，气愤地说："你倒挺自在，我们全在那里等你哪！"

"你没看见这么大的雨？"陈小元很不高兴地说。

"大雨就不学啦？你不去也要通知一声呵！该不是又看你的《红楼梦》了吧！"

"什么《红楼梦》，这是《水稻管理法》哩。你知道吗？我们要围垦海塘啦，在海滩里种稻子，以后就有大米吃啦，我在研究农业技术哩——这是双和乡长给我的头等任务。还有……"他接着又从枕头下边抽出一本书来说："我还要给渔民讲《海洋渔业技术改革》哩，这都是为了搞好生产，为了……"他啰唆起来没有完了。

我觉得全身冷得发抖，衣服像湿了的纸一样贴在身上，脚下流下了两汪水，心里急得要命。我说："你到底去不去？大家都在等你哪！"

"你发什么火？回去通知大家，今天不上啦，再附带说明，以后风雨停课。"

"要不要派顶轿子来接你？"我忍住气，刺了他一下。

他一点也不怕难为情，还一本正经地说："轿子倒不必，给买个手电筒还是十分必要的。"

脸皮真厚！

我气极了，难怪女民兵们看他不顺眼。我说："还给你买个脚电筒哩，你以为没有你，识字班就办不成啦？你今天不去，以后也不要去了。我们把你罢免了！"

他酸溜溜地说："谢天谢地，求之不得！不带枪的娘子军们，别了！祝你成功！"他两手抱拳向我一拱。

我扭头走出大门，真想哭出来，一股子气，把风雨全忘了，也不知怎样地回到了教室。

等得不耐烦的民兵们齐声问道："教员来了没有呵？"

我说："教员不来了，以后也不来了。"

有的女民兵说："不来正好，我也不想学了。"

有的女民兵说："不挨男人的拳头就算翻身了，识字有什么用！"

"你们还有志气没有？"我把满肚子的气全发在民兵身上了，"不怕人家瞧不起，就怕自己不争气……"

"没有教员，怎么办呵？"

"不会另找一个？"

可是找来找去找不出合适的人来。难道夜校就这样散了？不！我发了发狠说："我来教！"

我本来是在气头上说的，可是大家当了真，一齐鼓掌赞成。这真使我感到要命了，可是要没有人教，夜校就非散摊不可！没办法，只好硬硬头皮，一边学，一边教；用方书记的话来说，这真叫"鸭子上架全靠逼"！

有一天，正刮着九级大风，又下着大雨，我要上的课还没有准备好。一边向西榕桥走，一边想着教课的内容，一脚踩空，跌到桥下去了，全身湿透不说，还摔破了腿。我一瘸一拐地走进教室，幸好及时扶住门框，不然就扑倒了。

阿洪嫂急忙奔过来惊叫着："哎呀呀，我的姑奶奶，你是怎么搞的？"

我说："没关系，上课吧！"我忍着疼痛站在黑板前边。今天是上新课。课文只有二十五个字："张思德同志是为人民利益而死的，他的死是比泰山还要重的。"

我自己知道，我教得很不好。黑板上的字，不是写出来的，而是比着书本画出来的，并且经常缺了胳膊少了腿。

有一天我问方书记说："学文化，有没有快办法？"

他说："心急喝不得热米粥，走路也得一步一步地来嘛。"

"一步一步，等到会看毛主席的书的时候，头发都要白了。我这个人呵，就是喜欢两步并成一步走。"

方书记对我笑笑，好像很满意我这句话，他说："两步并成一步走，太快了吧？不会跌跟头吗？"

我说："跌倒不会再爬起来？"

"好，好！"方书记接连叫了两个好，兴奋地说："海霞，干革命就需要这种顽强精神。"

这些天来，我就是按这种顽强精神来学习的。可是我总觉得学习的效果不够好，就拿课堂上这二十五个字来说吧，学得能认下来就得三四天，更不用说会写了。想到这里，我的急躁情绪就上来了，心想："照这样，学到哪年哪月才能读毛主席的书呵！"

心里一急，教得就不耐心了，甚至对我的"学生"发起脾气来，怪她们不专心不努力，采取硬逼的办法——学不会不下课。谁知道这样一逼，反而把"学生"逼泄了气，连阿洪嫂也说："海霞，你急得两眼冒火星也没有用，我看我不是读书识字的料，脑子笨得像木头，以后你们学好了，念给我听吧。"她竟失去了信心。我真不知道怎么办好了！

在同心岛解放前，爷爷因为上了年纪，身体又不大好，不能出远海了，就驾个小舢板负责同心岛和东沙岛之间的摆渡。有时空下来，就讨小海，摸点小鱼虾。现在东沙岛还没有解放，渡船就被搁置起来。平时，我上山打柴，爷爷就讨小海。土改反霸时分了些农具，还分了一亩多番薯地，加上原来半亩，已经够我们爷两个生活的了。这些日子，一直刮着七级以上的大风，——把个蓝蓝的大海刮成了浑黄色。这天，爷爷没有出门，就坐在门口用铅丝缠他那裂了缝的橹把，我坐在旁边"啃"我的字，爷爷可怜起我来。他说："海霞，看你瘦成什么样子了？识字可是伤心劲的事，不进学校门，哪能学的好？"

我有些急躁了。真的，那么多的书，我要学到哪一年才能认识它？方书记说只要认三千个常用字就能看书读报了。唉，这三千个字可真够我啃的！

阿沙忽然愣头愣脑地闯进来，作了个敬礼的怪动作，大声说："报告排长姑姑，有你的信！"

“你说什么？小鬼头！”有生以来我还没有接到过信，我当他出什么鬼花样，一看他手里真的拿着一张小纸条，接过来一看，上面一笔一画地写着：

海霞同志：

今天午饭后，在乡公所开会，研究民兵工作，希你按时参加。

此通知

方世雄　×月×日

我竟一字不差地认下来了。不知道一个瞎子突然看到光亮时是什么样的心情，我当时一定比瞎子看到光亮还高兴。你们想：不用别人讲，我就知道，什么时候，在什么地方，开什么会议，什么人通知的……我高兴得一下子从背后扑到爷爷身上，爷爷打了个踉跄，向前趔趄了好几步，才稳住了身子，生气地说：“你疯啦！”

我说：“爷爷，我的好爷爷，我能看通知了。”

爷爷惊喜地说：“真的？”

“当然！”我得意地说。

“来，快念给我听听。”爷爷把还没缠好的橹往门框上一竖，兴奋地坐下来。我就把通知一字一句地念给他听。

爷爷不放心地说：“没有念错吧？”

“保证没有错。”

“那就是说，点灯熬油没有白费？”爷爷得意了，“我们海霞不也成了文秀才了吗？”

我也逗爷爷说：“我还要成为武状元哩！”

爷爷只顾嘿嘿地笑着，不断地捋着胡须。

我说：“爷爷，以后我还要念毛主席的书给你听，毛主席说的话，你就会全知道啦。”

“你可不要骗爷爷！”从他幸福的笑容里，我看出爷爷相信了我的话。

我家离乡公所不远，按说是不需要书面通知的。但是，这个通知引起了我学习情绪的突变，使我懂得了方书记写这份书面通知的用意。它使我看到了学习成果，鼓舞了我的学习信心。

方书记，你培养人是多么热情，多么耐心，多么细致呵。你用毛泽东思想教育我，用革命故事启发我，用各种方法诱导我，你用严格的态度批评我的缺点，你用满腔的热情鼓励我的进步。你不断地提高对我的要求，不断地加重我的责任。我知道你是代表党来关怀我、培育我、鞭策我，给我引路。

当天晚上，我把会看通知的事情和我对方书记做思想工作的体会向识字班的民兵们一说，果然，大家的情绪又高涨起来，学习的信心增强了，学习的决心更大了。这使我深深体会到做思想工作的重要。

散学的时候，云香一把拉住了我，我还是第一次看到她这么激动，她说："海霞，你以前只有个干劲、闯劲，现在你也学会做思想工作了，你看，你把方书记给你书面通知的事一说，就给大家带来了鼓励，增强了信心。你这阵东风借得好，这可是个大进步呵！"我的民兵战友们为我的每一点进步都感到由衷的高兴，把它看作是大家的进步。

我说："我们每一个进步都和方书记的……不，应该说都和毛主席的教导分不开呵，就算我们有了一点进步吧，可是离党对我们的要求还差着十万八千里呵！"

云香说我"学会做思想工作了"的话引起了我的深思和不安。其实，我是不会做思想工作的，就拿对陈小元来说，我就是简单生硬，感情用事，不考虑影响和后果，哪里做过什么思想工作！这件事我还没有跟方书记说过，要是他知道了，不知会怎么狠狠批评呢！

偏偏就有这样巧的事情。第二天，为了写入党志愿书的事，我去找方书记。谈罢刚要出门，他又喊住了我，他说：

"海霞，你等一等，有件事我要问你。"

"什么事？"我站住问。

"听说你们把教员赶跑了？"

我苦笑了一下说："哪是我们把他赶跑了？我们求爷爷告奶奶地去请他，他不积极，我们有什么办法？"

方书记说："于是你就自己干起来了！"

"这是逼的！"我还是苦笑着说，到他桌前坐下了。

方书记恳切地说："海霞，你这种敢打敢冲敢闯敢干的精神很好，上次我也和你说了，干革命就需要这种精神；可是，你也要学会发动群众呵，一个人，即使全身是铁，也打不了几颗钉。”

我感到十分委屈：“光说‘发动’‘发动’，像陈小元这样的人，你‘发’他不‘动’，可怎么办呵？”

方书记说：“依靠群众，相信群众，充分发动群众，这是我们党的基本路线，离开群众，什么事也办不成，一个革命者，无论如何也要学会做群众工作。就拿陈小元来说，他的缺点是比较多，但哪个人没有缺点呢？要求别人没有缺点是不可能的，也是不对的，正因为有缺点，所以我们才一定要努力学习马列主义、毛泽东思想，才强调做好政治思想工作，才强调开展积极的思想斗争，开展批评和自我批评。”

是呵，我的政治思想工作做到哪里去了呢？可是昨天云香还夸我“学会做思想工作了”哩，真惭愧！

“我们不怕有缺点，”方书记继续说，“而是要满腔热情、积极认真地去帮助别人克服缺点。缺点克服了，就是进步，就是成长。改造世界观不是容易的事，要经过长期的磨炼才行。做人的思想工作，简单了不行，急躁了也不行，要耐心，要细致，要注意方法。你光动员陈小元教识字班还不够，抓思想要抓根本，帮助他提高政治觉悟，一次不行两次，两次不行三次，要知道，这是一个革命者的责任呵！”

第十一章

山路弯弯

有一个时期，阿洪哥和阿洪嫂他们两口子的关系闹得挺紧张，简直是火镰对火石，一碰就要冒火星。外加上有的封建思想很浓的老太婆有心无意地给他火上加油，她们碰见阿洪就讥诮说："你算什么男子汉，连个老婆都降不了！"

接着有人出来唱帮腔："人家阿洪能耐大，将来还会替老婆烧火做饭洗尿布哩！"

臭三岛说得最起劲："也许还要给老婆洗脚呢，你们猜阿洪床前的垫脚石上，为什么有两个窟窿？是阿洪给老婆下跪跪的咧！"一边说一边咧开满口黄牙的大嘴，前仰后合地笑着，唾沫星子满天飞。

阿洪哥是个火暴性子，哪能受得了这样的奚落呢？他本来就不同意阿洪嫂当民兵，所以关系就更紧张了。

有一次，阿洪嫂开会回家晚了，阿洪哥讨小海回来，进屋一摸，锅是冷的灶是冷的，气得火冒三丈，把门一锁自己到镇上吃馆子去了，阿洪嫂只好撬开窗子钻进屋。

阿洪哥有时说："我这个人就像没有老婆，还是出了海，心里倒痛快。"

阿洪嫂立即回答他："你出海我算从牢房里放了出来，禁闭坐满了。"

直到阿洪哥出海了，双方才算休战。不要以为这是他们夫妻之间的争吵，这简直是两种势力的决战呵！现在说起来叫人笑痛肚肠，但是当时哭都来不及。

有一次阿洪哥提着一篓鱼鲜，高高兴兴地回到了家，便问阿沙道：“你妈到哪里去啦？”

阿沙说：“你来时没有看见吗？在大榕树下织网哩！”

我们看见阿洪哥回来，忙催阿洪嫂回家做饭。阿洪嫂走进院子，就听见阿洪对儿子说：“阿沙，你妈不管我们啦，没有她，我们也能过日子。”

“我去叫阿妈回来！”阿沙说。

“不要去了，来，我们自己做饭吃，你帮我烧火，放上一碗米一碗水，做两碗饭，你一碗我一碗，我们也不用管你妈！”

站在窗外的阿洪嫂看见了这爷俩的操作和听到了他们的对话，忍不住笑，捂着嘴跑回来说：“阿洪在家自己烧饭了。”

“这么说，阿洪哥有进步了？听说他在渔船上就是只干力气活，从来不做饭，这可真是个大转变呵！”我们高兴地开着玩笑，心里充满了胜利的喜悦。

阿洪嫂坐下织了没有几梭，忽然想起了什么，急忙说：“不行，我得回去，这位老兄在家里爆米花呢！”放下网梭就跑了。当时我们不知道她的“爆米花”是什么意思。

再说阿洪哥，他交代了阿沙在锅里放上一碗米和一碗水后，自己就去洗鱼，一边得意地催促着阿沙把火烧猛一点。

阿沙一边烧着火一边说：“平常都是阿妈烧的饭，我们烧出来的不知好吃不好吃。”

“放心，保准比你妈做的好吃，你快烧吧！”阿洪哥说着还是埋头洗鱼。

又过了一会儿，阿沙说：“锅里怎么噼噼啪啪响呢？”

“那是米快烂了，看你这个啰唆劲，快烧火吧！”阿洪哥还不知道阿沙在锅里放了米却忘了放水，只顾洗他的鱼。

又过了一会儿，阿沙皱皱鼻头说：“有一股煳焦味。”

阿洪哥有点紧张，掀开锅一看，天呵，米花在锅里蹦哩！

阿洪嫂走进门忍不住笑着说：“来吃你们的炒米花！”

阿洪哥气得把鱼一丢，卷起铺盖到船上去了。

阿洪嫂笑呵笑呵，看着阿洪远去的背影，突然收起笑容，落下泪来。

开民兵会议的时候，方书记批评我的工作有缺点。我马上承认说：“我们工作的缺点是很多，参加识字班学习还不够自觉，有些人连站岗也不够重视……”

“不！不！缺点不在这里，”方书记说，“问题还在于上次我和你说过的，你要学会作思想工作，也要注意听听群众的反映，你说，香莲为什么不叫她的婆婆阿妈呢？”

这也算我们民兵工作的缺点吗？我不禁奇怪地瞪起眼睛来，很不服气地说：“香莲的婆婆就是她的姨妈，出嫁前总是叫大姨，出嫁后姨妈变成了婆婆，不改口不好，改口又不好意思，所以就什么也不叫了，再说，她叫不叫阿妈，和我们民兵有什么关系？”

“很有关系，人家说当了女民兵骄傲了，连婆婆都不叫了。还有，采珠为什么不下地劳动？”

“这怪不到我们头上。”我连忙分辩说，“在没有当民兵之前，她就在家绣花描云，没有下过地。”

“不，群众可说你们民兵不爱劳动。”

“这可是天大的冤枉！”我忍不住叫起屈来，心里很是不平。过去妇女不劳动的也有，夫妻闹架的也有，婆媳不和的也有，谁也没有怪别人。现在参加民兵了，一股脑儿全怪到民兵头上来了。

“不要管冤枉不冤枉，”方书记说，“采珠和过去身份不同了，她既然是你们排的民兵，她就应该成为劳动能手！教育她好好劳动，这是民兵排的责任！”

要是在两年前，方书记一定抓住我的辫子说：“小海霞呵小海霞，……”我就像到了阿妈怀里，什么也不怕了，也就觉得一切困难都解决了。现在可不同啦，不是“哎呀呀，小海霞”了，而是“海霞同志”了！光出难题，真逼人呵，“是逼着鸭子上架呵。”我不由得冒出了这么一句。

方书记说：“什么逼着鸭子上架，你知道海鸥老在窝里不飞，翅膀是不会硬的！”

“那好吧，我们民兵排就来管这些事情。”

“阿洪两口子的关系怎么样啦？”方书记又出难题了。

“是油和水，任你怎么搅和，也搞不到一块，听说还提出打离婚呢！”

“穷人和富人才是油和水，我看他们两个是鱼和水，你要想法帮他们和好！”

“还和好呢，打离婚算了，气气这些落后的男子汉。”这句话到嘴边又咽回去了。

天呵，工作是这么复杂，这么困难！夜里，我翻来覆去地睡不着。爷爷说："海霞，工作碰到难处了？"

"嗯！"我又想起求爷爷到方书记面前说情，要退小组长的情形。

"海上行船，浪头是躲不过去的，只有迎着浪头往前开！你要多多向毛主席的著作请教呵。"

爷爷提醒了我，我翻身起来，点起了灯，翻开了毛主席的著作，毛主席在《关于重庆谈判》一文里说："……什么叫工作，工作就是斗争。那些地方有困难、有问题，需要我们去解决。我们是为着解决困难去工作、去斗争的。越是困难的地方越是要去，这才是好同志。……"这段话是方书记叫我用红铅笔画出来的。但过去对这段话认识很不深刻。今天一读，就好像毛主席这段话是专门对我说的，觉得浑身有了力量。我没有办法入睡了，翻身起来去找阿洪嫂。脚下的路弯曲不平，我踉踉跄跄地向前走着，心想：工作，也多么像这弯弯曲曲的山路，要一步一步地认真对待呵！

阿洪嫂也没有睡，她眼圈红红的。

我问："哭过了？"

她委屈地说："不管你多么累，他不体谅你，还赌气自己洗衣服。"

这是什么话？自己够累的了，还嫌他的衣服不让她洗，这个阿洪嫂也真是，我比她更感到委屈，竟忘了是来帮他们和解的，就气愤地说："你这么忙，管他呢，衣服他愿意洗，就叫他自己去洗，我不信我们妇女就叫他欺负下来。"

"不，我的傻妹妹，你还不懂，我宁愿给他洗衣服。他的鞋子破了，那天我把新鞋给他送到船上，他又丢给了我！"阿洪嫂竟又抹起眼泪来了。

"不要就不给他，叫他打赤脚！俗话说：'既然走不成一条路，就分桨各划一条船。'和他分家算了！"我的火气越来越大了。

可是阿洪嫂说："唉！海霞，你现在还不懂。……"

"不懂？真是个怪人！"我心里想：难道这是阿洪嫂吗？平时硬得像石头，现在软得像面团，这算什么鬼脾气？

我说："我明天就找他去，非把他拖回来不可！"

天刚放亮，我就到了船上，我听到旺发爷爷正在数落阿洪："阿洪呵阿洪，这件事可是你的不对！阿沙他妈来找你，给你洗衣服送鞋子，人家比你强，给你搭了跳板你还不下船，何必自找苦吃？”

“我不能叫婆娘欺负下来！”阿洪两腮气得鼓鼓的，像含着满口水，说罢，又拿出烟来撒气。

我本来是想对他讲好话劝他回家的，一听他的口气，我又气起来。我说：“什么婆娘婆娘的？你眼里还有妇女没有？”

“哟，娘子军同志，”这时他才知道我站在旁边，“现在妇女解放了，上天了，我们惹不起还躲不起？”

我说：“你讲不讲理？”

“有理走遍天下，无理寸步难行，哪个不讲理？”

“你讲理就好，你上山开过几分荒地？你下地送过几趟肥？”

“我下海了。”

“三个孩子你照顾了几个？”

“我下海了。”

“打柴、烧饭、喂猪、养鸡……你做过几样？”

“我下海了。”

“下海了，下海了，就拿着下海吓人，你可真是没出息。嫂嫂这么忙，站岗、放哨、学文化，你不帮助不说，还拖人家的后腿！到底是嫂嫂欺负了你？还是你欺负了嫂嫂？”

“我搬出来，不就不拖后腿了，不就不欺负她了？”他还在强词夺理呢！

“你可真能欺负人，尽管你做得不对，嫂嫂还是忍让你，给你洗衣给你送鞋，人家说妇女心胸窄，我看你的心胸连个针尖也装不下，你算什么男子汉？你这民兵是怎么当的？若是我，不等你搬，我早就用鱼叉向外挑你啦！”

“我就要你说这句话。有男子汉当民兵还不行呀，为什么她自作主张地非要当民兵不可？”说了半天，原来他为阿洪嫂参加民兵憋了一口气，一直憋到了现在。

“我问你，为什么要组织民兵？你对毛主席的全民皆兵思想是怎么领会的？对毛主席的人民战争思想又是怎么领会的？你学习来，学习去，都学到哪里去了？”

“算啦算啦，”阿洪哥对我摆摆手，作出无可奈何的样子说，“我说不过你，妇女有妇女的理由，男子汉有男子汉的理由。她的好心我看到了，出海回来不给饭吃，还站在旁边看笑话，这口气我咽不下。”

我说：“你呵，你真够叫人生气的，那天嫂嫂在织网，听说你回来，就赶回家给你做饭，你自己偏逞能干，……”我说着又忍不住笑起来，“你别拿出海吓唬人，你当我们妇女不能出海？以后叫嫂嫂和你换一换，你在家忙几天家务看看。……”

“你当我干不了？”他还嘴硬。

“还想爆米花呵！”

他低下头嘿嘿地笑了，原来他只是嘴硬，心里早已服了输。我的火气也渐渐消了，过去扯着他的袖子说：“走吧，去给嫂嫂赔个不是。……”

旺发爷爷已经把他的铺盖卷好了，朝他怀里一塞，我推着阿洪哥一步一歪地走上了沙滩，活像抓了个俘虏。

第十二章

——

发枪之后

日子过得真快，转眼就到了一九五二年的春天。刚刚下过一场春雨，山坡上的麦田都给雨水洗得青翠水绿，映山红花开遍了远近的山头。吸口气，也觉得有一股清鲜的香味。雨后初晴的天气，人的精神也觉得特别爽快。

今天是我们全体女民兵大喜的日子——我们要发枪了。

两个月以前，我军又解放了东沙岛。爷爷也又驾起了他的摆渡船。

今天方书记和爷爷到东沙岛去给我们领枪去了。我们都等在码头上，眼睁睁地等他们回来。

当船一靠码头，我们就大喊大吵地围上去。

“发枪啦！”

“我们也有枪啦！”

“嘿，还有一挺机关枪哩。”

“哼，看这一回男民兵们怎么说吧！”

每个人先抢到手里一支枪。这里摸摸那里看看，看来好像还恨不得要用嘴去亲一亲。

方书记跳上岸来，一边笑着一边说：“大家先把枪扛回去，放到我的办公室里，还要举行个授枪仪式，你们不要高兴得太早，我要考考你们，考不上的不发枪。”

大家的高兴劲儿，让个“考”字给吓回去了。

阿洪嫂说：“你这个方书记，怎么专会煞风景，我也没见男民兵‘考’过几回。”

海花说：“方书记要考你现在就考吧。别叫我们回去晚上睡不着。”

方书记说：“你们说说，民兵的基本任务是什么？”

海花快嘴快舌地说：“这还不好答，打敌人抓特务呗！”

方书记说：“看，考倒了吧？第一个问题就不及格。”

海花伸了一下舌头，藏到我的背后去了。

方书记向我看看，说：“海霞，我看你这当排长的也不见得能答得上！”

我笑着说：“那我就答答看。”

“你说吧。”

“要积极参加社会主义建设，在生产劳动中，起带头作用；要配合解放军巩固海陆边防，防空防特，维持社会秩序；还要随时准备参军参战，保卫祖国。”

民兵们对我的回答很满意，骄傲地看着方书记，好像在说：“怎么样？没把我们难倒吧？”

方书记却说：“海霞答得还不完全。尤其是最后一点，应该明确地指出，我们民兵要随时准备对付帝国主义的侵略，坚决打击侵略者。”接着他又问道：“你们谁能答上来，我们民兵的性质是什么？”

云香说：“我来答答看。我们民兵是党领导下的不脱离生产的群众武装组织。是我国人民对外防御帝国主义侵略、对内实行人民民主专政的重要工具，是解放军的有力助手和强大的后备力量。……”

云香答得真好，我真想给她鼓掌。

方书记接下去说：“还有，是我国兵员动员的基础，又是军事组织，又是教育组织，又是体育组织。”

阿洪嫂说：“我的妈哟，还没有考到我身上，把我的汗都烤出来啦！要是考到我，非把我烤焦了不可！……”

虽然天已放晴，道路还是滑得很。我们扛着枪往回走，生怕跌倒摔坏了枪。你们若是看到我们当时走路的样子，不笑下大牙来才怪呢。可是我们还是高高兴兴地往回走，尽量做出庄严的样子；要知道，那时多少妇女都在村头上看呵。

有的说：“哟，还真像个民兵的样子哩！”

有的说："枪还怪新的哩。"

小孩子们都跟在我们后面，简直像看玩杂耍的一样，热闹极了。

但是我听到大成婶说："女人家当民兵，在地上滚滚爬爬的，难看死啦。谁家开通谁家当，反正我不能叫玉秀当。"

这些话并没有影响我们女民兵的情绪。我们女民兵有了枪，真是扬眉吐气了。枪还不知道怎么放，阿洪嫂、海花她们，在回来的路上已经在盘算怎么打土匪抓特务了。她们说："咱们也想法抓个特务给男民兵们看看，不然，真叫他们把咱看扁了，说不定他们还会挖苦我们：'扛上枪又有什么用？不能打仗，还不是和拨火棍差不多。'……"

说起来，叫人又好气又好笑。就在前些日子，海花正在岙口上拿着鱼叉站岗，男民兵带着枪从海上回来，海花说："阿洪哥，把你的枪给我看看。"

阿洪逗她说："看，看，看，看到眼里拔不出来怎么办？"

海花说："唏，看你们神气的。方书记说啦，也快给我们发枪啦，也许比你们的还要好哩。"

阿洪哥拍拍枪托夸耀地说："枪不好，是自己得的，有本事到海上打打土匪看，光靠嘴厉害可不行噢！"

男民兵之所以这样，并不是没有来由的。就在上个月，正是海上的大雾季，渔民回来报告说，虎头屿外发现了一只机帆船。民兵们估计，这是一只国民党海匪的船，这种船专门在海上抢劫渔船商船，破坏生产，渔民们叫它"海老鼠"。男民兵在方书记带领下，分乘了三只小钓船，从三面包围上去，雾很大，怕发生误会，方书记告诉大家，要听他的号令，等到弄清楚了再动手。离开机帆船只有三十多公尺了，才隐约地看出海匪的船抛了锚，在船上一边大吃大喝，一边分配抢来的东西。

方书记命令："打！"一排枪打过去，就把敌人打乱了。海匪们来不及起锚，就把锚绳砍断，发动起机器来想逃跑，船头上的机关枪也向民兵开了火。几个民兵跳下海去，游到机帆船旁边，几颗手榴弹就把机枪打哑了。阿洪第一个跳到敌人船上去，抢过敌人砍锚绳的斧头，跳到海匪群里抡起斧头就乱砍起来。一个海匪军官正向他举起短枪，阿洪见没处躲闪了，就索性向他直扑过去，因为用力过猛，两个人一齐跌下海去，在海里搏斗起来，最后这个军官还是灌饱了海水，当了阿洪的俘虏。

从此，男民兵看到我们女民兵，鼻子尖儿就上了天。

这天早晨，我刚放下饭碗，玉秀抹着眼泪来找我了。

我说："出了什么事？怎么哭鼻子抹眼泪的？"

玉秀噘着嘴怨声怨气地说："怎么啦，还好意思问呢，当了排长就把人家忘掉了。"

"哟，可真的呢，"我抱歉地笑笑。"你今年十六了吧？有什么好哭的，当民兵就是了，我给你报上名。"

"那你快和我妈说说去吧！她死也不依。"

我不免犹豫了。本来在救济粮的风波之后，我和大成婶的关系已经和解了，特别经过那次谈话，弄清了事情真相以后，我们都觉得更贴心了。但是对成立女民兵排，大成婶却很不赞成，说了许多不满的话。在一次会上我批评了她几句后，她怪我故意给她脸上抹灰，对我有了意见，这些天碰到我时，也往往扭头不理我。

为了工作，我还是去了。太阳已经很高，大成婶还在烧早饭。我说："大婶，天这么晚了才烧早饭呵！"

她见我主动来到她家，便很热情地给我拿了个小竹椅叫我坐。她说："上山砍了点柴，回来晚了。玉秀这丫头越来越野的不像话了。看见你们发了枪，这丫头红了眼，连柴也不想砍了，一大早也不知疯到哪里去了，到现在还不落家。"

"大婶，我来和你商量件事呢。"

"你说吧，凡是我能做到的我就答应。"大成婶警惕起来。

"玉秀今年十六了，应该参加民兵了。"

一听说玉秀要参加民兵，她的脸色就突然阴沉下来：

"我们落后，不当民兵。不是说当民兵要自愿吗？"

我声明说："是玉秀自己要求参加。"

"玉秀看见老鼠还吓得嗷嗷叫哩，不是你们挑逗她，她哪有这份心思？"她头也不抬地只顾烧火。

"当民兵不是坏事情。"

"是好是坏我不管，反正我不叫玉秀当。"

我看再说下去也没有用了，便说："大婶，你想想再说吧。"

我走出门来就听见她故意说给我听："那么大的姑娘家，不出嫁，整天东走西串，出什么风头。”

听了这话，就像吞下几把海蛎壳，梗在胸口，难过极了。我好心好意地为了工作去找她，可以说连半点私心也没有，大成婶却用这样的态度对待我，用这样的话来回答我。俗话说“冷汤冷饭好吃，冷言冷语难受”。我一回到家，泪珠就沿着腮帮子往下滚。送肥时别人两人抬一桶，我可以一人挑两桶；别人站一班岗，我可以站两班岗，尽管腰酸腿疼，骨头累得像散了架子一样，我不但可以忍受，而且十分快乐。可是这委屈，我实在受不了。真不明白，大成婶为什么这样落后。怎么办？

方书记的脸又出现在我面前。我好像听见了他的声音：“小海霞呵小海霞，动不动就泪汪汪的，你忘了我给你讲的故事啦！‘革命者流血不流泪’。……”我又拿出了刚写好的入党申请书，上面表示为了革命，不怕一切困难和牺牲，为共产主义事业奋斗到底。……我羞愧了，我承认我怕困难了。于是我翻身起来，擦干眼泪对着镜子说：“海霞呵海霞，都申请入党了，还哭哭啼啼的像个小姑娘，真丢人！”可是镜子里的海霞回答我说：“没关系，反正没有人看到，以后改正就行了。”镜子外面的海霞却不同意：“不管别人看到还是没看到，这是脆弱的表现，一个革命者应该是坚强的！”

我又想起了上次为了不要陈小元教书的事方书记对我的批评。当时我以为听懂了，其实并没有懂，因此运用起来就更不容易了。今天大成婶的事使我体会到，做思想工作，不光需要耐心细致，也还需要度量、勇气、决心和毅力。

我怀着知难而进的最大决心，又走进了大成婶的家，进门就坐下说：“大婶，我又回来啦。”

“你就是再说破嘴，我也不答应！”

为了打开僵局，我半开玩笑地说：“你不答应，我就是说破了嘴也要说。”

大成婶冷冷地说：“你有空你就在这儿说吧，反正我也不欠你的债。”

听了这话，我真觉得好像突然吞下一块冰似的，一下子从头冷到脚。她的话把我引到了过去苦难的年代，我再不能控制自己的感情，激动地说：“大婶，你是不欠我的债，可是你还记得陈占鳌怎么向你来讨债的吗？把大成叔打得浑身是血，那时你只会跪在地上哀求。现在日月好啦，你还愿意再过从前那种苦日子吗？大成叔的仇还没有报……”

她打断我的话说：“你这是哪里话？谁还愿意过那种鬼日月。”大成婶的眼圈红了，我的话触到了她心的痛处。她伤心地说："唉，那一回，哪里是我们欠他的债！是陈占鳌欠我们的工钱。玉秀阿爸去要，陈占鳌就不认账了，还说：'凭我这堂堂的大渔行，还欠你们穷鬼的钱？给我滚出去！'玉秀她阿爸还了一句嘴，就被他们把全身都打烂了……"

"陈占鳌还没有死，他还想回来呢！"

"他能回得来？解放军多着呢。"她忽然领悟到我的话的含意了。又无可奈何地说："你们民兵排干吗老缠着玉秀呢？难道离了她，民兵排就办不成吗？"

"都像你这种想法，民兵排就办不成。解放军也是爹娘生的呀，人家山南海北地来解放海岛，守卫海岛，是为了什么呢？我们岛上的人连当民兵都不愿意，怎么能说得过去呢？"

大成婶被这些话说动了。她说："这么说，当民兵对我们穷人还是有好处呵！怎么尤二嫂说：'当民兵又费功夫又受累，整天夜里不在家，还会闹出见不得人的事来'呢？"

"她还说了些什么？"我忍不住追问道。

"她还说，以后打起仗来，民兵打头阵；国民党来了，谁家当民兵，就要祸灭九族。"

我说："大婶，你怎么好听这种人的话？狗嘴里吐不出像牙来，上回那碗白米饭的事，你还没有上够她的当吗？"

正在这时，臭三岛一脚从门口闯进来。一看我在，扭头就走，我连忙喊道："喂，你怎么不进来呢？"

她一看走不掉了，就咧着满口黄牙假笑着说："排长在这里呵，我没有事，是来串串门，你有公事，我走了。"她拔腿又想溜。

我说："我正想找你呢！"

"找我做啥？"她有些吃惊。

"想问你一件事，进屋里坐吧！"我极力忍住气，把声音放平静些。

"有什么事你只管问吧。嘻嘻嘻……"她装出不在乎的样子，可就是不敢进屋来，只是倚在门框上，拉出准备随时逃走的架势。

"你说妇女参加民兵好不好呵？"

她顺口答道："好好好，一百个好，一千个好！"

"又费功夫又受累……国民党回来还要祸灭九族，有什么好的？"

“这是哪个落后分子说的？”臭三岛的脸色刷地一下子变了。接着说：“说这种话的人就该斗争他！”她的眼像刀子一样逼视着大成婶。

大成婶的脸色也变了。她生气地说：“这不是你亲口对我说的吗？还说这是为了我和玉秀好，还说海霞在背后骂我死落后，往我脸上抹黑……”

“你，你……你可不能血口喷人呵，你……”她竟大声喊叫，撒起泼来。

我说：“有理不在声高，你撒什么泼？你说当民兵有哪几条不好？不要背后讲！召开个民兵大会，请你上台去报告报告！”

她大概知道事情严重了，一下子抡起巴掌打起自己的嘴巴来，一边打一边说：“我这个臭嘴，该打！我这个臭嘴，该打！”

我也不制止她，让她自己多打几下也没有坏处，看她打到什么时候为止。

这时玉秀进来了，她厌恶地说：“你打吧，把嘴打歪了，斜话就更多啦！”

她竟一变脸色，嘻笑着说：“看我这好侄女，把你大娘说成什么人了！”一转身，溜了。

大成婶舒了一口气说：“唉！原来是这样一个人！”

我说：“这种人你要少和她来往。”

大成婶说：“对，我以后就不叫她上我的门！”

我说：“大婶，你答应玉秀当民兵了？”

大成婶说：“好吧，叫她去试试吧，我看这个黄毛丫头能干得了！”

玉秀抱着妈的脖子撒娇地说：“阿妈，说话可要算话！”

大成婶故意叱斥玉秀说：“小孩子脾气，娇得还有个人样没有？你不要高兴，有你不想干的时候。”

走出门来，我对玉秀说：“算你有运气，一参加民兵就有枪了，明天就开始射击训练，你可要争口气呵！”

我和玉秀分手后，臭三岛的影子不断在我脑子里转。原来我以为臭三岛只不过是个坏女人，好招风惹草，幸灾乐祸，挑拨是非，嚼烂舌根；现在她倒扯到政治问题上来了，办民兵和她有什么利害关系？她为什么造谣破坏？毛主席教导我们要以阶级斗争的观点看问题，我们绝不能小看这些谣言。俗话说：“木偶不会自己跳，幕后定有牵线人。”我看这根线定是牵在尤二狗身上。狐狸变人不管变得多么像，尾巴总是往外露的。

第十三章

—

检讨

在驻岛部队的大力帮助下，我们男女民兵排展开了政治学习和军事训练。每逢星期一、三、五，还有星期天，都是军民联防日，解放军同志和我们在同一个课堂上学习，在同一块田里劳动，在同一个阵地上练武……解放军同志给我们讲学习毛主席著作的心得体会；给我们讲国内国外的大事；给我们讲解武器的性能，以及如何分解、结合、擦拭；教我们射击要领，并且给我们做示范动作；教育我们要怀着对敌人的刻骨仇恨苦练杀敌本领。

因为男民兵经常出海，所以我们女民兵训练和学习的机会比他们多，我们大多数女民兵的练武热情很高，这一天虽然不是军民联防日，我还是把大家召集起来自动地抽空练习。我们把靶子插在山坡上，然后伏在沙滩上练瞄准。烈日当头，火辣辣地烤人，人人脸上都挂满了汗珠子，衣衫也被汗水湿透了，沾满了泥沙。这是在没有解放军同志辅导的情况下，我第一次单独组织指挥民兵的军事训练，这对我来说是一个很重要的锻炼。

开头，采珠建议找个有树荫的地方练习，我没有同意。我说："我们民兵训练，也要和解放军同志一样，从难从严从实战要求出发，怕苦怕累怎么行呢？"

采珠不说话了，瞄呵，瞄呵，瞄了还不到一个时辰，就不耐烦了。她说："海霞，光瞄准不射击，这算什么训练？什么时候才能实弹射击呵？"

我说："不要急嘛，现在三点还没有成一线，枪在手里直发抖，把射击要领掌握好，可不是一天半日的事。"

采珠不以为然地看了我一眼，挺烦躁地说："我看瞄不瞄一个样。"说完就从射击台上爬起来，甩打着擦汗的手帕扇风凉。

我劝她说："要多练习，不然怎么会打得准？苦练才能出硬功嘛。"

"我不信打不上，要么是枪有毛病。太阳晒得眼发花，光瞄呵瞄的有啥意思！"说着坐到榕树底下乘凉去了。

阿洪嫂看了采珠一眼，开她的玩笑说："干吗不叫陈小元给打上把伞，别把脸蛋儿晒黑了。"

采珠已是很不高兴了，海花却又跟上一句："这么娇贵，还是不当民兵的好。"

采珠吃不住了，她说："你不要觉得自己了不起，不当就不当！当民兵不是来吃气的！"提起枪来走了。

这样的事不止一次地发生，说轻了，她对你笑笑；说重了，抹起眼泪回家了。

我找到方书记，十分恼火地说："这些人哪里是民兵！无组织无纪律，简直像老百姓嘛！"

谁知方书记哈哈大笑起来，笑得怪轻松的，人家都急死了气死了，他还笑。

方书记好容易才止住笑声说："你急啥？她们不只是老百姓，而且还是家庭妇女哩！"

我不同意地说："她们已经是民兵了。这些人真是豆腐掉进灰堆里——吹也吹不得，打也打不得，要多难办有多难办！"

"你认为报了名，从家庭妇女摇身一变就成了民兵啦？没有那么简单的事！观潮山是一步一步爬上去的，行船是一橹一橹摇出去的，你知道不知道，钢铁是从矿石里炼出来的哩！"

我说："说起来容易做起来难，道理我是懂，就是不会做。"

方书记不以为然地笑笑说："依我看，这些道理你还没有懂，若是懂了，就不会说这种话了。不会做不是理由，不会就要去学嘛。你总是嫌别人落后，却很少想到自己的责任。如果一个农民老怪自己地里的庄稼长得坏，急得直跳脚，骂那些禾苗不好好长，你怎么想呢？"

“那还不如骂他自己懒……”

不等我说完，方书记就接着说：“对，应当怪他自己没把地种好，可是有的人却希望只要播上种子，就会一天出苗，两天长穗，三天成熟……”

我不由得笑了，我说：“你这是说我心急……”

“不，不只是说你心急，而且说你忽视自己的责任，一个农民他一定懂得若要庄稼长得好，那就要浇水、灭虫、锄草、施肥……当他看见地里庄稼长得不好时，他一定会在自己身上找原因，或是没有浇水，或是没有施肥，或是草锄晚了，人勤地不懒嘛。你是民兵排长，不想想自己工作做得到家不到家，反倒怪民兵落后，这不是放松了自己的责任吗？就拿你们学文化时对待陈小元的态度来说吧。”

怎么又要提这事了，不是以前批评过我了吗？这位方书记真是！但我自然不好说什么，只有听他讲下去：

“作为一个民兵排长，你那样对待人家对不对呢？你怪陈小元不积极，就不怪自己的方法不对头，挫伤了陈小元的积极性哩……”

听到这里，我暗自心想：“这事若是放在今天，我就不会那样对待他了。”自己初次体味到认识到自己缺点后的愉快，却故意地说：“方书记，当时你不是已经批评过我了吗？怎么今天又来翻老账了？”

方书记也笑笑说：“噢，你这是批评我啦？”他又进一步说：“毛主席教导我们，世界上的事情是复杂的，是由各方面的因素决定的。看问题要从各方面去看，不能只从单方面看。当时我是批评过你，但没有像今天这样批评你对陈小元的态度不好问题。那是因为我当时考虑到，你的主要方面是热情积极、敢想敢干、大胆泼辣。当时如果批评你对陈小元的态度问题，你一定会认为这是个方法问题，但这哪里只是个方法问题，实质上它是个对群众的态度问题，是个群众观点的问题。在当时，对你这样说，你是接受不了的，不但不能接受，反而会挫伤你的积极性，使你失去信心。欲速则不达，生米下锅，也不能立即变成熟饭，这就叫必要的等待。但是话又说回来，对一个同志又要高标准严要求，要求他经过刻苦努力，迅速认识自己的缺点错误，提高自己的政治思想觉悟，随着他觉悟的提高、工作能力的加强，又要不断地对他提出新的、更高的要求，使他更大步地前进，否则就是对同志的不负责任，也就是放任。在教育人这个问题上，既不能犯急性病，也不能慢慢来。”方书记一下子说了这么多，说到这里，忽然问我：

“咱们海岛解放多少年了？”

“这还用问，快两年了。”

“那么，咱们旧中国的妇女，受封建社会的压迫剥削，受旧风俗的影响，受旧礼教的束缚，受迷信的愚弄有多少年了？”

“这个……”我答不上来，也不知道他忽然问起这来干啥。

“两千年！同志，两千年呵！”方书记把话题停下，吸起烟来，好像有意给我时间，让我比较一下“两年”和“两千年”之间的长短，然后他又接着说：“你嫌你的女民兵们落后，我说她们进步还挺快哩，别的优点咱先不说，就说她们从封建、迷信、旧风俗、旧礼教的束缚中挣脱出来，扛上枪，保卫海岛，这一点就是了不起的进步，就是天大的进步！这一步越过了多少年代，跨过了多少江河呵！她们的思想她们的生活起了天翻地覆的变化。海霞同志，要教育别人，先得教育自己，首先你得学会全面地看问题，既看到成绩，也看到不足，既看到长处也看到短处。看问题要看主流，看本质，不能主观，不能片面。懂得吗？你现在是个干部了，更要时时考虑这个问题。”

“方书记，我承认我有片面性，可是我对我们女民兵排，主要是恨铁不成钢呵！一看到不满意的地方就急躁起来。”

“急躁情绪也是由片面性来的，再说，恨铁不成钢，这里还有个群众观点的问题。而且，光恨不行，铁变钢不是恨出来的，而是付出巨大劳动锻炼出来的。”方书记跟踪追击，又回到我们女民兵排的工作上来，“照你的想法，妇女只要一参加民兵，政治觉悟自然就高了，杀敌本领自然就大了，组织纪律性自然就强了，那你这个排长可太好当了，咱们革命工作可太容易了。同志呵，革命前进的道路上有风浪、有挫折、有困难、有艰险，要有做大量艰苦困难工作的准备，你不是学习过《愚公移山》吗？你要好好地领会领会上面那四句话——‘下定决心，不怕牺牲，排除万难，去争取胜利’。干革命就要有‘愚公移山’的精神，要胜利，就要有排除万难的勇气！……”

我被方书记说得口服心服。道理明白了，思想就通了，吃批评也痛快，心里很轻松，想想自己也实在太差劲，而且看来自己的头脑也真该好好“武装”一番。这样想着，我就顽皮地笑笑说：“本来想对你叫叫苦的，没想到反而吃了一顿批评。”说罢我就掉过头来逃掉了。

好容易挨到打靶了，娘子军们又不敢放枪啦。这个说："枪膛会不会炸？"那个说："子弹会不会从后面坐出来？"还有的说："响声是不是会把耳朵震坏了？"

这个不敢打，那个也不敢打，推来推去，最后云香说："海霞，万事开头难，你就带个头吧！"

说老实话，当时我也很紧张，但也只好硬着头皮干，谁叫我是排长来呢。我极力装出镇静的样子，打了三枪。结果三枪都打中了。

她们这才放心地说："噢，原来很好打嘛。"

下面开始打。

海花看到报靶的地方举起红旗，她把枪向地下一丢，子弹壳也不向外退，就扑过来抱着我的脖子高兴地喊："打中了，打中了。"骂她她也不管，直到把我按在地上才算了事。可是采珠看到报靶的旗子在空中划了个圆圈的时候，她就把枪一丢，往靶台上一蹲，脸孔一阴，就滴滴答答下雨了。眼泪来得真便当。

海花又向她放了一炮："平时不好好练，现在哭顶什么用？"结果采珠的哭声更大了。

下面轮到玉秀了。

玉秀补到排里来，她就吵着要当机枪射手。问她为什么，她说："机枪大，打连发，又好玩又好听！"

"你打枪就是为了又好玩又好听吗？"

她左一个海霞姐、右一个海霞姐地要求，抱着脖子扯着衣服耍赖。直到答应了她，她才作个鬼脸鞠个躬，抱起机枪跑了。

她学习还是用心的，练习也是刻苦的，现在实弹射击了，她怯生生地说："我放个爆竹还捂耳朵哩。"

真把人急死，我鼓励她说："你平时练得不错，这次一准打得好，刚才大家打靶你不是看到了？有什么好怕的？"

"那是步枪，这是机枪。"她可怜巴巴地看着我，完全失去了信心，这个黄毛丫头可真难办，难道真的应了大成婶的话吗？怎么办呢？

我灵机一动出了个歪点子，偷偷地在机枪膛里放进了一颗子弹。我说："你实在不敢打，算了，你先瞄准了练练击发吧。"

这下她放心了，一扣扳机，"砰"，响了，她吓得从靶台上跳起来，捂着耳朵，急急地转动着身子问："谁走火了？谁走火了？"

民兵们笑着说："刚才这一枪就是你打的呵。"

"咹？是我打的？我敢打枪了？我不信……"

这时报靶员大声喊："中靶了，打了个上八环。"

玉秀高兴得差点断了气。我可倒霉了。

方书记听说我在枪膛里偷放子弹这件事，立即把我叫了去，板起面孔批评我说："你懂不懂？这是违犯纪律的！实弹射击是好开玩笑的吗？"

"谁开玩笑了？哭还来不及呢。"我继续分辩说："我已经作好了安全保障，又没有出事嘛！"

"也可能出事呵，况且这不是出事不出事的问题，这是对待工作、对待纪律、对待制度的态度问题。你知道，这种错误是要受处分的。"

"那就处分我吧。"嘴里这么说，心里却很不服气："她不敢打枪，你叫我怎么办？"

方书记见我这副不虚心的样子，不由得瞪瞪眼睛说："处分容易，认识错误却很难，你回去好好想想，给我写份检讨书来。"

天呵，当初我学文化的时候，可从没有想到在写检讨书上派用场！

写检讨，我总觉得是挺严重的事情，心里怪沉重的。当我把写好的检讨交给方书记的时候，他问我说："海霞，你是不是感到对你的要求过高过严了？"

我坦白地说："有点，本来一心想把工作做好，结果偏偏出岔子，挨批评写检讨，心里很烦恼。不知为什么，在这件事上明白了，在另一件事上又糊涂了；这个缺点刚纠正，那个错误又犯了。我什么时候才能不犯错误呢？"

方书记说："就你的年龄和你的经验来说，领导好一个民兵排，是有困难的，经验不够嘛，犯错误是难免的。谁也不是生下来就什么都懂，什么都会的。'吃一堑，长一智'嘛。一个小孩子，第一次喝开水烫了嘴，第二次他就学会吹冷了喝。这就是经验，这就是进步。就拿出海打鱼来说，为什么新手没有老渔民打得多？就是因为没有经验嘛，他经过不断地学习，经验不断地丰富，打鱼技术也不断提高，然后就变成一个有经验的渔民了。这和你领导一个民兵排是一个道理。检讨，就是找出错误的原因，就是接受教训，然后才能谈到改正。要提高，要进步，没有这样一个过程是不行的！"

我惊奇地说："照你这么说，检讨并不是坏事情啦？"

“对，”方书记笑笑说，“检讨就是把坏事情变成好事情的一个过程，‘失败是成功之母’嘛，就拿科学实验来说吧，试验一百次成功了，正因为有了九十九次的错误和失败，才获得了第一百次上的成功呵！假设谁要求试验一次也不准失败，那也就没有成功了。”

我说：“通过这次写检讨，我也有一个体会——当我用低标准来要求自己的时候，总觉得自己好心好意辛辛苦苦做工作，还要受批评，有点委屈；当我用高标准来要求自己的时候，思想就通了，觉得应该把工作做得更多更好……”

方书记赞许地点点头说：“你这个体会很好，凡事要对自己高标准严要求，工作出了毛病，要多从主观上找原因，这样进步就快了。还有，做工作单凭热情和好心好意还不行，还要有正确的方法。”他一边说一边递给我一本书，“这是毛主席写的《关于领导方法的若干问题》，你要好好学习。”

我激动地接过毛主席的书，珍贵地捧在手上说：“我一定按照毛主席的教导去做！”

第十四章

祖国和母亲

实弹射击以后，玉秀像吃了个喜丸子，高兴得不知姓什么好。人们也到处传说:“玉秀这个黄毛丫头可真不简单呵，敢打机关枪了。”

大成婶听到人家夸赞玉秀，也高兴地说:“民兵排就是能教调人呵，我家几辈子还没有受过人家夸赞呢，玉秀算是有出息了。”

其实，这在玉秀来说，只不过刚刚迈开第一步，往后的道路还长得很哪!

在我们女民兵排里，真有说不完的故事。从一个旧社会受尽苦难的妇女，到新社会一个有觉悟有技能的女民兵，要经过多么长的一段路呵，要经过多少波折和斗争呵，哪怕前进一小步也都是不容易的呵!

在一个民兵来说，光会打枪是远远不够的，除了要有高度的政治觉悟外，还要会巡逻放哨，要机智勇敢，要会打仗才行。驻在本岛的解放军六连忙于国防施工，男民兵又时常出海，就把几个滩头岙口和观潮山上的几个哨位分配给我们女民兵排来负责了。

害怕走夜路，在女民兵里并不是个别的。在不久以前就发生过这样一件事情，说出来叫人笑断肚肠。那一天，我们在民兵队部开完了会，天已经很晚了，阿洪嫂、采珠、玉秀三人结伴回家；刚出门三人还是紧挨着走，走不多远，因阿洪嫂胆最大，又急着回家照看孩子，走着走着就把她俩落下了，采珠拿着手电筒在她后边紧赶着，玉秀提了个热水瓶被落在最后边。阿洪嫂因走得太急，结果把鞋子绊掉了，就蹲下身子摸鞋子，采珠忽然不见了阿洪嫂，便吓得停住了脚步，打开手电筒向前照，看见蹲到路边的阿洪嫂，便惊叫了一声："啥东西！"

阿洪嫂听见采珠吓得音调都变了，就半开玩笑地说："啥东西，鬼！"

采珠倒是听出了阿洪嫂的声音，可是跟在后面的玉秀却"呵呀！"地尖叫了一声，好像什么人从背后猛然戳了她一刀似的，把热水瓶狠命一丢，"砰！"水瓶爆炸了。采珠听到身后玉秀的惊叫和响声，也不知出了什么事情，竟糊里糊涂地慌忙把手电筒扔了出去。两个人都慌了手脚，一齐卧在路上吓得大气也不敢喘。

阿洪嫂找到了鞋子，把她们二位喊了起来。正在嘻嘻哈哈地嘲笑自己吓自己，忽然玉秀又大叫了一声："鬼火！"接着就扑到阿洪嫂怀里去了。

"胆小鬼，在哪里？"阿洪嫂又好气又好笑地问。

"那不是？"

阿洪嫂一看，果然在路边草窝里有一团亮光哩。

三个人奇怪了一阵，还用枪指着光亮处，像搜索敌人一样，慢慢地摸了过去。阿洪嫂说："这到底是个什么东西？采珠，把你的手电筒给我！"

采珠在身上紧张地乱摸了一阵，说："不知弄到哪里去了。"

阿洪嫂走到光亮处一看，不由大笑起来："哎呀呀，采珠，这不是你的手电筒吗？"

第二天这件事向外一传，人们足足笑了三天。

今天晚上的会又开到了九点钟，月亮还没有出来。以前开完了会，玉秀总要我把她送回家。今天我却故意说："玉秀，你自己回家吧，我还要去查岗呢。"

"我不信，你故意逗我！"

我认真地说："玉秀，我不能老陪你呵，你是民兵了嘛！"

"哼，你当我自己不敢走！"

玉秀赌气地走出了门口，可是没走几步又返转来了，又撒娇又耍赖地说："海霞姐，你就再送我这一回吧，外面黑咕隆咚的真怕人！"

"说话可要算话呵，就送这一回！"

我和玉秀一前一后地在路上走着。我说："玉秀，你想，怎么才能成为一个

真正的民兵呢？”

“政治觉悟高，思想好，能站岗能放哨能打仗呗！”

我补充说：“还要不怕一切困难！”

“对，不怕困难，”玉秀为难地说，“我就是胆小，夜里不敢出门。”

“你害怕什么呢？”

“臭三岛经常在我家门口讲什么吊死鬼呵，狐狸精呵……她还说她亲眼看见过呢。”

“以后不要听她的鬼话！”我警告似的说。

我把玉秀送到了家，大成婶还没有睡。女儿不回家，阿妈是不睡觉的。大成婶对我说：“海霞，你看玉秀算个啥民兵，整天要你往家送，这不成了你的累赘了吗？”

我说：“玉秀得锻炼锻炼才行，不能老是这样胆小。”

大成婶说：“那你得想法教调教调她呵。人家说生来胆小的人，到老也是胆子小。”

我说：“不，胆子大是锻炼出来的。不是人人生来就是大胆的。”

玉秀说：“海霞姐，你才比我大一岁，你为什么就不害怕呢？”

我说：“小的时候我也很胆小，天黑了就不敢出门；刘大伯说，害怕的人全都是自己吓自己，接着他就给我讲了个怕鬼的故事，我来讲给你听听。”

玉秀急忙捂起耳朵说：“我不听，我不听，人家怕得要死，你还要讲。”

我笑笑说：“我的故事是专讲给怕鬼的人听的。你听了以后就不害怕了。”

大成婶说：“那么你就快讲吧，给玉秀治治这个胆小的病。这丫头生来就胆小，夜里我一出门，她就用被头捂起头来，喊‘阿妈，快来，我怕！’……”

“刘大伯给我讲的故事是这样的：传说，我们榕桥镇西面北山坡上那个龙王庙里有鬼怪，夜里什么人也不敢走进庙去。有一天王大胆和张不怕两个人到北岙镇去卖鱼，直到天黑才回来。半路上碰上了倾盆大雨，王大胆回来得早一些，路过龙王庙的时候，王大胆想：‘我为何不到庙里避避雨呢？别人怕鬼，我王大胆可不怕，若是害怕，那还叫什么王大胆呢？’于是他就走进庙里去了。其实他心里还是慌得不得了，手里紧握着挑鱼的扁担，好像真有个鬼来抓他似的；他越想越怕，打算快一点离开这座庙，探头向外看看雨小些了没有，忽然一个闪电，把前面山路照得通亮，他看见一个比人高一头的黑东西晃呵晃地向庙里走来。王大胆可真吓破了胆，全身汗毛都竖起来了，他要夺路逃走，什么也不顾了，抡起扁担对着黑东西打了下去，只听‘咣啷’一声，把黑东西的脑袋打破了，黑东西也惨叫一声跌在地上。王大胆一口气跑回家，出了一身冷汗，遭雨一淋就病倒了，说是碰见鬼了，活不长了。

“第二天就请来了医生，医生问明了得病的原因，诊断说：‘是受了惊吓。’忽然隔壁的张不怕也来请医生，说昨晚上也是在龙王庙碰到鬼了。医生到了张不怕家，也请他把得病的情况说一说。

“张不怕说：‘我在北岙镇卖了鱼，买了一口锅，天下雨，我把锅顶在头上遮雨，走到龙王庙前，一个闪电，忽然从庙里蹿出一个鬼来……’医生笑着说：‘对准你的脑袋打了一扁担是不？’张不怕惊讶地说：‘是呵，你怎么知道的？幸亏我把锅举在手上，若是戴在头上，锅砸烂了不说，我的头也给砸烂了……’医生说：‘我也不给你开药方了。王大胆能治你的病，你也能治王大胆的病。’”

大成婶和玉秀都忍不住笑起来。大成婶说：“嘻，这两个人，应该叫王小胆、张害怕才对！他们净是自己吓自己。”

玉秀说：“海霞姐，你是听了这个故事以后，就不害怕了吗？”

我说：“不！我的不害怕，是叫旧社会逼出来的。大成婶知道，我和阿妈被陈占鳌从家里赶出来之后，我们就住在这个传说有鬼的龙王庙里，就睡在海龙王的神台下。夜里醒来，看见龙王神像那个凶恶的样子，真是怕得要死，我就紧紧地偎在阿妈怀里，但是我连一声怕也不敢说，因为我一说怕，阿妈就会搬家，搬到哪里去呢？

“后来，阿妈病得不能动了，我自己出去讨饭，讨不到一口好饭，我是不能回庙的，往往要到上灯的时候，才向庙里走。夜里我一个人在山路上走着，真是怕人呵，可是我想到阿妈在庙里等我，当时我就只有一个想法，把饭带给阿妈，为了阿妈，我就什么也不怕了。”

大成婶叹了口气说：“这都是叫苦日子逼得你！”

“是呵，现在我站岗放哨，风里雨里，我什么也不怕，这不仅是小时候有了锻炼，那时候我的心里只有一个阿妈，我就不害怕了。可是现在我心里有了一个祖国，我就更加不害怕了，不只是不怕鬼不怕魔，不怕任何艰难困苦，而且也不怕死！”

玉秀听了感动地说：“海霞姐，你的觉悟真高，我今天晚上就去上岗！”

从她激动的声调里，我听出了她的决心。我说："不，何必那么急？今天夜里的岗哨我都安排好了，等一个有月亮的夜晚，我陪你去站岗！"

玉秀终于能站岗了，虽然每次总要我陪着她，但是这也是一个了不起的进步。

在站岗的时候玉秀说："海霞姐，只要我和你在一块儿，我就什么也不怕。"

我说："你站岗的时候，常常想些什么？"

玉秀说："我想，到什么时候，我才能自己站岗也不害怕呢。"

"就是想了这些？"

玉秀想了想说："这样一天一天，敌人又不来，站岗放哨有什么用？若是敌人一年不来，我们这一年的岗哨不就白站了？"

我严肃地说："不对，俗话说，'贼偷一更，防贼一夜'嘛。只要海岛和国家安全，就是站一百夜站一千夜岗也是值得的。你看，我们的海岛就像祖国门口的一个哨兵一样，我们在这里站岗，多少人就能够安心建设、安心休息呵！怎么能说是白站？"

抬头看看天，马上就要落雨了，我们两人只带了一件棕蓑衣，由于地上很潮湿，这棕蓑衣是我们准备卧在地上观察时垫在身下用的。

我说："玉秀，你放开胆子自己在这里站一会儿，我回去再拿一件雨衣，然后再来接你下岗好吗？"

玉秀犹豫了好一阵子才下了决心说："好吧！"

我把蓑衣给玉秀披上，转身往回走。

玉秀忽又叫我说："海霞姐，我们两个就用一件算啦，我有些……怕。"

其实，我并不是真想回去拿雨衣，我是想锻炼一下玉秀。在这之前，我曾经试过几次，但都没有成功。我想：老这样下去怎么行？我也慢慢学会了方书记教育我的方法，该温和的时候温和，该严格的时候就应该严格。急了不好，老迁就她也是不行的。

于是我就严肃地说："玉秀，你已经是一个老民兵了，为什么站岗放哨的道理你也懂了，这是任务！这是执行命令！今晚这个岙口的安全就交给你了。你要对海岛的安全负责！'保卫海岛，保卫祖国！'不是说说好听，现在要看你的实际行动了。"

我这段话的分量是很重的，就像千斤担子突然压到她的肩上。她怕挑不起来，但又不敢说不挑。

“那好。”我听出这两个字是带着哭声的。

我向回走时，故意把脚步放重些，让她感觉到我已经走了。然后我又悄悄回到了哨位附近，蹲在堑壕里，和玉秀一齐监视着海面。

天，忽然变了脸，海上电闪雷鸣。一阵接一阵的激浪扑击着礁岩，发出骇人的响声。雷雨来了。山林礁石都好像发了狂似的活动起来。

“海霞姐！”玉秀惊叫了一声。

我没有答应。

她害怕了，把枪紧握在手里，似乎就要向回里走。难道能舍弃了岗位往回里走？我愤怒而痛心地看着她。

但是，她只是身子动了一下，并没有后退，好像获得了什么力量的支持，反而把身子站得更直了。

她“咔啦”一声推上了子弹，自言自语地说：“不怕，不怕，我什么也不怕！”她这是在给自己壮胆，也是内心斗争的独白。

我心头一阵发热，愉快地想：“她终于战胜了恐惧，经受住了考验。”心头的热流传遍全身，对我来说，一个民兵的成长，也是莫大的幸福呵。我虽然已经全身湿透，但我并不觉得寒冷。我看看在风雨中咆哮翻腾的大海，又看看披着蓑衣、挺立在风雨中的玉秀的背影，她——一个迅速成长着的女民兵，正坚定地站在祖国东海前哨，站在她的岗位上。

电闪雷鸣，风雨交加。

后面传来了脚步声。从这急促而沉重的脚步声里，我听出这是海花来换岗了。

玉秀听到脚步声，便高声说：“海霞姐，你回来了！”

海花低声责备说：“什么海霞姐？连口令也不问！……”忽然又惊奇地问：“怎么？你自己能站岗了？”

“能站岗了。”

“海上有情况没有？”

“没有。”

“那你回去吧！”

“不，我要等海霞姐，她说回去拿雨衣，我要等她。”玉秀忽而埋怨地说，

“说马上回来，怎么一去就不回来了？”

我从堑壕里站起来说：“不要等了。我们回去吧！”

玉秀向我身上摸了一把，吃惊地说：“怎么，你没有回去？全身湿得就像从水里捞上来的。”

“嗯，我在陪你站岗呵，”我说，“玉秀，你真了不起！”我真是从心眼里高兴。在别的人来说，也许算不了什么，在玉秀来说，这简直是从恐惧到无畏的一个大飞跃呵。

“海霞姐，你不要挖苦人了，人家心里才不是滋味呢！”玉秀难过地说。

“为什么？”

“难道你没有看见？我害怕了，想离开岗位。”

“你不是站完了这班岗吗？”

“站是站完了，”她愧悔地说，“你一走，我就害怕得要死，山也变了样子，石头也变了样子，好像都要向我扑过来，我想退回去，可是腿好像有千斤重。忽然想到我若真的退回去，这里就没有岗哨了，我觉得你的眼睛在生气地看着我，全体民兵的眼睛都在气愤地看着我，心里难受得像刀绞，我想，要是我向后退，我就不是民兵了，我就成了逃兵了。不，我死也不能离开岗位，这时我就把害怕给忘了。海霞姐，现在我才知道：可怕的不是鬼怪，不是黑夜，不是雷雨风浪声，而是离开自己的战斗的岗位。”

我被玉秀的真挚的话激动了，我说：“玉秀，你讲得很好。在你当了女民兵排长的时候，你可以把这个故事讲给那些新的女民兵们听了。”

雷雨还在继续着，但我们早已把它忘记了。

第十五章

观潮山旁的歌声

由于同心岛外面两个较大的岛屿——东沙岛和半屏岛相继解放，同心岛各方面的情况也起了不少的变化。东沙、半屏、同心三岛划成了一个区，叫东沙区。过了春节不久，方书记就调到区里当区委书记去了，他住在东沙。同心岛的全盘工作就由双和叔来负责。在方书记走之前，我和爷爷都已光荣地参加了中国共产党。目前，正是春汛旺季，渔民们也可以北上嵊泗、舟山等地捕鱼了，一去就是三个多月才能回来。

当时的沿海岛屿，还是重点设防。同心岛的六连，为了加强前沿岛屿的守备力量，也调到东沙岛去了，同心岛的安全责任就落在我们民兵的肩上；更确切地说，是落在我们女民兵的肩上，因为大多数男民兵都出海了。

在欢送六连走的时候，王指导员说："海霞，你们的担子更重了。"

我说："你们放心吧，我们能担得起来。"我绝不是说空话，我们民兵的确有了了不起的进步。

春夏相交的季节，春花还没有收割，墨鱼汛就到了。

沙滩上晒满了螟蛹鲞（墨鱼干），海蛎子也得抢收，小山般的海蛎壳堆在村头，蛎灰窑的火光日夜不熄，正是大忙的时候。双和叔对生产抓得好紧呵。他到东沙请了五六个部队的同志来帮忙开山炸石头，筑海堤围海塘，打算在台风季节到来之前完成基本工程，所以准备工作也在这个时候紧张地进行了。

双和叔对我说："海霞，人力不够，事情又多，你把民兵发动一下，组织一个突击队，在劳动战线上显示显示你们民兵的威力。"

我们民兵在生产上的确是一支突击力量。去年由于天旱，番薯种不下去，我们女民兵排连夜担水上山，按时把番薯种了下去。

积肥送肥，我们也是五天完成十天的任务。凡是抢收抢种，双和叔总是说："海霞呵，在劳动战线上显示显示你们民兵的威力呵！"

接受了这次修海塘的任务后，我立即召开民兵大会进行动员。开山炮一响，战斗就开始了。第一步工作，是把从观潮山上炸下来的石头运到海滩上。

女民兵排组织了三个突击小组，分组展开竞赛，由于劳动热情很高，连老人、小孩、不是民兵的妇女也都带动起来了。阿洪嫂把她的全家都搬到工地上来，阿沙是我们的交通员兼送水员。运石场上可真是热闹极了。

干了一个上午，我们的肩膀都磨出血丝来了，腰又痛，腿又酸，下午的劲头就没有上午大了。我找到了云香说："给渔歌能手一个任务，编段劳动号子，鼓鼓劲。"

云香一边擦汗一边气喘吁吁地说："累得气都喘不上来啦，怎么唱？"

我说："你不要抬了，只管给大家送手巾把汗擦，一边送一边领头唱，我们抬石头的人把步子调齐了，只要喊'唉哟嗨'就行了，活跃活跃工地。"

云香想了一会儿就领头唱起来。她唱：

观潮山呵尖又尖哪，
我们就跟着喊：
唉哟嗨！
云香再唱一句：
开山炮声响连天哪，
我们再跟着喊一声：
唉哟嗨！
就这样唱起来了：
双人抬哟单人搬哪，
唉哟嗨，

快似那顺风驶帆船哪，
唉哟嗨！
女民兵是突击队哪，
唉哟嗨，
铁打的筋骨钢打的肩哪，
唉哟嗨！
……
唱了一会儿，云香说："海霞，我没有词儿啦！"
我说："你把看见的好人好事编编，不就有词儿啦？先唱唱阿洪嫂。"
她高兴了，说："有了题目，文章就好做了，我就编。"
不一会儿就领头唱起来：
提起阿洪嫂呵嗨，
唉哟嗨，
力大能搬山呵嗨，
唉哟嗨！
不怕风吹烈日晒呵嗨，
唉哟嗨，
不怕腰痛腿又酸呵嗨，
唉哟嗨！
……

海花突然向我努努嘴说："我们不怕腰痛腿酸，可是有人怕呵！我看，也得编编那些怕劳动的人唱唱。不能光表扬先进，也要批评落后呵。"

我知道她指的是采珠。

采珠的家庭虽说也是个贫苦的渔民，但家里劳动力比较强，阿爸、阿哥都能出海，有较好的收入，阿妈还很健壮，嫂嫂又是个很能劳动的人，所以里里外外都不用采珠动手。一家人就数她最小，爹妈护着她，哥嫂让着她，把她惯得又任性，又娇滴滴的；参加了民兵之后，有了不少进步，担水、送肥、抢收、抢种，她也都参加了，但干起活来还是拈轻怕重，是我们女民兵中的半劳力，又偏遇上海花这些尖嘴的姑娘，不知什么时候刺她几句，逗得她噘起嘴来不高兴，有时甚至丢下手头的活儿就赌气回了家。

这次抬石头，是很重的劳动。抬了半个上午，她说是膀子痛，我就叫她回家了。

在中午休息的时候，我到她家去看她，出来开门的是采珠妈。我说："大妈，采珠的膀子好些了吧？"

采珠妈可怜巴巴地说："哎呀呀，都磨出血来啦，她哪里干得了这么重的活！当民兵就当民兵呗，还非得干这种重活，我们家也缺不了她这几个劳动日。"

我说："大妈，采珠磨破了膀子是我照顾得不周到。劳动可是要参加才对，劳动也不光是为自己干活，要建设社会主义，大家都出力才行呵！民兵是劳武结合，以劳为主，我们都是穷苦渔家，不劳动就是忘了根本呵。"

采珠躺在床上。我和大妈说的话她都听见了，她坐了起来，眼泪汪汪地说："海霞姐，我怎么就是不如别人呢？叫人家瞧不起。"

"这是哪里话？谁瞧不起你？"

"海花老叫我'民兵排里的二小姐'。"

"海花的性情你还不知道？她是个有口无心的人，只不过顺口说说，哪能当真呢？"

采珠说："我也是想劳动，想争口气，可就是不行。你看，"她敞开领口，让我看了看她的肩膀。果然皮被磨破了，渗出了血丝子。

我说："这都怪我想得不周到，你应当披个垫肩才对，你的膀子不像我们的一样有锻炼。我们的膀子早已有了厚茧了，不要垫肩也没有关系。劳动也要锻炼，第一天第二天很累，咬着牙坚持下来，到第三天就慢慢好起来了。劳动不是为了和哪个人赌气，劳动是我们民兵的基本任务，是我们每一个民兵建设祖国应尽的光荣的责任……"

采珠下决心说："下午我还是去吧。"

"下午去，不要抬了，你搬石头装筐好了。能做多少是多少，不要心急。"

我觉得采珠还是要求进步的，这一点就值得鼓励。回到工地我首先找海花谈了话，要她不再冷言冷语地刺采珠。

海花笑哈哈地说："我向她磕头赔罪就是了。"

采珠一来到工地，云香就编了一段渔歌鼓励她，表扬她有决心在劳动中锻炼，虽然磨破了肩膀，还是坚持劳动，这使采珠很受感动，劳动也非常卖力。

我和海花放下抬在肩上的空箩筐。采珠弯下腰去往筐里搬石头，忽然山腰上开石头的人们大声喊："快躲开！快躲开！"

我抬头一看，一块枕头大的石头，蹦蹦跳跳地从山上滚下来，越滚越快，直冲着弯腰搬石头的采珠砸下来。

"采珠，快躲开！"我喊了一声，采珠竟吓慌了，反而直起腰来愣在那里。再也不容思考了，再也不容犹豫了，我猛然搬起箩筐，去挡飞滚下来的石头，因为石头滚得太猛，砸扁了箩筐，把我也撞翻了，幸好箩筐弹力很大，石头蹦到旁边去了，我并没有受伤。好多人都吓坏了，一齐向我跑过来。我已经从地上爬起来了，大家才舒了一口气。

采珠跑过来，抓住我的手，眼泪直沿着腮帮子往下流。

双和叔满头大汗地跑过来，布置安全保障工作。一阵惊慌和吵嚷之后，工地上又沸腾起来了。

我们女民兵的干劲，使双和叔高兴得不知说什么好。他一边参加劳动一边指挥，还抽空给我们女民兵送水。他把水桶一放，一把一把地抹着汗珠子说："了不起，了不起！快喝点水歇歇吧！天还不黑，今天的任务已经超额完成了。"

云香真不愧是渔歌手，立即又编了一段：

乡长来送水呵，
累得满身汗哟嗨，
慰劳咱女民兵呵，
情深水也甜哟嗨……

双和叔摇摇手说："得了吧，我的水甜没有你们嘴甜，以后少骂我几句就多谢你们啦。"

我们越干越来劲了，提出一天完成两天任务的口号，不一会儿，劳动号子又响起来了：

艰苦奋斗干革命呵，
战天斗地意志坚哟嗨，

新时代的新愚公呵，
要把海滩变粮川哟嗨……

爷爷生气了，他跑到我们面前拦住我们说："海霞，你们还要不要命？快下命令收工吃饭。照这样干法，不出两天非都累垮不可！"

吃晚饭的时候，双和叔又亲切又激动地对我说："海霞，我得给你记一功。"

我笑着说："得啦，以后对民兵工作多支持一点就行啦。"

双和叔用力把膝盖一拍，好像下了多大决心似的说："好，这次任务完成了，我保证安排民兵活动的时间。"

我说："说话要算数，别到时候不认账！"

"看，这孩子没大没小的……凭着堂堂的大乡长说话不算话？"接着他哈哈哈哈地大笑起来。

其实我的心里也有打算。我们搬石头不也是练臂力吗？来回抬石头不就是练爬山吗？挖石头不就是练挖工事吗？这就叫劳动不忘练武！

第十六章

阿洪哥和阿洪嫂

一九五二年的七月接连刮过了几场台风，男民兵们没有出海，正好趁这个空儿进行射击练习。在庆祝“八一”建军节的时候，男民兵提议要和我们女民兵来一次射击表演赛，特地派了陈小元来向我们下战表。他还是那股酸溜溜的劲：“可敬的娘子军们，敢不敢应战！”

我干干脆脆地回答他：“比就比，谁还怕你们不成？应战了！”

人家挑战，不应战是不行的。但是，我心里确实有些悬乎。我们女民兵只进行过一次实弹射击，距离一百米，中靶就算；这次的要求就不同了，是精度射击，按环数计算成绩。

玉秀抹着腮帮子对男民兵们说：“羞——羞——羞——你们已经打过三次了，和我们打过一次的比，真不害臊，羞——羞——羞——”

采珠说：“这次打不好，男民兵们就更看不起我们了。”

采珠这种想法，在其他女民兵思想里也有，但我并不完全同意。男民兵是不是真的看不起女民兵？在个别男民兵身上是有这个缺点，从前我也因此有些气恼，其实，如果仔细一分析，也就没有什么了。“重男轻女”这是旧社会几千年遗留下来的坏习惯，要求这股旧的习惯势力一天半日就自行消逝了，那是不可能的，但这些旧习惯势力总有一天是会克服的。就拿阿洪哥来说吧，谁说他是个落后分子我可不赞成，党号召青年们参加民兵，第一个站起来报名的就是他，在海上和土匪打仗，不顾死活冲上前去的也是他，生产上也是一把能手，可就是拗着一股劲——不同意嫂嫂当民兵。有时我气他，有时我原谅他，难道要求一个人没有缺点吗？我相信阿洪哥是会改正这个缺点的。再说，男民兵拿女民兵的弱点开开玩笑，只是逗逗乐子，活跃活跃气氛，并无恶意，也不能过分当真。方书记总是教育我们看问题要全面，要看主流，我们要批评男民兵的缺点，但更主要的是学习他们的长处，就拿春天在海上捕捉“海老鼠”匪船的那次战斗吧，男民兵们那种不怕流血牺牲、勇敢顽强的战斗精神，就值得我们女民兵好好学习。所以这次表演赛，也是我们学习的好机会。

方书记见我们女民兵信心不那么足，也不断地给我们打气说：“和男民兵们比一比，我就不信女民兵会输；他们虽然打的次数比你们多些，练习的可比你们少。要有信心，信心是胜利的重要条件。”

方书记说得对，我们女民兵排的射击训练的确是下过一番苦功的。我们应该有信心。

我记得这一年春天的时候，有一天我开完会从乡公所走出来，赶回家去烧午饭，看见一个靶子插在山坡上，周围又没有人，心想：是谁练过瞄准以后，把靶子忘在山上了？真不爱惜训练器材。我走过去正想把靶子收起来，忽然听到背后传来阿洪嫂的喊声：“别动，别动！”原来她在烧饭，一边蹲在灶前烧火，一边举起枪来向外瞄准。

我说：“你倒挺会找窍门，我当是谁把靶子忘在那里了。”

她憨直地笑笑说：“这算什么鬼窍门？还不是瞎想出来的，这些日子地里活忙，家里事多，没空练射击，心里净着急，一急就急出办法来了。”

如果处在以前，我也不会当成什么大事，说说笑笑就放过去了，根本不懂得总结先进经验，更谈不上推广先进经验了。可是自从学习了毛主席的《关于领导方法的若干问题》之后，就大不相同了，毛主席教导说：“……凡属正确的领导，必须是从群众中来，到群众中去。”阿洪嫂由于有了常备不懈、积极练武的好思想，才想出了劳武结合的好方法，我们女民兵排要很好地推广才行。我把这个想法向方书记汇报后，他高兴地连声说：“好，这个主意很好，要好好推广。……”看他那个兴奋的样子，是很想称赞我几句，但他有意地压抑住了。于是，我们掀起了学习阿洪嫂“生产不忘战备，劳动不忘练武”的热潮。

这次表演赛，正是检验我们苦练本领取得成果的好机会。

最后协议好了，男女民兵各抽五人。比赛还没有开始，看的人就议论纷纷。大多数人为女民兵担心，都估计我们是输定了。

有的男民兵向我们卖俏皮说："这次比赛，女民兵跑不了是'孔夫子搬家——少不了书(输)'……"

表演赛开始，男民兵只用了二十分钟就打完了，每人三发子弹，平均二十五环以上，总评成绩是优秀。我拼命地为男民兵的优秀成绩鼓掌。

我对男民兵们说："你们向我们介绍介绍经验呵。"

可好啦，他们净是吓唬人，陈小元说："枪的后坐力可真大，当心把膀子坐下来。"

阿洪嫂拍了他一巴掌骂道："净说你妈的疯话，没见你的膀子少一个。"

"男人的膀子就是比女人的硬嘛。"他是存心气我们。

轮到我们女民兵射击了。我看看大家畏难的样子，不知怎的，竟想起动员工作来。我大声说："姐妹们，今天比赛，是为了考察我们的射击本领。我们练好本领是为了保卫海岛，保卫祖国，并不是为了比个输赢。我们妇女在旧社会，苦大仇深，靶子就是敌人，我们要狠狠地打！准确地打！……"

接着我下命令道：

"赵二鳗准备射击！其他民兵准备！"

阿洪嫂提起枪，回头向我看了一眼，我看出她很紧张。第一个打得好坏，对以后几个人的射击很有影响。我本想上去鼓励她一番，但是在这种情况下，完全是多余的。我相信她平时苦练出来的功夫。

阿沙也在旁边给阿妈鼓劲说："阿妈，好好打！加油！"

阿洪嫂笑着骂道："滚你的蛋，还加水哩。"

阿洪嫂挽了挽袖子上了射击台，很快就打完了三枪。我看见子弹打起的尘土从靶子后面飞起来，心里踏实了许多；中靶是没问题了，但是不见报靶员报告成绩，我的心立刻又沉下去了。难道脱靶了？

几个男民兵挖苦地说："打中地球就不错啦！"

有的还打趣地说："你们回家不用做饭了，光'烧饼'就够吃的啦。"

不中靶，叫"吃烧饼"。

陈小元主动给我们当报靶员，我见他低着头还在靶子的四周找。我不相信不中靶，也跑上去找，一看，三枪都打在中间。我说："小元，你的眼睛往哪里看？这不是都打在这里嘛 1"

陈小元的脸红得像炒熟了的虾子，喉咙里好像梗着一根鱼刺似的说："我以为碰边就不错啦，根本就没往中间看。"他忽而灵机一动又说："中间的枪洞，也许是刚才男民兵打的，忘了糊纸了。"

这真是阎王爷爷出告示——净鬼话！

我不睬他，大声喊道："三发三中，一共二十九环！"

有的男民兵还强自镇定地说："瞎猫抓个死老鼠——碰上的。"

参观的群众却给我们女民兵热烈鼓掌，方书记鼓得最起劲。

比赛的结果，男女民兵的总成绩一样，都是优秀；按环数计算，我们比男民兵还多了一环。

陈小元说："娘子军还真不简单哩。"

方书记说："以后你对女民兵可要刮目相看啦，这叫人外有人，天外有天呵。男女民兵各有长处，要互相学习嘛！"

当发奖的时候，我只看见陈小元拍巴掌，却听不到响声——鼓得太没有劲了。真不够风格。

我们把奖旗用竹竿高高挑起来。玉秀跑到男民兵面前说："呃，怎么样？服气了吧！"

陈小元把头一仰说："你喳喳什么？平时打靶行，平心静气地像绣花，打起仗来看，那才见真功夫呢。"

我到处找阿洪哥，想看看他的反应，但到处都找不到他。阿沙也不在。

我问小二子，他唔唔呀呀地说："阿妈打完了靶，阿爸就拉着阿沙跑回家了。"

我心想："这人真顽固，见阿洪嫂超过了他，气跑了。"

男民兵们散了，我们女民兵把奖旗送到了民兵队部。大家走路的劲头足了，胸脯也挺得高了。以后，我们都留下来开座谈会，谈谈今天比赛的感想和体会，开完会，天已经傍晌了。我陪阿洪嫂回家，很想了解最近他们俩的关系怎么样，阿洪嫂虽然说阿洪转变了，我还是不相信。

原来阿洪哥见自己老婆三枪打了二十九环，就对儿子说："阿沙，和爸爸回家去。"

“回家干什么？我要看打靶哩！”阿沙不走。

阿洪把嘴凑到阿沙耳朵上说：“今天，你阿妈打了个超优秀，我们把那只芦花大公鸡杀了，慰劳慰劳她。你回去帮我烧火。”

阿沙想起了上次的“爆米花”，噘着嘴说：“不要再做坏了。”

“傻瓜，做鸡可不像烧饭……”

于是父子二人回到家就忙起来了。

我和阿洪嫂到家的时候，阿洪哥已经把鸡做好了，盛在盆子里，还用另一个盆子反扣着。他见我去了，还有点儿不好意思，嘿嘿地笑着说：“我把鸡杀了，慰劳慰劳你们娘子军，给你们祝贺祝贺。”

“好呵，那我们就尝尝男子汉做的鸡汤吧。”阿洪嫂说着掀开盆子，接着就大声喊起来：“阿洪，怎么鸡汤绿登登的？”

阿洪哥一边拿碗一边说：“呃，多放了点姜。”

“放姜也不能是绿的呵。”

“是炖过头了？”阿洪哥还有点满不在乎的样子。

阿洪嫂尝了一口，一皱眉头就吐出来：“哎呀，你把苦胆也煮进去了！”

“什么？我不信，鸡里还会有苦胆？我尝尝。”他慌慌张张地吃了一口，也皱皱眉头说，“好苦呵，怎么办？”

“把汤倒掉，光吃肉吧！”

“我可是好心慰劳你呵。”阿洪哥可怜巴巴地说。

我已经笑得喘不上气来了。

“你的好意我心领了，”阿洪嫂也笑着说，“以后忙家务的时候还是先请教请教。”然后她回过头来对我说：“海霞，你要是不怕苦，就来吃顿慰劳饭。”

“当然要吃，再苦也不怕。”

阿洪哥忽然顽皮地悄悄对我说：“你当我是真心慰劳你嫂嫂，我是想叫她把打靶的经验告诉我。”

“你是想收买我呵！”阿洪嫂说。

这两口子一个敲锣、一个打鼓地互相圆场，我可不能轻饶他们。

我说：“阿洪哥，你这大男子主义是什么时候被消灭的？你得公开公开。”

阿洪哥知道论力气行，论动嘴他非吃亏不可，便摆出退却的架势说：“不要开玩笑了，真没想到你们女民兵还有两下子，佩服，佩服。”

我说："嫂嫂，他光说佩服不行，得让他检讨检讨，过去为什么瞧不起妇女。"

谁知嫂嫂站到他那边去了，她替阿洪哥说情："海霞，你不能得理不让人呵，你不是常说，不怕有缺点，改正了就好了？"

"哟，你们倒组成统一战线啦，不行，检讨不深刻，以后还要重犯，对缺点要像对敌人一样，要穷打猛追。嫂嫂，你真是个硬性子软心肠，你现在帮他，等他以后再欺负你的时候，我可不帮你啦！"

阿洪嫂扭我一把说："海霞的嘴，就像'六月的日头，后娘的拳头'——那么毒！"

鸡汤倒掉了，鸡肉还有点苦味，可是我们吃得很香，笑得也很甜。

第十七章

春节之夜

每年腊月二十三以后，渔民们谢了海，都回到岛上过春节。在旧社会，很多旧风俗非常不好。每年春节，赌博的、发酒疯的、打架骂人的到处都有，闹得个乌烟瘴气。过去渔民生命没有保障，生活困苦，心绪烦闷；再加上迷信落后，地痞流氓到处兴风作浪，拉拢渔民吃喝嫖赌，还请戏班子来唱戏，把渔民一年的血汗钱全都弄光，搞得老婆哭孩子叫，家家都不得安生。

岛上流行着很多这样的俗话：

“打鱼钱是咸水钱，人死钱会烂，吃光喝光去他娘，管他明天和后天。”所以一上岸就大吃大喝，一个个是“腰缠稻草绳，怀揣老酒瓶”。

今年春节，虽然是解放后的第三个春节了，有些旧习惯还是不能一下子改掉。方书记动员大家春节不再赌博，不请戏班，并交给民兵们一个任务，要开一个春节联欢会，来个移风易俗，让我们自己来编排节目。

年初一，部队的同志还特地派来了电影队，给大家放了一场电影。

年初二，就是我们女民兵自编自演的小节目《姑嫂雨夜守海防》。

听说我们民兵演新戏，来看的人可真多，大都出于好奇。有些人本来不想来，我们就左动员右说服地把他们叫了来。不过他们还是打算看一看我们演得到底怎么样，若是不好就半途退场。联欢晚会就在广场上开始了。

在大榕树上挂一个大帆篷当幕布，像船上升篷落篷一样，就算开幕闭幕了。这真是个好主意。一盏汽灯嗞嗞地响着，把会场照得通亮。

《姑嫂雨夜守海防》的剧情是根据海花和她阿爸吵嘴的一段真事编排的。海花为什么和她阿爸争吵呢？事情是这样的：那一天刮着大风，下着大雨，海花赶紧扒了几口饭把碗一推，到屋里拎出了一支大枪。

“怎么，这个鬼天气你还要到哪里去？”阿爸很不高兴地问女儿。

女儿说：“明知道你还要问，越是这样的天气才越要加小心呢！”

老头子瞪了女儿一眼说：“白天挑了一天肥，夜里还要出去满山转，也不怕累断腿！风雨这么大还要站岗放哨，也不知有什么用处！”

女儿奇怪地瞪了老头子一眼，理也不理，拉开门就往外走。忽然她又站住了，转身对老头子说：“阿爸，我没听说谁的腿累断过，可是，叫土匪渔霸打断腿的人倒是有。”

女儿这话正好戳在阿爸的伤疤上，原来他的腿就是叫渔霸陈占鳌打断的，至今走路还瘸呵瘸的。老头子说：“过去的事了，又提这些干什么？”

“为什么不提？去年你还说：‘海花呵，不要忘了我这条腿是怎么断的！’可是现在你又不叫我再提这些了。打断你腿的那些坏蛋们还没有死绝呢，他们还想回来呢！你呵，你这就是和平麻痹思想，没有战备观念。”

女儿说完，提枪在手，一头扎到风雨里去了。

老头子含着烟袋，气哼哼地对他的老伴说：“海花这孩子，也学得教训起大人来了。”

老伴却帮着女儿说话，她说：“我看海花讲得就是在理嘛！”

小戏的前一场就是这样的一段故事。我们编的老头子和海花的阿爸一模一样。起初有人主张用真名真姓，后来考虑到演出来怕这个倔老头子拆我们的台，就换了个名字，变成玉花和她阿爸了。后面的几场戏就是我们加上去的了。

演戏少了我们的渔歌手云香是不行的。云香这丫头平时又安静又羞涩又腼腆，可是一唱起渔歌来就变成另一个人了。只要欢迎她唱，她拉开嗓子就唱，一点也不怯场。这次是云香扮嫂嫂，海花扮小姑。两个人演的倒挺像呢。

我坐在旺发爷爷旁边。在台上的老头子不让玉花去放哨的时候，他就气得直哼哼，嘟嘟囔囔地说：“这个老东西，好了疮疤忘了痛啦，还是女儿争气。”

旁边大成婶插嘴说：“女儿是民兵排里教调出来的嘛，当然比老头子进步了。”

后边一个抱孩子的大嫂说话了："旺发爷爷，你把你那宝贝放到地上好不好？晃来晃去挡着人家看不见。"

旺发爷爷自从解放海岛得了那支枪，真是形影不离，整天把它带在身边。若是偶尔一次不带着，别人就逗他说："旺发爷爷，你那'老伴'呢？"现在这个大嫂指的"宝贝"就是他的枪。旺发爷爷一听叫他把枪放在地上，就大为恼火。他说："你说什么？放在地上，这是拨火棒吗？这是枪！你怎么不把你怀里的孩子放在地上？"

旁边有人干涉了："不要吵了好不好，是听台上的还是听你们的？"

这时台上的嫂嫂和小姑正在风雨中巡逻。云香唱：

夜已深，浪涛响，风暴雨狂，
姑和嫂，冒风雨，守卫海防，
伏下身，细观察，紧握钢枪，
张开了，天罗网，捕捉豺狼……

台下有人忍不住叫起"好"来。这一段唱词不是用原来的渔歌调子唱出来的，是云香自编新调，想不到第一次唱，就获得了成功。

姑嫂二人刚巡逻过去，陈小元等男民兵扮演的匪特就鬼鬼祟祟地摸了上来。陈小元装匪特司令。也不知谁给他化的装，安上了个高鼻子，还搽了一脸白粉。难怪台下有人喊他美国鬼子，其实这个匪特司令的规定身份是一个逃亡的渔霸，既然陈小元喜欢这个打扮，那就只好随他了。

没有想到陈小元还真有一手。他拿着手枪，指挥着他身边的匪徒们怪声怪调地唱：

快快上，别发慌，
今夜风大雨又狂，
民兵们，
躲在家里睡大觉，
滩头岙口没有岗。
……

匪特甲，战战兢兢地摸上来，脸上画的白一道黑一道的，活像个吊死鬼。他哆哆嗦嗦地唱：

心又惊，肉又跳，
个个就像惊弓鸟，
登海岛，真糟糕，
弄不好小命要报销。
司令把枪一摆，把脖子一拧，又在催：
快快上，别装孬！
美国顾问的训话别忘了，
这次偷袭成功后，
司令我一定有犒劳……

这时台下又嚷起来，着急地说：“哎呀呀，怎么还不开枪？站岗的没有看见？”

旺发爷爷说：“你们懂什么，等走近了捉活的。”

台上的小姑喊了一声：“干什么的？”接着就放了一枪，匪特们纷纷跑下。

旺发爷爷叹了口气说：“唉！太沉不住气了，为什么不等靠近些！”

这时台上螺号呜呜呜地响了起来，表示民兵紧急集合，幕就落下来了。

有人叹口气说：“怎么没有抓到特务就完了？”

“谁说完了？”有几个看过我们排练的民兵忍不住给大家解释剧情。

后来是匪特司令和几个跑散的匪徒，跑迷了路，钻到了玉花家里，拿出枪来逼瘸老头子驾船把他们送走。

老头子见匪首就是打断他那腿的渔霸，就怒火燃胸，摸过鱼叉就打，匪首举起手枪对准老头子就要开枪，正在十分危急的时候，女儿玉花赶了回来，一枪打死了匪首。

这一点陈小元演的不太成功。因为玉花的枪还没响，他就扑通一下躺在台上，伸直了腿。有些人生了气，吵嚷着要他站起来重演一遍。

可是幕已经落下来了。

剧本编得不算好，演得也很差劲，却收到了意外的效果。大家拼命地鼓掌，吵着："再演一个！再演一个！"

歌可以再唱一个，就是再好的戏也不能再演一遍。人们都围到台子上不散，没有办法，还是请云香唱了一段新渔歌，才算解了围。

后来，方书记宣布了一个通知，说是志愿军的归国代表团明天上午到岛上来作报告，要大家早些吃饭，然后到码头上去迎接，大家这才余兴未尽地散了会。回家的路上，人们唧唧囔囔地评论我们民兵演的戏。

双和叔也很有兴致地说："海霞，你们民兵还真行，演得还怪像呢。你们能不能编个搞生产的戏，鼓鼓大家在生产上的干劲？"

他真是三句不离本行。我笑笑说："当然可以。我们民兵一定作生产中的突击队，可是，也不能只记住生产，把阶级斗争、战备工作忘了呵！"

第十八章

——

英雄的战士

年初三的早晨，码头上鞭炮齐鸣，锣鼓喧天。我们全岛军民迎着寒冷刺骨的海风早就来到了码头，列队欢迎志愿军归国代表团的同志来同心岛作抗美援朝的报告。一直等到上午九点钟，船才从东沙岛方向开来。

一位志愿军同志在市政府的同志陪同下，上了码头。他戴着一顶很大的皮帽子，胸前挂了一排银光闪闪的奖章。我觉得他有些面熟，一下子也想不起在哪里见过。我们都热烈地鼓掌，好像不把巴掌拍烂，就不足以表达欢迎的热忱似的。

方书记猛然抢上几步迎了上去，热烈地和志愿军同志握手："哎呀呀，原来是你呵，真没想到！当了英雄了。你妈知道了吧？"

这位志愿军战士的眼睛也突然亮起来，热烈地抱着方书记的胳膊说："方排长，我真想你们哪！"

这时他们已经走到我的面前，方书记说："你们还认识不？要不要给你们介绍？"

这位志愿军立即向我跨了几步，握着我的手，热烈地说："小海霞，你还认识我吗？几年不见，长成大姑娘了。"

"人家是民兵大排长了。"方书记专会拿人开胃。

志愿军战士说："了不起！"

我也吃惊地叫起来："你就是李铁军呵！怎么变得认不出来了。"

铁军俏皮地说："当了排长了，不认人了，都把人家给忘啦！"

我说："当了代表啦，还是那么顽皮，忘不了你抢我们家的野菜吃。"

我们一齐走着，穿过鼓掌欢迎的人群。方书记在和市人委的同志讲话，我问铁军："你怎么一个人来的？"

铁军说："我们代表团的人都分开了，报告的地方和单位太多，非孤军作战不行了。"

因为时间紧迫，铁军准备上午开完会，下午再赶到半屏岛去作报告，所以连口气都来不及喘，就召开了群众大会。

在会上铁军报告了抗美援朝的新特点新胜利。讲了很多艰苦奋斗的故事，特别着重介绍了上甘岭战斗和许多英雄们的事迹。他讲了黄继光、邱少云、罗盛教……最后他讲了中朝人民的战斗友谊。他说：

"在一次激烈的战斗中，我的腿负了伤。是一位朝鲜老妈妈把我从战壕里背下来的。当时敌人的炮火打得正猛，当她把我背到她的小土屋里的时候，我才看见她的膀子上也受了伤，伤得虽然不重，却也流了很多血。

"这位阿妈妮原来也有丈夫、儿子、媳妇和孙儿。现在却剩了她孤身一人了。她的亲人都叫美国鬼子的炸弹、凝固汽油弹夺去了，她就把我当成她的亲人，我也把她当成自己的亲妈妈了。夜里她戴着老花眼镜，凑在昏黄的灯光下，颤抖着手，一针一线地给我缝那给弹片撕破的军衣。

"阿妈妮给我缝完了军衣，就从墙上摘下一个日本式军用饭盒来，给我煮土豆吃。我一边吃着土豆，阿妈妮就给我讲这个饭盒的来历。她说这个饭盒是她的老伴在东北抗日战场上用过的，用它盛过松花江的水，也盛过长白山的雪。在我上前线的时候，阿妈妮就让我带着这个饭盒。我的伤还没有好利索，但是我再也躺不下去了，就带着这个标志着中朝人民战斗友谊的饭盒投入了新的战斗。……"

会场上充满了热烈激愤的气氛。

"向志愿军学习！"

"打倒美帝国主义！"

"消灭美国侵略者！"

激烈的口号声此伏彼起，高山大海都响起了回声。

铁军报告完之后，我们民兵宣读了一份决心书。表示要努力学习志愿军英勇顽强、不怕艰难困苦的革命精神，搞好生产，提高警惕，保卫祖国，支援前线。我们热情的渔歌手黄云香还即兴唱了这样一段渔歌：

美帝国主义狠又毒，
张牙舞爪像只虎；
中朝人民踢一脚，
原是草扎破纸糊……

会议在暴风雨般的掌声中结束。

谁知人不留人天留人，中午突然起了大风。冬季不像夏天，风冷浪高，船不能出港，铁军只好等明天风定了再走。

吃过午饭以后，男女民兵们都跑到乡公所来，叫铁军同志讲战斗故事听。铁军讲了许多惊心动魄的战斗故事之后，激动地说："有一天我打死了一个美国鬼子，我从他的挎包里搜出了一个朝鲜人民的铜碗。为了抢夺这个铜碗，不知这个强盗杀害了多少个朝鲜的老人和孩子。民兵同志们，当你看到美帝国主义是多么狠毒，并和他面对面作战的时候，你才能真正深刻地体会到什么是人类最大的爱和最大的恨。什么风雪、严寒、饥饿、疲劳、流血牺牲……全算不了什么。消灭美国侵略者，这就是我们唯一的心愿。民兵同志们，没有流血牺牲是换不来幸福的。我们应当为全中国和全世界被压迫人民的解放事业付出代价，每一个革命战士都要有这样的精神。"

我被铁军的话激动着，我说："铁军，在朝鲜不是有很多女志愿军吗？我也真想参加抗美援朝去！去狠狠地揍这些帝国主义强盗！"

铁军说："在这里也是一样。美帝国主义是全世界人民的敌人。你们在这里虽说和朝鲜相隔千山万水，我们却是站在一条战线上。你们来看——"铁军把我们民兵引到挂在墙上的一张世界地图前边说："……这里是我们的领土台湾，现在还被美帝国主义霸占着；这里是朝鲜，美国离这里有多么远呵，他的爪子伸得真是太长了……"接着他指着亚洲、非洲、拉丁美洲说："台湾还没有解放；世界上有千千万万的人民还在受苦受难，我们应该斗争，我们要解放台湾，还要支援世界上一切被压迫的阶级兄弟，我们的任务是很重的，也是极其光荣的。我们一定要努力奋斗。……”

还不到吃晚饭的时间，铁军要去看看我们的民兵队部。民兵队部是和乡公所在一块：从陈占鳌的西厢房里辟出了一大间，平时并没有人办公，是民兵们集会或搞其他活动的场所，事实上是民兵的俱乐部。

现在正是新春，我们把队部打扮得又整洁又漂亮，一抬头就看到门上鲜艳夺目的新对联：

上联是——
建设祖国人人争当生产能手
下联是——
保卫海防个个要做杀敌英雄
横批是——
全民皆兵

走进门，迎面就是伟大领袖毛主席的挂像，他老人家和蔼慈祥地微笑着，亲切地望着我们。满屋里充满着温暖的阳光。

在左手的墙壁上是一条红色标语：

兵民是胜利之本！

在标语下面就是我们的优胜奖旗和奖状。

墙上公布栏里有我们女民兵排的历次射击成绩。每个获得优秀成绩的名字的上面都缀着一朵大红花，好像在微笑着问来参观的人是否满意。

铁军看着我们的优胜奖旗，夸奖地说：“海霞，你们得了不少优胜呵！”

我毫不掩饰自己的自豪说：“这几年我们的辛苦没有白费，总算没给同心岛丢脸。……军分区前几天来了通知，为了检查战备训练落实情况，交流经验，互相学习，三月份准备组织一次实弹射击比赛，我们要好好准备一下。我们有信心保住奖旗。”

铁军却不以为然地笑笑说：“海霞，你说优胜奖旗代表的是什么？”

我说：“代表的是我们的成绩呵！”

铁军说：“不完全对，得优胜奖旗不是目的，保住它也不应该是我们努力的目标。奖旗是对我们的鼓励和鞭策。如何对待荣誉，这可是个大问题，能正确对待，它就是继续前进的力量；不能正确对待，它就是包袱，就是前进路上的绊脚石呵！比赛绝不是为了比个你输我赢，你高我低。应该比实战，比风格，互相学习，互相提高……"

"……"

他见我还没有完全领会他的意思，就进一步说："我给你举个例子，在朝鲜战场上，我们连三个排，也互相展开了杀敌竞赛。挑战条件是：看哪个排杀敌最多，缴获最多，俘虏最多。但是在一次战斗中，一、二排打狙击，保证了我们三排胜利完成了消灭敌人的任务。这一仗，一、二排打得最苦，却没有抓到一个俘虏，更没有什么缴获；而我们却抓了五十多个俘虏，缴获了大量武器……你说，如果要发优胜奖旗的话应该给谁？……"

我想了想说："应该给一、二排。"

"为什么？"

"因为一、二排以自己的艰苦战斗和牺牲，保证了三排的胜利呵！"

"对的，这就叫风格。在我们革命工作中，经常有这种情况，需要牺牲局部的少数的利益而换取全局的多数的利益。你想，如果三个排都想争取优胜，多抓俘虏多缴枪，而不愿意担任打狙击的任务，那我们整个战斗的胜利就没有了。"

这一夜，我反复想着铁军同志的那些话。我回想了我们历次的比赛，在初次参加比赛的时候，方书记曾指示我们说："为了相互促进，相互学习，我们主张革命的竞赛，在战场上我们开展杀敌竞赛，在建设中我们开展劳动竞赛，这就是革命的英雄主义，要比思想，比风格，比贡献，比速度，比干劲，比赛可以互相交流经验，互相取长补短。……可是，如果稍不注意，单纯追求成绩，把夺奖旗当成了追求的目标，当成比赛的目的，那就滑到锦标主义的邪路上去了……"

这些道理我们还是反复讲过的。可是口头上讲和实际做并不完全是一回事。往往是讲起来明白，做起来糊涂。就拿过去的比赛来说，我们总是拔尖子去。为什么？为了夺优胜、得奖旗，总以为这样做没有什么不对。不知这样就使我们容易光在几个尖子上下功夫，放松了多数民兵的训练提高。每次比赛总是那几个人上，因此，几个尖子并不能真正代表全排的实际水平，严格说来，这里面有虚假，存在着练习为实战还是练习为好看的问题。

我越想越觉得问题严重，这不是一件小事，这是个原则问题，是关系到我们民兵建设沿着什么路线走的大问题。这次我们参加军分区的春季射击比赛，绝不能走过去的老路，我们应当采取新的态度，应当比出新的风格来。

想呵想呵，一直想到深夜还不能入睡。

忽然房门被一股大风刮开了，风呜呜地嗥叫着，吹得房子都颤抖起来了，沙石打得门窗噼噼啪啪地响。我披衣起来，好冷呵，不由打了个寒战，在春节期间，我们要特别警惕。我提起枪，走上沙滩，发觉哨位上多了一个人，这是谁呢？走近了，才知道是李铁军同志。

我惊讶地说："你怎么也来了？你是我们的客人呵！"

铁军顽皮地说："在祖国各地，我到哪儿都是主人。"

我说："不行，你得回去休息，你太累了，明天你还要到半屏岛去呢。"

"正因为我要到别处去，我才在这里站站岗，享受享受！你知道，这个地方是我们解放海岛登陆的地方，在朝鲜的时候，我常常想起这块地方。有时我和同志们说：'我什么时候能再到同心岛去站上一班岗呵！'盼呵盼呵，果然盼到了。"

"你不累？"

"不，为祖国站岗，我是不会感觉累的。"他说得那么自然，那么恳切，从这些话里，我看到了一颗忠于人民忠于党的革命战士的心。

"今天冷得很！"我说。

"我一点都不觉得冷。我心里热得像一团火呢。朝鲜的冬天比这里冷多了。都把煮熟的土豆冻成铁蛋蛋了，只好用刺刀剁着吃，可是一想到祖国，想到人民，想到党和伟大领袖毛主席，就不觉得冷了。"

铁军和我们民兵肩并肩地巡逻在沙滩上。冬天的海上没有雾，暗蓝色的天空显得特别明朗，密密麻麻的星星闪动着，风在呼啸，浪在喧哗，我想得很远很远。铁军也沉默着，遥望着海岛的夜空，他也许想起战火纷飞的朝鲜战场了。

铁军停了下来，颇为感慨地对我说："你们民兵巡逻的不只是这一片沙滩，而是整个反帝斗争前线中的一段。你们守卫的也不只是一个山头，而是套在美帝国主义脖子上的绞索的一环呵……"

我点点头，凝神思索着铁军的话。

我遥望着很远很远的夜空，觉得胸怀无限广阔。海岛、祖国、世界，都展现在我眼前。

此时此地，此情此景，使我深深地领悟到：我们的每一个行动，每一个成就，每一个胜利，都关联着祖国和世界的革命，我们的责任重大，但是我们做的太少了，贡献太小了，离革命对我们的要求相差太远了，我们绝不能停滞不前，我们要努力奋斗！

第十九章

激烈的斗争

小客轮冲开浪头，迎着刚刚升起的太阳，向前航行。波澜壮阔的海面上跳动着耀眼的金光，成群的海鸥，追逐着客轮上下飞舞。

船上的大多数乘客是我们参加军分区春季射击比赛回来的民兵。船舱里飘动着一面优胜奖旗，是奖给东沙岛民兵连的。民兵们有的在擦枪，有的在唱歌，热闹极了：

碧海滔滔飞彩霞，
风里浪里练枪法，
子弹上膛刀磨亮，
时时刻刻准备打！
嘿！
时时刻刻准备打！

“欢迎同心岛的民兵来一个！”接着就是噼里啪啦的掌声。

我看见有几个民兵，却把头越垂越低了。仿佛这掌声一下下打在她们的脸上。

为什么？我们的优胜奖旗丢啦！

见我们不回答，东沙岛的民兵就喊喊喳喳地说：“本来嘛，保了两年的优胜奖旗，这一回丢了，心里当然难受了，怎么还能唱得起来？”

海花不服气地嘟囔着说：“得了吧，有啥吹头！”并且很不满意地瞅了我一眼。自从丢了优胜奖旗，她就一直埋怨我。她认定我们的奖旗之所以丢了，完全是因为我没有参加比赛的缘故。

海花为什么这样想呢？因为这次射击比赛，我们比东沙岛的民兵少打了四环。由于我坚持改变过去选拔尖子上场的做法，拉上了一个建制班，因此，射击水平很不整齐，就说采珠吧，三枪只打了十七环，所以就把全班成绩拉下来了。在射击场上，海花急得直跺脚，一回到住处，她把步枪往床铺边上猛力一戳，气冲冲地对我说：“海霞，这次奖旗丢了全怪你，你是排长，可是不关心民兵排的荣誉！”

我说：“你先不要激动，说说理由看。”

“理由，这还不是秃子头上的虱子——明摆着？这次你若是上去，最少也打二十七环，可采珠呢？只打了十七环，一反一正，我们不就比东沙岛多打六环了吗？也许还要多！”

“不管我能不能打二十七环，首先我编制不在班里，我不能上场。”我耐心地解释说，“这次丢了奖旗是怪我，但不是像你说的那样。我的责任是没有把民兵射击技术普遍地提高到优秀的水平。采珠这次没有打好，不能全怪采珠，这怪我们尤其是我对她的帮助不够；我们过去总是抽尖子来参加比赛，尖子比普通民兵训练得多，锻炼的机会也多。但是他们不能代表普通民兵的水平。

“你说我不关心民兵排的荣誉，这不对，我们要实事求是，人家得了奖旗，这说明人家工作比我们好，我们应该老老实实地向人家学习，应该为兄弟岛上民兵同志的进步高兴。过去我们总以为奖旗就是荣誉，得的奖旗越多，荣誉就越大，这种认识是不全面的，也背离了毛主席的建军路线，成了锦标主义，那样的话，奖旗得的越多，犯的错误也就会越大。见困难就上，见荣誉就让，这才是我们应有的风格。”

可是，海花正在气头上，我的话她根本听不进去：“风格，风格，你老讲风格，风格有啥用？看不见摸不着。奖旗多光彩？这次真是没脸回同心岛了！”说完，竟泪汪汪地扭头走了。

海花头脚走，采珠就后脚跑进来，怨声怨气地说："我早就说我打不好，可你偏动员我上，这可好，我一下子把大家的成绩拉下来了……"她难过地坐在我旁边抹眼泪。

这次射击比赛，不但暴露了我们训练工作上的不足，更主要的是暴露了我们政治思想工作上的差距。我感到了事情的严重性。往次比赛完毕后，开会总结，总是从射击技术上探讨的多，从政治思想上分析的少。这次总结也不能走过去的老路了，我们要在民兵排里展开一场大辩论，抓住"锦标主义"狠狠地进行批判，这是我们女民兵排成立以来的第一场严重的思想斗争，这是原则之争，这是路线之争，要通过斗争，来保证我们民兵排沿着毛主席的建军路线大步前进。

会议一开始，海花一顿炮弹就朝我打过来，还是刚才那一套，埋怨我不参加比赛，责备我不该换上采珠，并且表示，像东沙岛民兵那样的射击水平，得了优胜奖旗，死也不服气。……

我把为什么采取这个决定的原因又向大家重述了一遍，结果又产生了另外一个问题："就算拿建制班有理由吧！为什么人家不抽建制班？为什么我们偏出新花样？"一句话，低风格。

我又把铁军同志在这个问题上对我的启示说了一遍。铁军的举例是很有说服力的，引起了大家的深思。然后我问海花说："你说，我们成立女民兵排是哪一年呵？"

"一九五一年春呵。"

"那么东沙岛民兵连是什么时候成立的？"

"一九五二年春呵。"

"看，他们比我们晚成立一年，他们的射击成绩这么好，可见我们在这方面不如人家。再说，采珠也是个老民兵了，她打不好，正说明我们民兵排的普遍射击水平还不高，更何况，有些民兵还不如采珠呢，这不正说明我们的弱点吗？比赛是为什么？应该是考察我们民兵的实际战斗力，绝不是靠几个打得好的射手去得奖旗。……"

有的民兵说："道理上通了，就是感情上转不过来，心里总不是滋味。"

一向深思熟虑的云香说："依我看，这次奖旗丢得好，我同意海霞的意见，这一丢，才使我们心明眼亮，看到了训练上的短处，更看到了思想上的短处，这是个大好事，说到‘道理通了，感情上转不过来’，我看这话要分析是什么感情，得奖旗的是谁呢？不正是我们的战友和同志吗？我们不都是为了一个共同的革命目标吗？他们得了奖旗我们应该热烈祝贺才对，为什么不高兴呢？话再说回来，如果我们得奖旗，人家也像我们一样，不服气不高兴，我们会怎么想呢？如果比赛只是为了满足一家得奖旗的虚荣心，而使多数人不服气不舒畅，那么这种比赛还叫什么革命的比赛呢？我们不应该有资产阶级的个人主义的感情，我们要有无产阶级的革命的感情才对！……”

阿洪嫂忽然打断云香的话，兴奋地说：“我想过来了，若是我们只有几个人打得好，别的民兵打不好，这面奖旗给我们我们也不要，受了心里有愧。我们要有志气，把民兵训练得好好的，一个顶一个。哼，到那个时候，得不来奖旗我掉头！”她说到这里，手还在脖子上抹了一下子。

这个“掉头”二字把大家引笑了，会场气氛开始活跃起来了。

海花笑笑说：“我这个人就是嘴快舌尖，脑子简单，经你们一分析，我也想通了！我承认我有锦标主义，开头心里真不是滋味，现在心里的滋味也变啦，你们若是早和我把这些道理讲透了，我不就省下这顿炮弹了。”

经过辩论，总结会上总算统一了认识，但思想问题不是一次会议就能解决的，往往道理上通了，一碰到具体问题又不通了，这就是思想工作的艰巨性。

果然，我们和东沙岛民兵乘一条船回岛，有些民兵在情绪上就反应出来了。

我悄悄地对云香说：“你来领头唱一个吧。不然，人家说我们丢了奖旗闹情绪呢。”

云香为难地说：“大家情绪刚扭过来，只怕唱不好。”

我说：“那你就自己唱一个吧，反正你是顺口就来的。”

云香沉思地说：“好，让我想一想。”

这时其他岛上的民兵还在喊：“同心岛的民兵来一个！快来一个！”

我说：“好，我们来了。新的歌我们还没有学会，老的歌你们都已经唱了，再唱就重了；现在让我们的渔歌手给大家唱一段渔歌吧！”

黄云香站起来，放声唱道：

海浪滔滔海鸥飞，
鲜艳的红旗海风吹，

练好本领为打仗，
战场杀敌显神威。
并肩前进为革命，
铜墙铁壁不可摧。
前面的大步向前走，
后面的快步紧紧追，
唉哟嗨，紧紧追！

“好！好！”大家热烈地鼓起掌来。

客轮长鸣一声，抛了锚，因为客轮直开东沙岛，我们同心岛的民兵要中途换乘舢板。在我们下船的时候，东沙岛的女民兵连长汪月秋走过来拉着我的手，诚心诚意地说：“海霞，优胜奖旗虽然是我们得了，但真正的优胜者是你们。”

我说：“你真是太客气了，往后我们要多多向你们学习呢。”

海花一扭头下了船，不高兴地在嘟囔：“得了便宜还卖乖，奖旗拿到手，漂亮话谁不会说。”唉，看来她思想上还是没有通。而且，这当然冤枉了汪月秋。我知道她不是专说漂亮话的人。

爷爷驾着舢板兴高采烈地来接我们，一见我就问：“海霞，奖旗呢？”

我说：“丢了。”

爷爷说：“丢了，要好好找原因，可不要闹情绪。丢了奖旗不要紧，丢了革命的志气可不行。”

我很感激爷爷这样鼓励我们。我说：“爷爷你放心吧，我们不灰心不丧气，一定要迎头赶上去。”

“喂——嗨——嗨——！喂——嗨——嗨——！同心岛的船等一等！”

随着声音看去，只见从右边驶来了一只白底船，这是东沙岛的渔船，是他们在招呼我们。爷爷停了船在等他们。东沙岛的几个渔民认识爷爷，他们说：“德顺爷爷，我们给你们同心岛带了个客人来，我们本想送他去，碰巧了，你们就把他捎去吧。”

这是一位断了腿的客人。没用人扶，他就登上了我们的舢板。他拄着木拐，随身带着一个不大的包袱和一个理发工具箱。民兵们向我身边挤了挤，给他让了个座位；他向我们客气地点点头，就坐在前舱上，和我斜对面。

从他紫的像猪肝一样的脸上，看出他是一个久经风浪的海上人。五十岁上下的年纪，身材不但高大，而且十分强壮。可惜他的一条右腿从膝盖以下截了肢，半截空着的裤脚折叠上去，又用一段钓鱼用的绲线绑住。他向我们笑笑，露出一排乳白色的假牙，和他那紫色的脸膛很不相称，特别是那个蒜头般的酒糟鼻子看了使人生厌。他的左脚上穿着一只草鞋，没有戴草帽，在炙人的阳光下，他那光秃秃的额头上挂着油津津的汗珠。

他刚刚坐稳，就轻松地舒了口气："可好了，总算到家了。"

几个民兵齐声问道："你的家是哪个村呵？"

他引起了全船人的好奇。

"连我自己也不知道，我要请求政府帮我找。"

"嘿，自己不知道自己的家？你的腿是怎么断的呵？听口音你是福建人吧？"快嘴快舌的海花一连向他问了三个问题。

"是呵，我是福建人，"他好像回忆了一下说，"我这条腿是在一九四九年八月福建解放的时候，我给解放军抬担架，为了掩护伤员，叫国民党的飞机给炸的。"

有的民兵看着他的半截腿感叹地说："呵，这么说你是有功之臣喽！"

断腿人笑笑，摸出香烟来吸。我对这位客人既无好感也无恶感，只是觉得他有些怪，怪在哪里？我一时也说不清楚。

爷爷却很有兴趣地和这位客人闲聊起来。他一边摇着橹一边问："你在家打鱼还是种地？"

"当然是打鱼了，我从十二岁就出海！"

"噢，听说你们福建的大钓船和我们的不一样，一只船能载多少人？"

"二十八个。"

"小钓船呢？"

"五个。"

我不明白爷爷为什么问这些？但是爷爷还是两眼盯着客人继续问下去：

"你跑过不少渔场吧？数哪个渔场最好？"

断腿客人笑笑说："那当然数舟山了，那是我国有名的鱼仓嘛。"

"舟山主要出产些什么鱼？"

断腿客人仍然笑着不厌其烦地回答说："俗话说'药农不知草名，渔翁不知鱼名’，这鱼类之多不用说认识，就是数也数不清。不过这舟山出产的鱼类，有句口头语，‘大黄小黄，墨带鳓鲳’。口头语虽然这么说，只有大黄鱼、小黄鱼、墨鱼、带鱼算四大鱼类，至于那鳓鱼鲳鱼，来往并无定期，并不是主要鱼类……”

我十分佩服这位客人海洋知识的丰富，爷爷听了也点点头。

客人又继续补充说：“大小黄鱼从二月到八月都有，汛期最长，但是主要渔期还是在立夏到小暑。因为黄鱼喜温怕冷，春季天暖就密集成群，从外海游向近海，由东南向西北游，由洞头洋东南经过大陈洋到猫头洋、大目洋、岱戳洋、大戢洋下子，到了秋天又依着原路向南回游，这时捕到的黄鱼就叫桂花黄鱼……”

爷爷不紧不慢地摇着橹又说：“我看你倒是个有学问的人，我们打鱼人都是老粗，问错了请你不要见怪，我也知道舟山渔场好，可不知道为什么这样好？你说说，这舟山渔场为什么这么好？”这简直是奇怪的问题，未免有点故意刁难了。

客人并不生气，反而笑着说：“老大爷，你好像看我不像个渔民，是特意来考考我。”说完哈哈大笑起来。

爷爷也笑着说：“哪里哪里，俗话说‘姑娘讲绣花，秀才讲文章，农民讲种地，渔民讲海洋’。这就叫三句话不离本行嘛，打鱼人不讲打鱼还讲什么？我虽然打了一辈子鱼，因为是个‘八’字不识一撇的大老粗，渔场好坏的道理懂得太少，这才向你讨教。”

“呵哈，既然这么说，我就在你这‘老海洋’面前献丑了。”客人接着把舟山渔场的水温、盐分、潮流、水深、底质如何适合鱼类洄游、居住和下子的道理说了一大套。这些道理我从来没有听说过，忍不住敬佩地点点头。我看见民兵们也都钦佩地听着。

舢板靠了码头，码头上站满了迎接我们的人群，虽说我们没有得到优胜奖旗，但是大家还是满腔热情地欢迎我们。

大成婶自从玉秀参加民兵之后，对民兵工作变得热情起来。阿洪嫂外出比赛，她就把三个孩子接到她家里去照应。现在大成婶带着这三个孩子全都等在码头上。阿沙一见阿洪嫂就关切地问：“阿妈，你们的奖旗呢？”

阿洪嫂没有好气地说：“你玩你的去，奖旗不奖旗，要你操啥心！”

一上码头，我就向双和叔汇报这次比赛的情况。

双和叔说："你为什么不参加比赛呢？真是自作主张！"

我说："每次比赛，我都参加，我觉得这样不好。"

双和叔不高兴地问："抽建制班是上级规定的还是你自己想出来的？"

"是我自己这样决定的，我觉得这样没有什么不好。在大会总结的时候，军分区司令员肯定了我们的做法，说我们这种训练的指导思想对头，还号召民兵们学习我们这种实事求是、从实战要求出发的作风呢。"

"好倒是好，就是把奖旗丢了。"听我这一说，双和叔显得气小些了，但还是说："你不想想，我们拿一般的民兵去和人家的尖子去比，哪有不输的？"

我坚持说："我们应当使所有的民兵都达到优秀的水平。"

"都训练得那样好，需要花多少时间呵！"

"这就要我们好好安排了。"

双和叔无可奈何地说："算了，奖旗丢了就算了。有得有失，工作要处处都好是困难的，今后我们要抓紧生产，把生产奖旗保住就行了。凡事总不能两全！"

我不同意这种看法，我说："如果把这只看作是丢不丢掉奖旗的事，这是丢掉了我们的责任。我们要按实战要求来训练才行！"

"现在哪里有时间？"双和叔摊开两手说。

"安排好就有，安排不好就没有，事情是死的，办法是活的！"

"活的？我看你就不灵活，为什么认准一条死理就不放？你看，海蛎石要在立夏之前放到海里去，番薯要浇水，新开的荒地土质太硬，还要到沙滩上挑沙改良土壤……你应当知道，生产是一环连着一环，这都要抓好才行呵。"

"我也没有说不抓生产呵，你说的这些都要干，我们民兵还是当突击队。可是训练也要适当安排呵，是劳武结合，不是光劳不武。围垦海塘的时候你开过支票，这才没几天，果然就反悔了。"

"训练可以推后，可是季节不等人。"

我气忿忿地说："推，推，推，今天推明天，明天推后天……"

我和双和叔边争边走，走到了山坡上，他停住脚步对我说："海霞，你看这一片海塘，我计算过了，足足有九百亩，如果改造成稻田，一年两季，保守点说，每亩也得八百斤，你算算有多少大米。我们今年再增加三千组海蛎石，我们将供给国家多少海蛎干呵！我们要把这个小岛变成鱼米之乡。我们不但和其他海岛比，也要和大陆比一比。我们要把海岛建设成海上花园……”他好像就在花园里一样，也不管我有多着急，一边欣赏着周围的一切，一边兴奋地说着。

我反驳他说：“自从方书记调到区里以后，乡的全盘工作就落到你的肩上了，你一头扎到生产上是不行的，要抓阶级斗争，要抓政治思想工作，要抓战备工作，我以为海岛首先是要建成攻不破的钢铁堡垒，而不是建成海上花园。”

“唉，海霞，我发现你是越来越骄傲了，做事自作主张，说话就是教训别人，这可不好，一个孩子家，领导上叫你咋干就咋干，要服从领导嘛。”

“当然要服从领导，可是我也不能盲目服从，我们要按毛主席的教导办事，难道对领导提提意见，就是不服从领导吗？”

我们越争论越激烈，一直吵到乡公所，谁也没有说服谁。

一进办公室，双和叔走到县用地图前面说：“海霞，你来看，这右前方是东沙岛，这左前方是半屏岛，在这两个岛没有解放的时候，我们同心岛是前线，民兵工作需要大抓；可是现在，我们同心岛成了虎口里的舌头，龙口里的宝珠了。敌人敢来动我们？你想我们岛上原来还有驻军，现在六连也到东沙驻防去了，这是很有道理的。海霞呵海霞，你得有点战略眼光呵！”

我却不同意。我说：“解放军不驻防，我们的担子就更重，也更应当把民兵工作抓好。毛主席号召全民皆兵。不用说是海防前线，就是在大陆内地也要把民兵搞好。双和叔，我是要有点战略眼光，但我看你也真得好好学学毛主席的人民战争的战略思想呢！”

这句话大大伤害了双和叔的自尊心，他很生气，但却以一种大人不和孩子计较的口吻说：“你这个孩子，怎么用这种态度和大人说话？太骄傲了，……唉，一时和你说不清楚。”然后他搪塞地说：“好，关于民兵训练的事，我们研究一下再说吧。”

“什么时候研究？”我紧追一句。

“现在正忙得不可开交，过几天再说吧。”

争论了半天，得了个“过几天再说吧”的结果，我心里像压着块石头，很不痛快。双和叔老把我当成小孩子，我的意见他听不进去。怎么办呢？像这样拉下脸来和双和叔争论，还是第一次，到底应该不应该呢？毛主席教导说：“党内不同思想的对立和斗争是经常发生的，这是社会的阶级矛盾和新旧事物的矛盾在党内的反映。党内如果没有矛盾和解决矛盾的思想斗争，党的生命也就停止了。”对，一个党员就应该坚持真理，真理越辩越明，道理越讲越清，我们应该争出个眉目来。双和叔见我不说话了，他便拉开抽屉埋下头整理他的有关生产的统计表册了。

在气氛稍稍缓和之后，我严肃而又诚恳地说：“双和叔，我已经不是小孩子了，我是党员，我是民兵干部，我有责任提出我的意见，绝不是因为个人的什么得失来和你争吵。你回想一下吧，凡是你说得对的我们都支持，我们都按照你的要求去做，甚至比你要求的做得还要多，围海塘的时候，我们不是豁出命来干，提前半个月完成任务的吗？你革命早，经验多，从心里讲，我是把你当作革命老前辈来尊重你的。但尊重并不等于无条件服从，你不对的地方不但不能听，还有责任要对你提出批评。……”

“好吧，”双和叔抬起头来看了我一眼，仿佛要重新认识我一下似的，然后把统计表册往抽屉里一放，十分郑重地说：“有什么意见你就提吧！”

“双和叔，”我还是沿着我的思路说下去，“我觉得你的缺点，不是一般的小缺点，如果不改正，就要在政治上犯大错误，你埋头生产，不问政治，我看你的心胸越来越狭窄了，眼光越来越短浅了。我记得方书记和李铁军同志，他们也给我看过地图，那是一张世界地图。他们是把我的眼光从小岛引向全国，引向全世界；今天双和叔，你也给我看地图，这是一张县用地图。你却要我的眼睛只盯在我们这个小岛上。我相信方书记和李铁军同志是对的。自然，不是说小岛就不应该关心，但全民皆兵是毛主席的军事战略思想，不仅要防止敌人的小股扰乱破坏，而且有更重大的长远的意义。我们要对付帝国主义的侵略战争，因此不管海防还是内地，都要把民兵办好，这才是人民战争的汪洋大海。若按双和叔你的想法，既然敌人不敢来，就不必抓民兵工作，那么内地就更不需要办民兵了。……”

“这是乡公所吗？”

我们的争论被这突如其来的声音打断了。我抬头一看，面前站着同船上岛的断了腿的客人。我歉意地说：

“是你呵，我们一上岸，光顾了讲话，忘记关照你了。快请坐！”我站起来，把座位让给了他。

第二十章

断了腿的客人

这位断了腿的客人带有几分激动的神情坐了下来，从衣袋里掏出一封揉皱了的信，我接过来交给了双和叔，并给他作了介绍，他在座位上谦恭地欠了欠身子说："乡长，我是来找我失散多年的妹妹的。那是我们乡里给我开的介绍信。请乡长费心帮忙。"

双和叔看完了，又把信递给我看。信是这样写的：

同心乡乡公所：

兹有本乡刘阿太去贵乡寻访三十五年前失散的妹妹。到时切望予以协助。刘阿太的腿是在一九四九年为救护解放军伤员，被敌机炸伤的，对革命有不少贡献，尚请贵乡多多予以照应，是为至感。

致

革命敬礼！

福建惠安桐林乡公所

× 月 × 日谨上

“你和你的妹妹认识不？”双和叔问。

“唉，三四十年了，分别的时候年纪又小，妹妹是什么模样，早已记不清了。”他接着解释说，“在三十五年前，我的爹妈北上舟山打鱼，在这里遭了风暴，触了礁，船破碎了，幸好人被救了。爹妈没有盘费回老家，就把我那六岁的妹妹卖到这个岛上当童养媳，就这样，一去三十五年没见面，妈临死的时候，嘱咐我一定要寻着我那苦命的妹妹……”

我一边听一边想：“他找的不就是大成婶吗？对，大成婶姓刘，他也姓刘……”

“怎么现在才来找？”双和叔问。

刘阿太从容地回答说：“唉！解放前兵荒马乱的不敢从陆上来，听说你们这边的洋面上还有外号‘黑风’的海匪，我也不敢从海上来，解放后本想立即就来，不巧，我的腿又受了伤，落了个残废。……”

双和叔热情地说：“你算找巧了，你要找的人我们这里有。她很可能是我们东榕桥的大成嫂。”他又回头问我：“海霞，你说是不是？”

我说：“根据这个同志谈的情况，很像是大成婶。”

“这真太好了。”刘阿太脸上流露出十分高兴的神色。

“你打算在这里住些日子？”双和叔问。

“乡长，我是个残废，又是个孤苦伶仃、无依无靠的人，妹妹就是我唯一的亲人了，我希望政府能照顾我，我有手艺。”他指指理发工具箱说：“我会理发。”

“噢，”双和叔考虑了一下说：“好吧，你是有功之臣嘛，我们总得好好照应呵，你先跟着海霞去认认亲，你的工作，由我们来安排，我们岛上正缺理发员哩。”

乡公所离大成婶家隔一个小山包。我和刘阿太一边走一边闲聊，心里为大成婶高兴，又为她惋惜，大成婶见到这样一个断了腿的哥哥，会是什么心情呢？

我扶着断腿阿太走上山坡。我觉得他从海上来得有些奇怪，便问他道：“你是专门来探亲的？”

“是呵，”他谨慎地看了我一眼。

“为什么搭别人的船来？”

阿太坦然地说：“渔船上都是自己的穷兄弟，我们福建的渔船北上，我就顺船跟来了，既省些路费，又有人照应。”

转过山包，路过我们东西榕桥镇联合办的日用百货小卖部。这里除供应网线、绲钩、锄头等渔农具外，还供应烟、酒、煤油、火柴、糖果之类的东西。这个小卖部的售货员(当然，叫经理也可)是谁呢？是尤二狗。这尤二狗是怎么干起售货员来的？因为同心岛没有大的集镇，要买点什么东西，都要到东沙北岙镇去，很浪费时间和劳力。双和叔就筹建了一个小卖部，到北岙镇去整批，到同心乡来零卖。既便利群众，又节省劳力。谁来干这件事？找来找去找不到合适的人。双和叔想：尤二狗又不是能劳动的料，渔行的大账房，干这种事情，那还不是容易得很吗，所以就找到了他。开始双和叔也不完全信任他，经常去检查他的账目和批进卖出的价格，但是一点也找不出纰漏。不仅如此，这位“大账房”还颇通生意经：什么季节他办什么货，不仅满足了群众生活上的需要，而且满足了群众生产上的需要。在抢收春花之前，他早就办来了镰刀；在出海之前，他就买来绲线、鱼钩；铲海蛎的时候，他就买来了海蛎铲。……至于网梭网线之类，那是随要随有，这样，他就获得了双和叔的好感和信任。所以这家伙一天到晚逍遥自在，空闲下来就坐在小卖部的门口，跷起二郎腿，拉着胡琴唱上几句“我正在城楼观山景……”这家伙唱起戏来倒忘了他的“嗯……嗯……嗯……”。

我和刘阿太路过小卖部的时候．尤二狗正坐在门口唱他的《空城计》。

刘阿太对我说：“这里是小卖部？我买包烟抽。”

尤二狗收起胡琴照应他的顾客，我提着刘阿太的理发箱在门外等他。

刘阿太付了钱拿了烟，然后半开玩笑地对尤二狗说：“看你头发长得都快能梳成辫子啦，你准备好热水，到下午我就来给你理发。让你看看我的手艺。”

“嗯……不敢当，嗯……不敢当。”尤二狗点头哈腰地向他道谢。

断腿刘阿太的到来，大成婶开始很为吃惊。本来嘛，三十多年和家乡断了音讯，大成婶对自己的故乡早已淡忘，突然跑出个哥哥来，哪能不吃惊呢？

“你……你是从哪里来？”大成婶以疑惧的眼光上上下下仔细打量着她的哥哥。

刘阿太叹了口气，伤心地说：“这都是叫旧社会逼的，亲骨肉都不认识了。自从你六岁那一年，爹妈把你卖到这个岛上，你还记得吗？当时我抱住爹妈说：‘不要卖妹妹！不要卖妹妹！把我卖了也不要卖妹妹！’可是爹妈没有办法，还是把你卖了。……”

大成婶抹着眼泪，极力回忆着当时凄惨的情景，她说：“这些事一想起来就伤心，后来也就不愿意再想这些了。”

刘阿太声调也变得沉痛起来：“把你卖到这里，回家后，妈就病了，在她去世的时候，对我说：‘等你长大了，千万到同心岛去找找你那苦命的妹妹！’过了几年，爹也死了。我妹夫呢？”他忽而问道。

大成婶只顾落泪了，并没有答话，刚好这时玉秀背着一筐柴草从外面回来，她惊奇地瞪着眼睛愣在那里，连柴筐也忘了放下地。她做梦也没有想到，在船上碰到的这位客人，会坐到她家里来。

大成婶说：“玉秀，快叫舅舅！这是你舅舅。”

玉秀这才丢下柴筐。但她没有叫舅舅，反而喊了一声：“阿妈，你怎么没有对我说起过……”

刘阿太笑脸迎着玉秀，惊喜地说：“哎呀！这是我的外甥女吗？都这么大的姑娘啦！若是爹妈活着，还不知有多么高兴呢！”

我说：“你家里还有哪些人呵？”

刘阿太苦笑着说：“穷苦人哪里还顾得上成家呵！就像渔歌里唱的：‘清水洋，浑水洋，十年一件破衣裳，天当被，海当床，娶个月亮进洞房……’哎，现在快成了孤苦伶仃的老头子了。”

稍稍冷静下来以后，大成婶就忙着给哥哥做饭，并叫玉秀出去借鸡蛋，然后又和我商量怎么给他安排住处。我说：“大成婶，如有什么困难，乡里还可以帮助解决。如果住起来不方便，乡里空房子还是有的。”

大成婶家的房子和我们家差不多。正房是里外两间，外面接连着房子搭了个草棚。一般情况是正房住人，草棚放锅灶。在冬天，为了取暖，一般都把锅灶从草棚移到正房去，到夏天再从正房移到草棚子里。大成婶盘算了一阵说：“不要给乡里添麻烦了，现在的锅灶还没有往草棚子里搬，就叫她舅舅住在草棚子里吧，好在天气又不太热，锅灶也就不搬了。床也有，我和玉秀睡一张，就叫她舅舅睡你大成叔那一张。……”

我看没有什么要我帮忙的了，就告辞出来。刘阿太热情地向外送我，感谢对他的照应。

我回到乡公所，建议写封公函到福建去查问一下，这并不是说，我对刘阿太有什么不信任。因为这里是海防前线，我们有责任把所有人的来历都搞得清清楚楚。

双和叔说：“介绍信不是很清楚吗？而且找的人也很对！”

我说：“这个人到我们这里来，不只是住一天半日，要是长住下去，总得问问清楚才行。”

双和叔同意了，他说：“这是你治保委员的事情啦，写信去问问也好。”

我的字写得就像螃蟹爬的，怎么能写公函呢，我就把意思告诉了陈小元，请他写好，立即挂号发出。陈小元故作郑重地说：“你放心好了，一定遵命照办就是。”

我走出乡公所，回到家，爷爷已经摆好饭桌等我了。在吃饭的时候，我把比赛的事情前前后后讲了一遍，爷爷也同意我的作法，但批评我事前没有把民兵们的思想打通，所以使得一些民兵不高兴。我也承认在这件事情上思想工作没有跟上，又犯了简单化的毛病。

以后，又讲到断腿刘阿太的身上。

爷爷试探地问我道：“你觉得这个人怎么样？”

老实说，我对刘阿太并没有明确的印象，我顺口说道：“这怎么说呢？还刚刚见面嘛，这个人倒是个很有经验的老渔民呵。”

爷爷不以为然地摇摇头说：“不，我看他不大像个渔民。”

我的伸出去的筷子不由得停在半空，惊奇地问：“为什么？你在船上问了他那么多，不是老渔民是回答不上来的。”

爷爷说：“是呵，他海上的事情知道得很多，甚至比一个老渔民知道的还多，可是我还是看他不像个渔民。”

“那是为什么？”我更加不明白了，也有点警觉起来。

“别看他的脸是经过风吹雨打，像个渔民，可是他的手脚都不像，你看，”爷爷伸出他的暴出青筋的两只又长又大的手，“他的手又肥又短，哪像打鱼人的手！再说他的脚，我们渔民在船上是不穿鞋子的，又要在摇摆的船板上站稳，所以五个脚趾像扇子一样分开。你没看到吗，他的那只穿草鞋的脚呢？五个趾头却并拢在一起。再说，他性情也不像，我觉得这个人眼睛后面有眼睛。”

我很佩服爷爷观察的仔细。但我还是弄不明白：他不是打鱼的人，海上的事情怎么知道的那么多呢？我说：“就是这一些地方不像吗？”

“是呵，就这一些了。我也奇怪，海上的事情他知道的是太多了。”爷爷自言自语地说了一阵，忽而又问我：“他的来龙去脉都问清楚了？”

我说：“问清楚了，他对大成婶的身世知道得很清楚，的确是大成婶的哥哥。不过，我们也写信到福建去查问去了。”

“那就好。”

爷爷这才放心地吃起饭来。但是在我脑子里却画上了一个大大的问号：“爷爷为什么这样说呢？”一个老渔民的眼睛是尖锐的呵！

第二十一章

严重事故

这天晚上，我召集了三个班长——阿洪嫂、云香、海花，在阿洪嫂家里开会。(因为阿洪嫂离开家，三个孩子就在家里闹翻天。只要阿洪哥不在家，一般的会议我们都到她家去开。) 会议内容，是总结这次比赛的经验教训，进一步批判锦标主义，研究当前民兵的思想情况和今后的民兵工作。

这次丢了奖旗，不只在民兵思想上引起了很大震动，就是在群众中也引起了很大反应，有的说这并不是坏事，有的却思想不通，看法不一，议论纷纷。因为我们及时地批判了锦标主义，大家思想上都有一定程度的提高，但是，由于思想根子找得不准，挖得不深，所以这个思想成果还很不巩固。会议一开始，我们就研究在丢奖旗这件事上还存在什么问题。大家反映说："主要是道理上能讲得通了，就是感情转不过弯来。为什么感情上转不过弯来？这里有个面子问题，丢了奖旗，面子上总是不光彩。"

接着大家又分析"面子"问题是个什么问题。大家一追根，认为这里面有私心。这一下挖到根子上了，我们又对私心展开了批判。会议开得很活跃，结果也很好。俗话说："失败是成功之母。"我们变消极因素为积极因素，丢了奖旗抓了思想、斗了私心，大大发扬了谦虚谨慎、兢兢业业的革命精神，明确了继续前进的方向，增强了我们前进的动力。

我说：“今天的会议开得很好，是个政治气氛很浓的会，大家对私心找得准、斗得狠。毛主席教导我们：‘我们应该抑制自满，时时批评自己的缺点，好像我们为了清洁，为了去掉灰尘，天天要洗脸，天天要扫地一样。私心就是我们思想上的灰尘，要天天打扫才行。……’

“当前，我们民兵思想上还有一个重要问题要注意，这就是和平麻痹思想有所抬头，对敌人的侵略本性还认识不够。锦标主义固然根源是有私心，但也是战备观念不强的一种表现，因为它两眼只盯着奖旗，而不是盯着敌人。眼前只见奖旗飘，忘了敌人在磨刀。这是很危险的，不要以为海岛解放了，天下就太平了，敌人是‘癞蛤蟆剥皮眼不闭，黑甲鱼剖腹心不死’，我们一定要百倍地提高警惕，做到常备不懈。我们除了抓紧时间搞射击训练外，还应当多搞几次夜间集合，提高警惕光靠嘴讲不行，要有组织措施，为了能应付紧急情况，我想先抓抓夜间集合。”

我的话音刚落，海花就心急地说：“要搞马上就搞，我这人就是喜欢痛快。”

我说：“对，我们应该说干就干。——可是双和乡长一直不作安排，真急人。”我又回想起我和双和叔的没有结束的争论。

阿洪嫂说：“海霞，你办事怎么越来越没有闯劲了？前怕狼后怕虎的什么事也办不成。”接着她又发起牢骚来：“我们这个双和乡长呵，方书记在的时候，是单打一，方书记走了，现在还是单打一；等他同意呵，还不知哪一辈子的事呢。我看不要他同意，我们还不是照样可以紧急集合？”

我想，搞夜间集合，只是民兵排的一般训练，不一定非经乡里批准不可。于是我说：“好吧，我们今天就趁热打铁，搞一次无准备情况下的夜间紧急集合，这对我们民兵的战备工作是一次检验。另外，还告诉大家一件事，前几天我们岛上来了一个断腿刘阿太，是个什么人现在还难肯定，反正我们不能随便怀疑哪一个人，也不能随便相信哪一个人。我们这里是海防前线，绝对麻痹不得，大家脑子里要挂上个号，多多留意他的行动。”

这一天我没有回家，就住在阿洪嫂那里。半夜时分，我就到大榕树下吹起紧急集合的螺号。

风很大，刮得沙石满天飞扬，把个晴朗朗的夜空，搅得天昏地暗。

十分钟之后，全排已经全部集合完毕。我下达情况说：“有一小股‘敌人’偷渡，要来袭扰我们！方向葫芦湾一带，一班迅速占领观潮山顶，控制203高地。二班向左，三班向右，从山脚下沿海滩包围和搜索‘敌人’。立即出发！”

我跟在一班后面向观潮山头攀登，虽然山路又窄又陡，但是我们站岗、种田、打柴，差不多天天走，雾天黑夜闭着眼走也不会失脚。阿洪嫂提枪跑在前面。

玉秀落到后面来，在路边乱抓乱摸。我说：“玉秀，快跟上！”

玉秀哭咧咧地说：“真倒霉，鞋子掉了。”

“哎呀，专闹煞风景的事，哪个脚上？”

“两个全掉啦！”

我赶紧把鞋子脱下来递给她说：“别摸了，在这里！”

匆忙里，玉秀也没有觉出是我的鞋子，慌忙蹬上，提枪追上了队伍。

前面是一个急转弯，过去急转弯就是一段陡崖。跑在前面的阿洪嫂忽然一声惊叫，她蹬翻了脚下的石板，跌到崖下去了。

纷乱的队伍停了下来。我的心一下子提到喉咙口又猛然沉了下去，手脚也变冷了。这段悬崖虽说不高却很陡峭，下面净是光秃秃的石头，摔下去非受伤不可。我命令一班继续向观潮山顶前进，我和玉秀留下来去救阿洪嫂。

我们滑下陡崖，急急地喊：“阿洪嫂，阿洪嫂！”但是没有回答。我的心更慌了，后来在乱石堆里摸到了她。她一动不动地躺在那里，我急忙把她抱在怀里，轻轻地摇晃着她喊：“阿洪嫂，阿洪嫂！”

没有声音。是死了？我的心仿佛不再跳动，全身被冷汗浸透了。我摸摸她的头，褐色的黏糊糊的血沾满了我的手。她的身边是摔断了的步枪。

玉秀比我还慌乱，只是站在旁边叫着：“怎么办？怎么办？”

我把腮贴到她的嘴上，有热气，还活着，我甚至高兴起来，这真是不幸中的万幸。我对玉秀说：“快去叫我爷爷驾船来，送她去东沙医院！”

玉秀跑了，我小心地把阿洪嫂背起来，走向码头。

她的一条胳膊从我的脖子后，软搭搭地垂到我的胸前，好像只有一层树皮连接着的被风吹断的树枝，走一步，摆动一下。

夜黑风大，心慌步乱，我趔趔趄趄地向前走着，疼痛使阿洪嫂从昏迷中醒过来，她声音很微弱地在背后问我：“海霞，我不会残废吧？”

“你痛吗？”我不敢直接回答她。

“傻子，哪有不痛的？你说我会不会残废吧！”

我安慰她说："不会。"

其实这是在安慰我自己，我心里老是嘀咕：残废恐怕是免不了啦。

阿洪嫂说："别骗我，我觉得出来，这条胳膊十有九成是断了。"她顿了一下又说："就是残废了，也没啥关系，我一条胳膊也能打枪，还能当民兵！"

阿洪嫂的决心使我非常感动。对，就是只有一条胳膊也应该单臂举枪射击。我们民兵应该有这种顽强精神。

阿洪嫂的另一只手紧紧地抓住我的臂肘，脸上的汗珠儿不断滴到我的脖子上。但她连一声痛也没有喊，我听到她的咬牙声。我的心在绞痛着。如果受伤的不是她而是我，那该有多好！

把阿洪嫂送进东沙医院，转回来，太阳已经很高了。刚刚踏上码头，陈小元就来通知我到乡公所去开会。我猜想这次会一定是为这次事故召开的。

当我走进街口的时候，人们都在三三两两议论纷纷。在这几年的民兵工作中，虽然也出过一些纰漏，但从来没有发生过这样严重的事故，它给人们带来很大的震动。

在去乡公所的路上，我遇见了尤二狗。他装出十分关切的样子问我："嗯……海霞排长，阿洪家的跌得不重吧？唉！这个人办事就是毛手毛脚的，嗯……夜里走路嘛，应该小心才是呵。"

我厌恶地看了他一眼，没有搭理他，他又装模作样地长叹了一口气，捋着他的山羊胡子走了。他的脚步跨得比往日快了，他的腰杆挺得也比往日直了，哼！这家伙在幸灾乐祸呢。

这是乡的支部会议，出席会议的有双和叔和其他村的几个支部委员。爷爷是新被选上的支委，他系好了舢板之后也赶来参加会议。会议一开始，双和叔先关切地询问了阿洪嫂的伤情，一听伤得很厉害，就连声说："严重，严重！这可是个大事故呵！"接着就要我先作检讨。

我当时脑子里全是阿洪嫂的伤情和她留在家里的三个孩子。这次事故，责任自然在我，但检讨我还没有来得及认真考虑。双和叔对我的态度很不满意。

他说："既然你还没有想好，那我就先讲讲吧。这是一次很严重的事故，我们得向区委作深刻的检查。……海霞同志，搞夜间紧急集合，没经乡里允许就擅自作出决定，这是无组织无纪律！……以致造成这次严重事故……"

我说："我不同意这样说。搞夜间集合，是民兵排的一般训练课目，排里可以决定，谈不上无组织无纪律，更不能说事故是由于无组织无纪律造成的。紧急集合是加强战备训练，使民兵保持常备不懈的措施之一。搞紧急集合并没有错，不能和事故联在一起。我们不能因为咬到一粒沙子，连饭都不敢吃了。夜间集合以后还要搞。”

“你还要搞紧急集合？”我的这一番话使双和叔更生气了，“你也不听听群众的反映，你真是‘刮断桅杆不收篷，碰破船头不转舵’呵！”

其他支委讲了些类似的意见后，双和叔问爷爷说：“德顺叔，你也说说你的意见吧。”

爷爷说：“这是件大事，阿洪家的伤得很重……还是先报告报告区委方书记吧。民兵搞夜间集合，没经你的同意，这是海霞的不对，可是这事也不能怪一方，这一两年来，你对民兵工作也太放松了。虽说前沿岛子解放了，狗种们也没有敢来捣蛋，可也不能大意，大意了是要出事的。你对民兵工作还是应该重视，一定要抓紧才对。”

“生产这么忙，哪能顾得过来？”双和叔理直气壮地说。

爷爷说：“只要有心，也就能顾得过来。我看这几年民兵工作并没有耽误生产，倒是对生产帮助很大！我们乡生产搞得好，还不是靠民兵在生产上带头吗？”

双和叔的语气缓和了些。他接上说：“关于民兵工作，我有我的意见和安排，海霞的错误我也有责任，我是看着她从小长大的。这几年提拔得太快了，当了民兵排长、乡治保委员，入了党。骄傲情绪的滋长是发生错误的主要原因，我对她教育也不够。像这样严重的事故在附近岛上还是少有的……”接着他又列举了我过去工作上的三大错误：第一件是去年春天，我们女民兵夜间巡逻的时候，由于没有经验，把脚步声惊飞起来的地雀，当成特务发射的无声手枪子弹，一时间慌了神，开了枪；第二件是在去年秋天，这是我们海岛的雾季，夜里巡逻的女民兵，错把起来给孩子喂奶的灯光，当成了信号弹，我听到了报告后，集合了全体民兵去搜索，一直闹腾了半宿才弄清楚；第三件就是我在机枪膛里偷放子弹，方书记叫我写过检讨的那一次……

双和叔把我的错误说了一大堆，但是，他既没有分析这些错误的原因，也没有指明这些错误的性质，这怎么能叫人心服口服呢！

双和叔最后下结论说：“过去对海霞太迁就了，这次再不严格处理，还不知以后要闹出什么乱子呢。迁就只能使她更加骄傲，只有严格才能使她接受教训。再说，海霞也太年轻了，太年轻了，不成熟，不老练，领导一个民兵排是有困难的。再说，这次事故是极其严重的，应当严格处理，以免今后类似事故的发生。我提议先把海霞民兵排长的职务撤掉！当然，我们只是把我们的意见上报区委，如何处理，由区里最后决定。”

我心里非常难受，眼角里滚动着泪珠，我低下头抑制住了。

虽说一个民兵排长——一个不脱产的基层干部，因为出了严重事故，撤换一下，也不是一个很大的问题，但是，还是有的支委不同意这样做，双和叔却坚持说：“这只是个提议，事故发生了，我们不能不了了之，不作处理是不行的。”

双和叔接着又提出研究第二个问题。他说：“番薯施好肥之后，要赶紧培土，不要等天落雨，要抓紧浇水……”

我插断他的话说：“我的事还没有完呢，民兵排长由谁来接？我好交代工作。这次事故确实很大，我愿意承担全部责任，我要求先把这次事故的原因彻底查清楚之后，连同对我的处理一起上报区委。”

“事故的原因不查也很清楚，夜间紧急集合，天黑风大，崖陡路滑，稍不留心，就会跌跤子，从山崖上滚下来，没有什么奇怪的。至于你的工作，等报告区委以后再做决定。”双和叔又回到他的问题上：“仓库在雨季到来之前要修理，我们岛上的农业生产绝不能落在海上渔业生产的后面，我们一定争取来一个渔业农业双丰收……”

于是，会议又讨论起生产来。

不能说双和叔不是好干部，他对生产抓得很紧，成绩也非常显著，得到了省里的奖励，报纸上也不止一次地表扬过，其他海岛也组织人前来参观。今年春天，专署还在这里开过海岛生产现场会议……但是，在阶级斗争、思想工作和民兵问题上，双和叔有他自己的看法。方书记在的时候，双和叔总是说：“老方，你是军人出身，你抓阶级斗争，抓思想，抓民兵，我这人怕动脑子，就专管生产好了。”那时，我和双和叔的矛盾还显不出来，有了什么不一致，一请示方书记他就给解决了。现在方书记走了，双和叔工作上还是那一套。阿洪嫂说他过去是单打一，现在还是单打一，虽是句牢骚话，但也正说中了他的要害。海岛解放初期，他就认为，地主、渔霸斗倒了，坏人被管制了，因此阶级斗争也就没有了，在第一次贫苦渔农代表小组选举时，他就存在这种想法，尤其是在前沿几个岛屿解放、同心岛驻军调走之后，他就认为敌人大股来不了，小股不敢来，因而天下也就太平了，枪刀可以入库了。此外，他总觉得自己比别人年纪大、经验多，把我当成小孩子，我的意见他根本听不进去。这时，毛主席的教导又震响在我的耳边："帝国主义者和国内反动派决不甘心于他们的失败，他们还要作最后的挣扎。在全国平定以后，他们也还会以各种方式从事破坏和捣乱，他们将每日每时企图在中国复辟。这是必然的，毫无疑义的，我们务必不要松懈自己的警惕性。"双和叔，你的革命警惕性在哪里呢？

散会以后，我先从乡公所走了出来，心情很是沉重，好像有很多话要说，但又不知从哪里说起。爷爷跟在我的后边，他以宽慰和鼓励的声调对我说："海霞，你可不要灰心呵！"

我激动而又坚定地说："爷爷，你放心吧，什么风浪也打不倒我，什么困难也吓不住我，我不是两年前的海霞了。"

爷爷说："快回去做点饭吃，然后再到出事的地方看看，到底是怎么跌下去的！"

我和爷爷一齐走到路口，我停下脚步说："爷爷，你回家去吃饭吧，我得到阿洪嫂家去看看三个小孩子。"

爷爷说："那你快去吧！看，我给闹得把三个小家伙都忘了。"

第二十二章

暴风雨就要来了

和爷爷分手后，我就快步向阿洪嫂家走。刚到门外，就听见小二、小三的哭闹声。我推门进去，三个孩子便围起了我，小三还光着屁股呢。阿沙哭着问我:“姑姑，阿妈还能回来吗？”

“你们知道了？”我十分惊异，阿洪嫂摔伤的消息怎么这么快就传到孩子的耳朵里。

“今天早晨一早就有人在门外面喊:‘阿沙，你妈跌死了。’我们就哭起来了。”

“谁说的？”

阿沙摇摇头说:“听不出谁的声音来。”

真是活见鬼，是什么人来故意吓唬孩子们呢？我一边给小三穿衣服，一边安慰阿沙说:“你妈跌得不是很重，医生叔叔说很快就会好，姑姑不骗你。”我还在想是谁在放这股风，很自然地，我想起了臭三岛。眼前还顾不上这些，但我总要把这情况弄清楚的。

我的话阿沙总是听的，他相信了，立刻活跃起来。他说:“小二小三，你们俩装坏蛋，我来捉你们的俘虏。”

小二抗议说:“不干不干，我要当民兵！”

小三虽然咿哩唔啦地连话也说不清楚，却顶认真地说："我也要当民兵，不当坏蛋！"

阿沙说："谁的力气大谁就是民兵。"

于是"战斗"开始了，三个人就在桌子底下钻来钻去，被绑在桌子腿上的小三吱呀乱叫。

我说："阿沙，放开小三，到外面抱些柴火来，姑姑给你们做饭。"

我整理好被三个孩子弄得乱糟糟的床铺，就在灶膛里生起火来。

阿沙忽然好奇地问我："姑姑，你为什么跪着烧火？"

我说："我是在练跪姿射击呵！"

我们民兵练武虽说时间不多，自从推广阿洪嫂的经验之后，我们总是抓紧一切时间进行训练。比如：走路可以练投弹，站岗可以练瞄准，就是送肥的时候，我也抽下扁担来练几下刺杀的动作。

我一边烧火，一边想着今天的会议。

我到底错在什么地方？在民兵工作上我和双和叔有分歧。双和叔比我有经验，是他错了还是我错了？我们民兵每周至少进行一次政治学习，对毛主席讲的和我们民兵有关的话，我们差不多全都能背下来了。毛主席说："……在拿枪的敌人被消灭以后，不拿枪的敌人依然存在，他们必然地要和我们作拼死的斗争，我们决不可以轻视这些敌人。如果我们现在不是这样地提出问题和认识问题，我们就要犯极大的错误。"我们民兵是我国人民对外防御帝国主义侵略，对内实行人民民主专政的重要工具，怎么能够放松呢？我们应当按照毛主席的教导办事，按照毛主席指引的道路前进，我相信我是对的。那么双和叔又为什么不理解这一点？

不错，这几年敌人并没有敢明目张胆地活动，这是我们搞好了民兵工作的结果呢，还是说明搞民兵工作没有多大必要了呢？俗话说："篱笆破，狗进来。"狗没有进来，只能说明篱笆严密，而绝不能说是狗不想进来。就说尤二狗吧，这几年他确实没敢大动。他的老婆却经常装疯卖傻、造谣破坏，毫无疑问，主谋人一定是他。尤二狗在小卖部里空下来唱什么？除了唱他的《空城计》外，还唱什么"虎伏深山听风啸，龙卧浅滩等海潮"，这不正是他的心境吗？他虽然不是虎，却是一只恶狗；他虽然不是龙，却是一条毒蛇。他不敢动，只是因为我们枪口对在他们的胸口上，这些家伙现在装老实，一旦风啸潮起，他们不就又死灰复燃吗？于是我立刻想到，今天的会议，应该是彻底研究这次事故的原因，是偶然事故，还是政治事故？这条山路我们天天走，为什么偏偏昨天夜里石板会踏翻了？莫非“狗进来了”？我不由得打了个寒噤。

饭很快就烧好了。阿沙说：“姑姑，你也吃呵！”这时我才想起我还没有吃早饭，但是我一点也不觉得饿。阿洪嫂的伤情使我担心、焦虑；事故的原因不明，使我焦急、不安。好像什么东西梗在胸口，哪能吃得下去！

我哄他们说：“姑姑已经吃过了，你们好好地吃，别胡闹。姑姑去去就来。”

在三个孩子吃饭的时候，我就跑上了山。

在半路上，碰到爷爷从山上走下来。他说：“海霞，我到出事的地点看过了，铺路的石板好像有人搬动了。我们再去看看吧！”

爷爷又陪我回到了出事地点，只见铺路的石板，像跷跷板一样倾斜在那里。垫在石板下的几块石头被抽掉了。是人抽的还是它自己滚下去的？爷爷坚持说是让人抽掉的。

从山上回来，我才知道事情比我想像的还要复杂得多。我被撤职的事本来只是提议而没有作最后决定，但是这个消息却像风一样刮遍了东西榕桥，并且附带着这样的谣言：“乡里已经作了规定，为了避免事故，今后不准再搞夜间集合了……”同时还放出这样的空气：“夜里站岗放哨不也是很危险吗？谁能保证不会像阿洪嫂一样从悬崖上跌下去呢？”

玉秀气喘吁吁地赶上了我说：“我到处找你，腿都跑断了，给你鞋子！”

我这才想到从昨夜到现在还打着赤脚。

我拉着玉秀悄悄地问道：“你舅舅对这件事表示什么态度？”

玉秀想了想说：“他好像不大关心这件事，人们说以后也不站岗放哨了，他还不同意呢，他说：‘不站岗，那还像民兵吗？现在虽说是天下太平了，岗还是要站的。’……”

如果处在从前，我听听也就算了。但是现在，我不能这样简单地看问题了。对刘阿太的话，我要好好分析：“虽说是天下太平了，岗还是要站的。”这是什么话？看人要看心，听话要听音，他的音定在哪里呢？既然天下太平了，那还站什么岗呢？是呵，“天下太平”，这就是他定的音，难道他真的认为天下太平了？还是有意来麻痹人们的思想，松懈人们的斗志呢？

事情越来越复杂，我想找几个人研究一下，跑到乡公所，双和叔到别村检查生产去了。我心里真是乱透了。方书记，你什么时候到我们乡里来？

民兵们都跑到阿洪嫂家里来找我，一来是打听阿洪嫂的伤情，二来是对于我被撤职的事都纷纷表示愤慨，吵成一团。海花竟急得直跺脚，鼓动大家联名上书区委。连阿沙听了也眼睛红红地说："我要姑姑当排长嘛，我要姑姑当排长嘛。"

我说："撤职不撤职的事，现在我们先不用去管它。你们还是把村子里的谣言讲一讲吧！我们要想办法安定群众的情绪，把造谣的人找出来！"

可是大家对这一点并不重视，还是嚷嚷着撤职不撤职的事。

云香说："我看这件事大家可以放心，方书记很了解海霞，也很了解我们的民兵，我看大家还是把听到的一些情况谈一谈，叫海霞到区里去汇报一下，区里是会妥善处理的。我们光发急也没有用。"

大家这才安静了些。谣言，大家是听到了，但来自哪里，并没有搞清楚。一直闹哄到傍晚，在大家要回家的时候，我说："阿洪嫂恐怕一时还不能出院，一班的工作，暂时由玉秀来负责，云香、海花你们回去开个会，现在民兵工作更加不能放松，岗哨一切照常。"

大家走了之后，我就照顾三个孩子吃饭，我也吃了些。饭后我对阿沙说："今晚姑姑陪你们睡，你们夜里不害怕吗？"

阿沙说："小三才好害怕呢，连猫叫都害怕；我什么都不怕，我就要替妈妈站岗了。"

"好，你们都是勇敢的孩子。"

阿沙很高兴，他要求说："姑姑，你讲个很好很好的故事给我们听吧。"

"好，姑姑给你们讲……"我说，"在山西省有一个小姑娘，名叫刘胡兰，在她为革命牺牲之后，毛主席亲笔给她题了八个大字：'生的伟大，死的光荣'……"

阿沙说："刘胡兰的故事我听过了。"

"那好，今天我不讲山西省的刘胡兰，我来讲我们浙南的刘胡兰。在我们浙南有一个瑞安县，在瑞安县西南边上有一个小小的村庄叫枫林村，这枫林村里有一个小姑娘名字叫周敏德，在她为革命牺牲之后，人家都称她是浙南的刘胡兰。今天我就讲她的故事……她从小就很懂事，很勇敢，很坚强，有一颗热爱革命的心。……"

屋门忽然被推开了。阿洪嫂吊着胳膊包着头，一脚闯了进来。

“阿妈回来了！”三个孩子一齐欢叫着扑了过去。

“怎么回来了？”我慌忙抢过去搀扶住她，心里有说不出的高兴。

“医生一把没有抓住我，我就跑回来啦！”阿洪嫂气喘吁吁地说。

“你真是胡闹，伤怎样啦？”

她一进门就斜躺在床上。看来，她已经累得筋疲力尽了。我端给她一碗热汤，她咕咚咕咚几口喝了下去，缓了一口气说：“没关系，胳膊是脱臼了，头碰破了几块皮，不几天就会好的。放心吧，还是一个女金刚。”她还有心情开玩笑呢。

看看她那缠着绷带的脸，我担心地说：“该不会落下个疤吧？”

她倒挺愉快地说：“有疤怕什么？那不更光荣？这也是因公负伤嘛。”

她的欢快的心情感染了我，对她的伤情我总算可以放心了，于是也和她开玩笑说：“阿洪哥出海回来可要找我算账了：‘怎么把我们漂亮的脸蛋儿上碰了个疤？’要我赔我可赔不起呵！”

“死丫头，什么时候学得这么顽皮呵！我们老夫老妻的没关系，若是这个疤落在你的脸上，看你能找到婆家！”

“你骂人我要走了。”我装出要走的样子。

其实，这时如果阿洪嫂打我走我也不会走呵！她却好像真怕我走了似的，忙拉我说：“说正经的，我真可惜那支枪，摔得那么碎，还能修好吗？”

“你就用我那支吧！”

“你用什么？排长还能没有枪？”

“我用爷爷的鱼叉就行了。”

阿沙在一旁伤心地说：“阿妈，姑姑不当排长了，给撤职了。”

阿洪嫂生气地骂道：“滚你妈的蛋，胡造谣言！”啪，跟着就是一巴掌。

阿沙委屈地哭起来了：“是真的嘛！”

我说：“阿沙说得对，是真的。不过这只是乡里的提议，还没有最后决定。”

“你说什么？”她忘记了自己的伤痛，猛然坐了起来。“你别吓唬我，我不信！”

“不信你还急成这个样子。我不是和你说了，这只是一个提议，并不是最后决定。”

阿洪嫂气冲冲地说："提议也不行，我得找双和叔去。我自己不小心怎么好怪到你头上？"

"算了，你先好好歇着吧！这事先不去管它。"

"不，你是我们大家选举的，也得民主民主吧？"

阿沙还在哭，我想把这件事岔开，便对阿沙说："浙南刘胡兰的故事还没有讲完呢，姑姑接着给你们讲吧。我们要轻轻地讲，好让你妈妈睡觉。"

等我讲完，夜已经深了。三个小家伙刚一闭眼就呼呼地睡熟了。

阿洪嫂一觉醒来，见我还没有睡，就充满柔情地说："海霞，天不早啦，昨夜通宵没有合眼，眼圈都黑啦，可把你累苦了，睡吧！"

"不，等会儿我还要去查岗呢。今天外面传出了些谣言，民兵思想上也有些乱，不查查岗，我不放心。"

"你不是被撤职了吗？还查什么岗？"阿洪嫂奇怪地问。

"不，毛主席号召全民皆兵。保卫海岛人人有责，就算我排长真不当了，我还是一个民兵。这个职是谁也撤不了的！"

"海霞，要是你不在民兵排里……"阿洪嫂拉起我的手，声音哽咽了，两滴泪珠落到我的手背上。

"阿洪嫂，你放心吧，我不会离开民兵排的！"

我翻身起来，提枪在手，走出门来。夜色格外深浓，黑沉沉的乌云正从观潮山顶上翻卷过来。海风吹乱了我的头发，旋起我的衣衫，暴风雨就要来了。我不由得把枪握得更紧，步伐更加坚定地走向我的岗位。

第二十三章

织错的网扣

接连下了两天雨，地里的庄稼、山坡上的树林，都洗得一片油绿，好像忽然长高了许多，连山上的石头也冲刷得又明净又鲜亮了。雨水沿着山沟流下来，灌满了村旁的小溪，又转了个弯，一直流到海湾里去了。

东榕桥的妇女们，都挤到小溪边来洗衣服，一个个把裤腿儿挽得高高的，站在清清的溪水里，抡起棒槌啪哒啪哒一声声在石头上捶打着。

边洗衣，边议论，主题还是前几天发生的事故。臭三岛也夹杂在中间，尖声尖气地谈笑，听得出她那幸灾乐祸的心情。自从上次从玉秀家里溜掉以后，她一直装老实，再没有敢装疯卖傻，造谣生事。真是“粉刷的乌鸦白不久”，一听说我被撤了职，她就得意忘形，又猖狂起来了。我正想听她讲些什么，她见我来了，却立即埋下头去洗衣服，一声也不吭了。

大成婶向我望了一眼，指着我手里抱着的衣服说：“海霞，你是给谁洗的？怎么也有大的也有小的？”

我说：“这是阿洪嫂和她三个孩子的，她的胳膊还没有好。”

大成婶又悄悄地问我说：“听人说，以后民兵再也不集合了，是真的？”

我反问道：“这是听谁说的？”

“都说是乡里开了会，决定了的。”

“大成婶，乡里的会我参加了，没有这么回事，这是谣言。”我又继续追问道，“你是从哪里听来的呢？”

“也许是乡里传出来的吧？不然人们怎么会知道呢？”看来大成婶是有意不正面回答我。

岛上接连发生的这些事情，我总觉得和断腿刘阿太有关，玉秀提供了一些情况，引起了一些疑问，但并不能说明什么问题，我想趁机向大成婶打听些情况。我说：“大婶，玉秀舅舅来了以后，有困难没有？这些日子工作忙，也没有空照应他。”

大成婶满意地说：“什么困难也没有，她舅舅常在我面前感激乡里对他照顾的好呢，他对我们娘俩也很关心，把理发赚来的钱，全都交给我来管，再加上他从福建老家带了些钱来，我们的日子过得还很宽裕哩。”

我试探地问道：“这次出了事故，他对玉秀站岗放哨也很担心吧？”

“可不，他说幸好这次跌得巧，不然，顶少也得落个残废。他还说福建在一次民兵演习的时候，还摔死过人呢。这几天我的心里也是七上八下的，生怕玉秀这个冒失鬼再出点什么事呢。”

刘阿太这些言论，随便听起来也没有什么，但仔细分析起来，我觉得里面大有文章。虽然这些话可以这样理解也可以那样理解，但是，在效果上却起了破坏民兵战备工作和松懈民兵斗志的作用。爷爷一见面就对他有怀疑，不是没有道理的。他是什么人呢？他真是玉秀的舅舅吗？我一计算，我们上次给福建去的信也该回信了，为什么还不见来信呢？我要赶紧去查一查。

我洗好衣服，晾在阿洪嫂家的篱笆上，正想到乡公所去找陈小元，不料这时陈小元正从小卖部里走出来，我就叫住了他，问道：“福建来信了没有？我计算着该回信了。”

陈小元爱理不理地说：“没有。”

“你是哪一天发的呵，挂号单呢？快拿来我去查！”因为当时我一再嘱咐过他要用挂号寄。

“这……”陈小元见我认真起来，怔了一下，脸色立刻红了。他好像背一课没有念熟的书一样，吭吭哧哧地说：“我……我叫……叫尤二狗……捎到东沙岛邮局……去发的……”

“哎呀，你怎么叫这种人去发？挂号单给你了没有？”我发急地问。

“平信还不行吗？”陈小元还有点无所谓。

“你……你怎么这么不负责任！”我连气带急，声音都有些发颤了。“平信，这就是说，这封信到底发出还是没有发出，没法查考了？”。

没想到他竟来了个以攻为守。他说：“你少来点发号施令好不好？现在你是对乡公所的文书讲话，不是对你们排里的民兵下命令。我的工作是受到乡长表扬的，不像你……”他的意思是说不像我挨批评受处分；他那种神态简直把我的五脏都气得搬了家。

“你怎么这样对待工作？你还有一点阶级斗争观念没有？要知道，这是严重的失职行为！”

“你别说得这么严重！”他反而质问我说，“我问你，你为什么破坏我和采珠的关系？你对我有意见可以当面提，背后讲人家坏话这是什么作风？”

“你这是从哪里说起？”我吃惊地说。

“自己做的事，装什么糊涂？”

“你疯了还是怎么的？”

“我们俩有一个是疯的！”他说完头也不回地转身走了。

我向前追了几步，气愤地说：“你回来！把话说说清楚！”

“没有什么好说的。”他还是连头也不回，径自走了。

若是在从前，我就不理他算了！可是现在我也许变得老练些了。我不能不去找他，要把事情彻底弄清楚，怄气是不应当的。

我走进乡公所，陈小元正在接电话，他冲着电话机子说：“双和乡长不在！……是方书记把他找去了，……到哪里去我就不知道了。……去找？……这么大的一个乡，到哪里找？……急也不行，……我有什么办法？”他把耳机向电话机上“咔嚓”一拍，还在生气呢。

我坐在他的对面，等他打完了电话，恳切地对他说：“小元，刚才我的态度不够好，急了些。不过你平心静气地想一想，就说发信这一件事，到底谁不对？尤二狗是什么样的人？你想过没有？”

我说得这么恳切，又首先检查了自己的态度，陈小元好像有些感动，带有几分愧悔地说：

“这件事，我是有缺点，那天写好信，正赶上尤二狗到东沙去办货，就顺便……过后我也觉得不合适……”

“同志，这不是一件小事。你是乡里的文书，思想作风不改改是不行的。我再问你，在哪些地方我破坏过你和采珠的关系？你又是听谁说的？”

“听谁说的？这你就不要管了。事实总归是事实吧！”说着，他的脸又沉下来了。

“唉呀，我的好同志，你怎么这么糊涂！不是所有人的话都是可信的！”我有些发急了。

“你老在女民兵的会上说我不好，弄得采珠瞧不起我，最近都不理我了。”

“这一点我倒想找你谈谈呢。老实说，你和采珠都有比较严重的缺点。采珠娇气比较重，任性，好哭，轻视劳动。可是近来在大家的帮助下，她有了很大的进步。最近我们还准备让她当副班长。可是你怎么样呢？你不好好帮助她，反倒去拉她的后腿，不让她夜里站岗放哨。同志，你不只是乡的文书，你还是个民兵呢！还怪采珠不理你？你想想，你这是干了些什么呵！”

“我是怕你们再出事故。”陈小元羞愧地垂下头。

“怕出事故？我们不能因为出了一次事故，岗也不站了，哨也不放了。问题是如何防止事故。我还要问你，你是听谁说我有意破坏你和采珠的关系？有什么根据？”

“是尤二狗在小卖部里说的。”他忽而又声明说，“不过，他好像是和我开玩笑。都怪我，把它当真了。”

“这是真话当做玩话说。同志，文化水平高是一回事，若是头脑不武装呵，是会上当的。至于你和采珠的关系，你可以放心，我们只能希望你们好。采珠不理你，当然不对，但是你也应当为这一点高兴，因为这是她反对你拖后腿的一种进步的表现。”为了和缓一下严肃的气氛，我半开玩笑地说：“要采珠理你，不是没有办法，你写份检讨书试试看吧！”

我见陈小元情绪好转了，又问他：“今后乡里决定不搞紧急集合，是你说的吗？”

“我没有说！”陈小元神情紧张地连忙否认，“这次紧急集合没有经过乡里同意，这话我是说过的。”

“这正好给敌人钻了空子，他们用你这句话来散布谣言，松懈我们的斗志。同志，这些事是关系到阶级斗争、对敌斗争、海岛安全的大事，你怎么这点阶级斗争观念都没有呢？……”我见他低下头去不吭声了，就接着说，“你见过我们织网没有？网扣是一个一个联在一起的，如果哪个网扣出了毛病，大鱼就会从哪里漏网。我们捕捉敌人的天罗地网，也是一个扣一个扣联结在一起的，如果在哪个扣上出了毛病，这张严密的网就有了漏洞，狡猾的敌人就会从漏洞里溜掉。”

陈小元愧悔地说：

“写到福建的信怎么办？我去问问尤二狗！”

我说：“你不要问了。我们应该再写一封，追问一下。”

他好像表示要将功折罪似的说：“对，对！我立刻就写。我要亲自发出去！拿回收据来给你看。”

这时，方书记、双和叔还有区里的武装干事三个人，一边谈论一边走进办公室里来。

我见到方书记就像迷路的孩子见到了阿妈一样，立即迎上去说：“方书记，我正要找你呵！”

方书记说：“我也正想找你谈谈，德顺爷爷在家吧？”

我说：“吃午饭的时候就能回来，你不是坐他的船到同心岛来的吗？”

“不，我们是从东沙到半屏，又从半屏到这里来的。好，现在我们先开个小会，你先回去吧，等会儿我就到你家里去。”

吃过午饭，方书记就单独来找我了。我好像受了委屈的孩子一样，把心里的话一股脑儿全都搬出来了：把比赛回来我和双和叔的争论、夜间集合出了事故、乡的支委会议、下落不明的信件，以及爷爷对断腿阿太的看法，统统都讲了一遍，并且提出了我的看法。

方书记听完了以后说：“你有些看法是很对的，关于断腿刘阿太，写信去查问非常必要；但不要把所有希望都寄托在信上，要千方百计地把他搞清楚。如果他是坏人，也不要匆忙地惊动他，要搞清他的意图——他来干什么？和什么人联系？我们不下网则已，一下网就要全部打尽。”

他又转身向坐在门口编鱼筐的爷爷说：“德顺大叔，你说刘阿太这个人不像渔民，那像个什么人呢？”

爷爷说：“这个人对海上的事情知道得很多，可就是不像打鱼的！……别的，我也说不上什么来了。”

“噢。”方书记沉思地自言自语说：“海上的事知道得很多，可又不是渔民，那是什么人呢？”

然后方书记又对我说：“你对这次事故的分析也是对的，刚才我们也到现场去看了，这不是偶然事故，是有意的破坏！”

我说：“我觉得很奇怪，就算敌人有意破坏吧，他怎么知道我们那晚上要紧急集合呢？”

“敌人可能知道，也可能不知道。但是，敌人破坏是可以肯定的。显然，这次破坏有两个目的，一是暗害民兵，这个暗害的对像很可能就是你，因为你夜里查岗总是从这条路上走的；二是造成对群众情绪的影响，破坏我们的战备工作，这叫一箭双雕呵！”

我把事故发生后，形形色色的反映、谣言等向方书记作了汇报。我说：“这次事故对民兵和家属影响都很大，尤其是民兵家属，就连陈小元也去拉采珠的后腿。”

方书记说：“关于大家怕出事故，不愿意再搞紧急集合，认为仅仅是由于这次事故的影响是不全面的。我认为背后有人在散布谣言，俗话说：‘有鱼的地方必然冒水泡。’……你想想最近发生了些什么事情：断腿刘阿太的出现、政治事故、谣言，……还有小卖部的尤二狗。要提高警惕。我们每一个疏忽都会给敌人以可乘之隙。比如叫陈小元写的这封信，如果按时发出，我们就会得到答复了，可是现在，很可能这封信已经给我们工作上造成了不应有的困难。如果我们人人都有高度的革命警惕性，敌人再狡猾也是寸步难行的！”

方书记又和我谈到了民兵工作问题，他问我对今后的民兵工作有什么想法。我说：“我觉得我们的民兵组织应该扩大，至少要扩大成两个排，才能把应当参加民兵的妇女都吸收进来。我们的老民兵都是很好的骨干。敌人不是想破坏我们民兵工作吗？我们就和他来个针锋相对，把民兵工作做得更好！”

方书记很同意我的意见，他打算和乡里具体研究这些问题。他说：“你的意见很好，干革命就要有顶着风浪行，迎着困难上的精神。扩大民兵组织这个问题，还要打通一些人的思想，还得进行一番艰苦的工作，甚至要经过一场激烈的斗争才行。”

我知道他指的是双和叔。见方书记一直不谈对我的处分问题，我忍不住问道：

“我的处分，区委知道了吧？我真不知道应该怎么检讨。”

“这件事乡里并没有最后决定。”

“可是所有的人都知道我被撤职了。当前的民兵工作正需要抓紧，排里没有人管是不行的。我建议排长由阿洪嫂来担任，云香比较精细，可以当副排长。”

“你先别忙，当然，我们正在考虑你的工作安排问题。好了，你还是听组织的安排吧，谣传归谣传，组织决定归组织决定，在新的排长没有上任之前，你这老排长还得负责到底。吃过晚饭，乡里要开一次支委会议，研究一下发生的这些问题，有些思想问题非好好解决一下不行。你和德顺爷爷都来参加。有些事情，到会议上再研究吧。”

方书记站起来，走到门口对爷爷说：“德顺叔，你今天下午有空吧？”

“有，有什么任务你只管说吧。”

“我想请你驾舢板陪我们到虎头屿去一下。”

“好！我这就到码头上去。”爷爷收起编了一半的鱼筐，拿起了竖在门口的橹。

方书记一边向外走，一边说：“我先到乡公所去一下。然后我们就到码头去。”

爷爷说：“你去吧。我在码头上等你们。”

我不知道他们到虎头屿——这个荒无人烟的小岛上去干什么，但是，我也没有问。我知道方书记做事精细，原则性强，该我知道的事情他一定会告诉我的。

第二十四章

打开心灵的窗子

方书记、双和叔和爷爷从虎头屿回来，吃过晚饭，支部委员会就开始了。方桌上一盏明亮的泡子灯，照耀着到会的六个人：方书记、双和叔、爷爷和我，还有外村的两个支委。大家都严肃地坐在方桌周围，空气显得紧张和沉闷。

双和叔心情沉重地说："这几天岛上接连不断地出了些事情。方书记对我的思想方法、工作作风等方面提出了很多批评。今天晚上这个会就是请大家对我多提些意见。……方书记，你看是不是这样开法？……"

方书记以商量的口气说："我看是不是换一个方式，把会议开得活泼些。这是一次支委会，但也是一次学习会，这个会不单单是批评哪个人，应当使大家思想都有提高。……双和同志，我记得你说过，你在来海岛之前，特委书记曾找你谈过一次话，发给你一支驳壳枪，你能不能向大家再仔细地讲讲这件事？……"方书记提出了这样一个叫人意想不到的问题，会议气氛和缓了，变得活泼起来。

双和叔好像还没有立刻明白方书记的意思。他想了一阵子，说："在同心岛刚刚解放的时候，特委书记找了我去，对我说：'双和同志，党准备把你派到同心岛去当乡长，同心岛的情况你是清楚的，过去虽然发生过自发的反抗渔霸的斗争，但党的基础却十分薄弱，那里的斗争将是很复杂的。你对家乡情况比较

熟悉，这是有利条件，但是你的实际斗争经验还很少，工作上是会有困难的。’

“我当时生怕工作搞不好，要求派一个有经验的同志来。特委书记说：‘不行，你看祖国大陆这样迅速地解放了，到处都需要干部，哪有这么多现成的有经验的干部呢？经验也是从实际斗争中得来的嘛。要好好学习马列主义、毛泽东思想，在实际斗争中去锻炼提高自己，迎着阶级斗争的暴风雨勇敢地闯吧，大胆地干吧！’”

大家凝神听着，双和叔继续讲下去：

“特委书记给了我十几本毛主席著作，还有一支驳壳枪。他在把枪递给我的时候说：‘毛主席教导我们，每个共产党员都应懂得这个真理——枪杆子里面出政权。你要牢牢记住毛主席说的这话。’……这就是当时的情形。”

方书记说：“特委书记当时交给你的那支枪呢？拿出来给大家看看。”

枪不在双和叔身边，他把枪锁在箱子里了。双和叔向陈小元要来了钥匙，打开了盛文件的铁皮箱。

当生满了黄色斑锈的枪放在了桌子上时，我看出了双和叔惭愧的心情，我也觉得一阵心疼，十分难过。双和叔呵，你怎么这样对待革命武器呢？

方书记拿起生锈的枪，严肃而痛心地说：“双和同志，敌人正在磨刀霍霍，你却刀枪入库了。危险哪，同志，丢了枪就是丢了政权、丢了革命、丢了人民的一切呵！……”

双和叔愧悔交加地说：“我叫生产上的事情忙昏了头，等会儿，我就把它擦出来。”

方书记说：“忙生产丢了枪，这不是理由。枪上的锈好擦，思想上的锈就不那么容易擦了。只有把思想上的锈擦掉，枪才不会生锈；如果思想上的锈不擦掉，枪擦了还是没有用的，它还会生锈的。”

方书记抽出了子弹梭，费了很大的劲才扳开机头——枪锈得太厉害了。他放下生锈的枪，而后激动地说：“双和同志，你这支枪使我想起一件事情来：我是个农民出身的人，对地主的压迫剥削，我是亲身经受过的，体会也很深。但对枪杆子的重大意义，我并不太了解。在我参加浙南游击队的时候，李中队长就发给我这支枪，”说到这里，他把自己那支驳壳枪从枪套里抽出来，放在桌子上。这是和双和叔同样的一支三号驳壳枪，但它却纤尘不染，在灯光映照下，它闪出一圈圈的光亮。方书记接着说：“那时李中队长问我说：‘你知道这支枪是

哪里来的吗？’

“我回答说：‘这是兵工厂里造出来的嘛。’

“李中队长摇摇头说：‘不对，这枪，是多少同志流血牺牲换来的，同志，千万不要轻视这支枪呵。……’

“这支枪是怎么来的呢？它是一个地主家的长工在武装暴动的时候从地主手里夺来的。以后他带着这支枪参加了浙南游击队。在执行侦察任务时，伪浙保四团的一个排包围了他，他的子弹打光了，人也受了重伤；敌人把村子包围起来，挨户搜查，住在村头的一家老乡掩护了他。这一家只有一对老夫妇，他们说：‘坏蛋们来搜查的时候，你就说是我的儿子。’这个游击队员说：‘他们有人认得我。现在是人枪不能两全的时候了，大伯大妈，你们把这支枪藏起来，想法交给游击队的同志们，这是革命的武器，绝不能落在敌人手里。……我要躲到外面磨棚里去。’两位老人拉住他不让走，发急地说：‘你是怕连累我们吗？我们不怕受连累！’游击队员说：‘不，若是敌人在这里找到我，你们受连累不说，枪也保不住了。现在是保枪要紧。’游击队员终于说服了两位老人，躲到磨棚里去了。当敌人走进磨棚的时候，他扑向敌人，赤手空拳掐死了一个匪兵，然后壮烈地牺牲了。……

“过了不久，村里的坏蛋就向伪浙保四团告了密。敌人便来找这两位老人要枪，他们受尽了敌人的折磨，老大伯就死在刑场上，但枪却终于保存下来了。老大妈拖着满是伤痕的身子把这支枪亲自交到李中队长手上。……”

方书记把那支枪拿在手上，仿佛要掂掂它的分量，感慨万分地说：“同志们，你们想想，我怎么能叫这支枪生锈呢？”

双和叔深深地垂下了头。我被这支枪的来历激动着。我知道枪杆子重要，但还不知道我们穷人夺取枪杆子是多么不易呵！

爷爷一直没有作声，他脸上掠过一阵又一阵的阴云，他的心里正翻腾着一场急风暴雨。

沉默了一会儿，爷爷用低沉的声调说：“双和，我问你，你还记得你刘、李两位大哥被海匪杀死以后，那天夜里我送你到大陆上去的那些事吗？”

双和叔眼圈红红地说：“怎么不记得！”

“我看你是忘了，他们的仇还没有报呵。”

双和叔分辩说：“我想把陈占鳌斗倒了，也就报了仇了；岛上的老百姓翻了身，过了好日子，刘、李两位大哥的愿望也就实现了。”

爷爷说：“陈占鳌和‘黑风’还都在台湾呢。”

方书记接着说：“就是陈占鳌抓到了，也不能说仇已经报了。同志，要放眼世界，要看到世界上千千万万的劳苦大众还在水深火热之中。敌人还会来捣乱的，陈占鳌背后不只是一个蒋介石，他的后面是全世界人民最凶恶的敌人美帝国主义呵！”

爷爷又说：“双和，我也告诉你一件事，这件事年代久远了，过去也无人讲起，所以知道的人也不多了。在同心岛的顶西头不是有一个寒风岙吗？这个村子里有一个石匠叫黄荣庆。他有一天带着病，空着肚子上山开石头，给渔霸家盖房子。他又饿又累，腰酸腿软，一阵头昏，眼前一黑，就从山崖上滚下来跌死了。渔霸不但不管，反说他把口粮省给老婆吃了，自己饿着肚子打石头，跌死活该。

“岛上风俗，死在外面的人是不准抬进家门的。黄荣庆的老婆哭得死去活来，一个人无依无靠怎么活呢？家里断了炊不说，死人还停在门口没有钱安葬呵。渔霸是专会趁火打劫的，就逼她卖身葬夫，二十元钱就写好了卖身契，终身给渔霸家当佣人。这个可怜的寡妇这时还怀着八个月的胎呵，她哀求渔霸说：‘老爷，你行行好，等我把孩子生下来就去！’渔霸也怕穷人在他家里生孩子遭晦气，就答应了。

“黄荣庆的老婆就怀着八个月的大肚子，讨饭来到了榕桥镇，一家姓李的老两口收留了她。不久就生了个男孩子，她把孩子养了三个月，就丢下孩子进了渔霸的家，但不到一个月，渔霸就糟蹋了她。她把心一横，就跳海死了，一句话也没有给她孩子留下。……这个孩子就在李家养大了。"

双和叔疑惑不安地睁大了眼睛问：“你讲的是谁呵？”

爷爷悲愤地说：“谁？是你！”

双和叔愣了一阵，伏在两个紧握的拳头上啜泣起来。

犬家沉默着，思索着，激动着。悲痛像块沉重的大石头，压在人们的心上。

在大家谈了自己的感想之后，方书记又说：“双和同志，你抓生产抓得好，这是对的，群众拥护，民兵们也拥护。省里表扬你，区里支持你，我们并不抹杀你的优点、你的成绩，并且希望你今后对生产还要抓得更紧更好。但是，我们要有两手，单打一是不行的。要一手拿锄，一手拿枪。也许你感到这是矛盾的。不，不矛盾。抓武装不但不影响生产，而且还会促进生产。当然民兵的训练方法也要解决，譬如说：抽闲空，抽雨天，少搞集训，采取小型、就地、分散、多样等办法。劳武要结合，不要分家，只要思想问题解决了，办法就会想出来的。……现在我们再回到革命警惕性问题上来，这次跌伤人的事故到底是偶然事故，还是政治事故？……”

双和叔说：“……这件事我没有以阶级斗争的观点去看，一听说跌伤了人就急了，觉得事情严重，根本就没有往敌人破坏上面想。……”

方书记说：“这就叫心不明眼不亮呵。思想上糊涂，眼睛当然看不清楚。思想上认为敌人已经不存在了，眼睛怎么能看到敌人的活动呢？”

双和叔把拳头握得紧紧地说：“我明白了。今后我一定把思想上的枪擦亮，把民兵工作放在心上。……”

双和叔表示这样的态度，大家都很高兴。其他两个支委也对自己的和平麻痹思想、只抓生产不抓枪杆子的思想作了检查。

方书记提议研究一下以后的民兵工作。

我说：“我对民兵工作有个建议：现在岛上的男民兵大部分都出海了。家里还有一少部分男民兵，他们脱离了自己的班排，工作没人管，如果打起仗来，他们就不能很快组成一个战斗单位；女民兵现在只有一个排，我计算了一下，东西榕桥镇适龄的妇女就有一百一十八人，她们都积极要求参加民兵，我建议把女民兵扩大成两个排，再把不出海的男民兵单独编成一个排，然后合成一个民兵连，统一指挥，统一行动。……”

大家都很同意我这个建议，方书记说：“海霞这个意见很好。我们一定要在组织上加强民兵，同时更要在思想上加强。对同心岛民兵工作上存在的问题，现在我还摸不透。我们应当对民兵工作进行一次考查，以高标准严要求来进行考查。……至于扩大成民兵连的问题，民兵连干部配备问题，我要和区里联系一下，另开专门会议解决。”

会议快结束的时候，方书记问大家还有什么意见。我说：“这次会开得很好，我有很深的感触，看起来是批评双和叔，事实上我们也都受了很深的教育。过去我虽然也知道枪杆子的重要，但今天我对枪杆子的认识又深了一层：我们革命的前辈靠枪杆子打下了江山，夺取了政权；今天，我们也要靠枪杆子来守卫江山，巩固政权。手中的武器固然重要，但更重要的还是思想武器。这就是政治觉悟，就是阶级斗争观念，就是对革命的忠心，一句话，就是要用马列主义、毛泽东思想来武装头脑。因为思想武装好了，才能更好地去掌握武器，去和敌人作斗争；如果思想上没有武装，手里有武器也一样没有用，一样会丢掉。”

会议结束后，我怀着极端愉快、振奋的心情从乡公所走出来。夜路很黑，但我心里像开了百扇窗子一样开朗、明亮。伟大的党呵，你给多少迷途的人指示了前进的方向，你给多少思想糊涂的人打开了心灵上的窗子呵！双和叔，你的感触一定会是很深很深的吧！

第二十五章

突然袭击

阿洪嫂受伤之后，我经常住在阿洪嫂家里，随时帮着她忙些家务。这天晚上睡下之后，阿洪嫂关切地问我道："海霞，听说今天方书记找你谈话了，你被撤职的事和方书记谈过了没有？"

我说："谈过了。"

"方书记怎么说？"

"方书记说，我的工作另有安排。"

阿洪嫂把"另有安排"当成已经同意撤职了，便愤愤不平地说："不，明天我得找方书记去，你为民兵工作简直是费尽了心血，还要撤你的职，难道这个方书记就没有看到你的心吗？"

我不知道应该怎样解释这件事，便有意岔开说："我们应该相信组织。天不早了，快睡吧！"

"好，明天早晨你可要早些叫醒我，我去找方书记。"阿洪嫂说着说着就睡着了。"……撤职……海霞……不同意……"她含糊不清地在嘟囔着，大概她是梦里在和方书记谈话了。

呜嘟嘟——呜嘟嘟——

深夜，突然响起了螺号声。我立即翻身坐了起来。

"谁吹螺号？"阿洪嫂也猛然坐起来奇怪地问。

我说："不管是谁吹的，号声就是命令！"

"我也去！"

"不，你的胳膊还没有好，还是留在家里吧。"

"不！我要去！"阿洪嫂匆忙地穿着衣服，一边咒骂着妨碍她穿衣的胳膊。

"你还是在家歇着吧，而且你也没有枪。"说着我就提起枪跑了出去。

到了集合场，看见吹螺号的原来是方书记，旁边还站着双和叔和区武装干事。

我问："有情况？"

方书记说："当然有情况。"

"为什么没有通知？"我有些奇怪。

方书记说："敌人要来，可不一定先通知你们！"

我明白了。方书记亲自来考查我们的民兵工作了。

不一会儿，阿洪嫂还是吊着一条胳膊赶来了。

她问："有情况？"

我低声说："是紧急集合。"

这次夜间集合和上次集合相隔只有几天，情形却大不相同，上次集合只用了十几分钟；这次集合，因为许多民兵没有来，还要派人去叫，一直闹腾到过半夜才算集合齐了。采珠气喘吁吁地跑来奇怪地问："是不是紧急集合？我以为耳朵听错了呢！不是不再搞紧急集合了吗？"

她认出了方书记之后，才伸了一下舌头站到我旁边来。

云香、海花、玉秀都先后来到了。大家见方书记亲自来了，也都紧张起来，感到事情严重，一个个垂着头。同心岛的民兵还是第一次这样丢人现眼呢。

阿洪嫂急得直跺脚："怎么搞的？怎么搞的？这些小婆娘们都睡死了！"

这时我发现玉秀只扛着机枪，却没有带机枪子弹梭子。我低声说："玉秀，怎么没有带枪梭子？"

玉秀慌慌张张地说："忘啦。"接着又自我安慰地说，"好在是演习。"

我严肃地说："演习也要按实战要求，快回去拿！"

但是时间来不及了。方书记下达情况说："同志们，有一股匪特，现在潜藏在虎头屿，伺机偷袭同心岛。我们民兵排的任务是立即搜索虎头屿，彻底、干净、全部消灭这股敌人！"他回头对我说："海霞，你来指挥吧！"

一听说上虎头屿，我不由心头一震，我们夜间集合总是上观潮山，还从未上过虎头屿。我这才明白了前几天方书记他们上虎头屿的原因。

虎头屿在葫芦湾口外六百米处，落潮时，东西长有三百多米，南北长有五百多米。雨水冲，海风刮，上面都是黑漆漆的石头，人不住，船不靠，是一个杂草丛生的小荒山。岩石上长满了海蛎和紫菜。由于海潮日夜冲刷，在切水线上有许多海水冲成的岩洞，涨潮时岩洞就灌满了水，退潮时岩洞便显露出来。虎头屿是我们同心岛的屏障，也是敌人偷渡的跳板。方书记是军人出身，很重视这个小岛屿，他曾不止一次地和部队同志来看过地形。

我带领民兵排奔向沙滩。命令三个班分乘六只小舢板向虎头屿前进。

由于平时战术训练搞得少，再加上平时每班分为三个战斗小组，这次每班要分乘两个舢板，战斗小组要重新划分。就这样简单的事也嚷嚷了十几分钟才解决。

方书记站在旁边，只出情况，不出主意。碰到这些事情，人家都快把眼泪急出来了，他却一点也不急躁，简直像医生检查病人的病情一样，不慌又不忙。

战斗组重新划分好，登上了舢板，忽又发现船上没有橹，真要命！

阿洪嫂急得直跺脚。海花急得直骂。玉秀急得直打转。到这种时候，越急越乱越没用。我说：“各班派两个人回村去扛橹，其他人检查武器，准备战斗！”

橹取来了，有的战斗小组却没有会摇橹的人。唉！真是渔篮子提水，没有一处不是漏子！

我们又得把会摇橹的民兵重新搭配。一直乱腾到天蒙蒙亮，总算到了虎头屿。

到了虎头屿，我就不知道怎么办好了，这样的情况，我从来没有碰到过。我看看我们排的民兵们，她们都大眼瞪小眼地瞪着我，等我下命令哩！六只舢板碰碰撞撞地挤在一起，到底怎么办哪！

方书记、双和叔和区武装干事，他们也乘着爷爷的小舢板赶上来了。

我把舢板摇过去向方书记请示说：“下一步怎么办呵？”

方书记不但不给出主意，还一本正经地讲：“情况已经有了，你应当根据敌情下定决心，进行处置。打起仗来，我可不是你的参谋长。”

当时我是又急又恼。这分明是要我们民兵的好看嘛！可是我忽然又觉得他这句话里有很重要的东西。它给了我很大的启示：对呵，我们整天喊“实战实战”，遇到了“实战”就没有办法了。原来我的脑子还没有进入状态。如果虎头屿上真有敌人，我会怎样处理呢？我还会东张张西望望犹豫不决吗？如果那时候方书记不在我身边，我还能不消灭敌人了吗？由于脑子里出现了敌人，没有办法也逼出办法来了。

我立即果断地大声命令道：

“机枪掩护，一班下船抢占虎头山（虎头屿的主峰）！搜索‘敌人’，监视海面，用火力支援二、三班！……”

在我分配二、三班任务的时候，我忽然想到隐藏在岩洞里的“敌人”从山上是搜查不到的。我立即命令二、三班乘舢板沿着岩岸搜索。可见熟悉作战地形是多么重要。我的声音刚落，阿洪嫂的舢板就向虎头山驶去，船还没有靠上岩石，她就第一个跳下了水，然后用一只手推着舢板大声喊：“快上！快上！”

我带着二、三班分乘四只舢板，沿着陡立的岩壁搜查山洞，这时正是平潮，山洞里灌了半洞水。

我发现民兵们只在洞口诈唬几声，做做样子就算搜查过了。

我说：“同志们，山洞里藏着敌人，当心敌人射击，注意避开洞口正面，从侧面接近洞口！”我先跳下水去，其他人也都跟我下了水。

这时天已大亮，东方升起了火红的太阳，淡青色的晨雾慢慢散去。我在山洞里找到了一只破军用水壶，仔细一看，是我们自己的，还用细绳拴在岩石上以免潮水冲走。我才知道这是方书记他们预先放好，借此考验我们民兵的警惕性的。

我问其他民兵说：“搜到什么了没有？”

谁知大家只是在洞口诈唬一阵了事，根本没有进洞去搜。

我说：“大家要进洞搜索，把一切可疑的东西全搜出来。”

各条舢板正要转回头重新搜索，但是已经晚了，一班已经奉方书记的命令从虎头山上冲下来向我们二、三班靠拢。不知为什么，她们十二个人只乘着一只小舢板，由于超过了舢板的载重量，海水已经到了船帮，只要稍微一歪就要进水了。

我问：“那只舢板呢？”

阿洪嫂苦笑着说：“只顾登山，忘了系缆，叫潮水给漂走了。”

真是叫人哭笑不得。我只好叫玉秀带着机枪移到二班舢板上来，这时方书记的小舢板也驶到我们旁边来。他说："残余的'敌人'已经往海上逃窜，用实弹把'敌人'消灭！"

听到这种情况，民兵们都张眼向海面望去。我看见距离二百米左右的波涛上面跳动着十二个彩色的气球，在阳光中随波起伏。

我心想，这一回糟了。这样的目标不用说打中，就连这样的射击练习，我们也没有进行过。

不知谁在我身后喊了声："我的妈哟！这怎么能打得上？"

我稍一镇静，便命令道："机枪瞄准，目标——水上气球，实弹射击！"我忘记了紧急集合的时候，机枪没有带子弹梭子。

只见玉秀一屁股蹲到机枪旁边，哭咧咧地说："你处分我吧！"说完竟抹起眼泪来。

阿洪嫂说："哎呀！哭也不看看这是什么时候。"

我又命令说："用步枪射击！"

舢板在浪上晃动，气球在水上漂浮。

平时，我们练习，大都是有依托，打的也是固定目标，在各种条件下的射击虽然也练习过，但不够熟练，更没有经过实弹射击的锻炼。现在是舢板，目标两头提，迎着阳光眼发花，气球在耀眼的波涛上起伏跳跃，距离又是二百米，射击的难点确实很大。再加上机枪没有梭子，不能参加射击，优秀射手阿洪嫂因为枪摔坏了，也不能参加，这次可真是对我们民兵的普遍射击水平的一次大考验呵！

第一排枪声过后，消灭了四个目标，第二排枪声过后，又消灭了三个目标，我对射击的效果很不满意。我说："沉住气，瞄准了再打！"结果第三排枪声过后，还是只打中了三个，还有两个目标在水上漂动，好像在取笑我们。这时方书记说："全排停止射击！"然后对大家扫了一眼说："你们哪一个来把这两个目标消灭掉！"方书记又来考核我们单个民兵的射击水平了。可是大家都显出缺乏信心的样子，以期待的神情望着我，好像说："这几个目标消灭不了，就没脸回家了。"

我想的却是另外的问题——这次演习我们搞得太不像样子了，我很恼火，恼谁？恼我自已！因为我们没有达到党对我们的要求，没有实现人民对我们的期望，我惭愧而又难过。

我盯着那两个浮动的气球，两眼像在冒火。这哪里是气球？这分明是特务水鬼的脑袋！这是陈占鳌的狗脸！就因为我们集合得不快，让他们逃走了！就因为我们组织得不好，不能及时上船追赶，让他们逃走了！就因为我们射击技术不精，让他们逃走了！这是我们民兵的耻辱！

不！绝不能让他们逃掉！我毅然举起了手中的枪。我打了一发子弹，消灭了一个目标；当我正在瞄准最后一个目标时，方书记忽然说：

“海霞，你的左臂‘负伤’了，单臂射击！”

民兵们都在替我着急，可是我并没有慌张。这不是因为我对单臂射击进行过练习，主要是心中充满了对敌人的刻骨仇恨。我把枪口抵在船板上，用一只手推上了子弹，右臂举起枪来，竟然一枪就打中了。

民兵们高兴得齐声喊道：“打得好！”竟然忘记了演习中的不快，噼噼啪啪地鼓起掌来。

第二十六章

海上捷报

演习完毕，舢板靠岸。

民兵们穿着湿淋淋的衣服，没精打采地走上沙滩。互相之间都不讲话，既没有话题又没有情绪。我从大家羞愧的眼神里看出她们都在想些什么。我们的演习搞得这样不好，每个民兵心里都感到对不起祖国，对不起人民。一个个都在扪心自问："党和人民寄予我们多大的希望呵，难道我们就以这样的'成绩'来回答党和人民吗？"

我看看方书记，他正嘻嘻哈哈地跟双和叔、区武装干事在说笑，似乎这样紊乱的一次演习，丝毫也没有使他扫兴。

我们坐在沙滩上，忘记了疲劳，忘记了饥饿，等候着方书记对我们的批评。

方书记笑容满面地说："同志们，今天偷袭了你们一下，这一次演习，是一次很好的战斗训练，不知道你们对这次演习怎么看？"

方书记微笑着等候我们回答。

但是大家都闷着头不吭声。有的人两眼盯着在阳光下闪闪发光的贝壳出神，有的人用指头在沙滩上划圈圈：闹情绪了。

我说："方书记，我们有什么错处，你尽管批评好了。我们能吃得消！"

方书记仍然笑眯眯地说："干吗要提批评？我对这次演习还挺满意呢！"

民兵们一听，方书记还表示满意，都怀疑地抬起了头，看看他是真满意还是故意安慰我们。

阿洪嫂说：“方书记，你别逗我们啦，是好是坏，我们自己心里有数。”

方书记接着说：“我逗你们干什么？我说的全是我的心里话，这次演习，是从难、从严、从实战要求出发的，有很多东西你们没有训练过，第一次碰上这样复杂的情况，能达到这样的水平，就算很不错了。一般地说，还是经得起考验的。”

唉，这个“一般地说”叫人听了多么难受呵。

方书记又接着说：“当然，缺点还是不少的，但是成绩是基本的。下次就会更好了，如果好好地准备一下，还是一次很精彩的演习哩！也许你们说，‘我看不出好在什么地方’，我说有，第一，大家都表现了非常勇敢，不怕下水，动作都很认真，能严格要求自己，不怕苦不怕难，这就是了不起的优点。还有一个优点，这是值得特别提出的，就是你们注意了提高全体民兵的射击水平，这种训练的指导思想是对头的，所以你们较好地全部消灭了海上目标。……缺点嘛，就是乱了些，但是这不能完全怪大家……”

尽管方书记是诚心诚意这样说的，我倒觉得不如骂我们一顿痛快。我们要的是“完全经得起考验”，而不是“一般地说，经得起考验”！

果然，方书记开始批评我了。他说：“这次演习的目的，就是在无准备的情况下，考查你们的思想、战术、技术和指挥。这次演习之所以乱了些，主要原因是指挥问题。海霞在这次演习中，对每一个情况的处置是不是恰当，大家可以讨论，来一个军事民主。……特别是海霞要好好吸取这次演习中的经验教训，对民兵工作中存在的问题，也要好好地作一次研究。……”

阿洪嫂对方书记没有表扬我，很不甘心，她竟然插断区委书记的话大声吵着说：“方书记，应该表扬海霞！”

区委书记把目光转向阿洪嫂，微笑着说：“你是要我表扬海霞的射击本领吧？是的，……”方书记变得严肃起来，“一个民兵，能打出海霞这样的水平，应当说是很不错了。但是，作为一个排长，她不仅有责任使全排都成为优秀的射手，不仅是自己能时刻保持革命警惕性，而且更重要的是使全排都时刻保持革命警惕性。缺乏高度的革命警惕性，恰恰是这次演习的主要缺点。……来了敌人，不是排长一个人去打，而是带领全排去打，古话说得好，‘强将手下无弱兵’。因为她不仅是一个战斗员，更主要的是一个指挥员。”

阿洪嫂没有想到提议表扬我，反而使我吃了一顿批评，心里很不服气，嘟嘟噜噜地说：“批评人也要公正嘛。”

方书记笑笑说：“替你们的排长抱屈了，是不是？”

阿洪嫂赌气似的说：“是抱屈，天大的冤屈！”

坐在我身旁的玉秀忽然哭了起来，抽抽搭搭地说：“受批评的应该是我们，这怎么能怪排长呢？排长时常叫我们积极练武，还叫我们学习阿洪嫂随时处处不忘练武的经验，也时常叫我们提高警惕，……是我们没有很好地按她说的去做，今天演习得不好，是我们不争气，我……我就忘了带子弹梭子。……我对不住……呜……呜……呜……”

本来我还感到方书记对我要求太严太高，觉得有些委屈，玉秀这么一哭，我就觉得自己工作得很不够了。这是多么好的民兵呵，方书记说的完全对，我没有尽到做排长的责任，对民兵的思想工作，我做的是太少了。

方书记见有人哭了起来，似乎觉得好笑，但他竭力掩藏起笑容，严肃地说：“咦，这我可要批评你们了。怎么能把批评当成是冤屈呢？一个人，没有批评和自我批评，那还谈什么自我改造呢？那怎么能够不断地进步呢？……”方书记又谈到了另外一个问题，他说：“这次演习也暴露了区和乡的领导上的缺点，有很多问题是我考虑不周到，指示不明确，譬如女民兵排只抓女民兵，对没有出海的男民兵就没有很好安排。一旦有了情况，男女民兵就很难协同动作，……东西榕桥镇适龄的应该参加民兵的妇女，还有不少人没有参加民兵，其他村的情况也是这样。我们应该继续扩大和加强民兵组织。这项工作本来早就应该抓了，但我们没有抓，当然，找客观原因可以找个七八条十来条——事情多，任务重……

“但是，为什么应该抓好而没有抓好？看起来好像是方法问题、工作安排问题，其实，这是思想问题，……有时候领导思想并不是经常走在前面。我们经过研究后决定把女民兵扩大成两个排，把在家的男民兵也单独成立一个排，共同组成一个民兵连。……这个方案就是海霞同志提出来的，这是一个很好的建议，同时这也是对区乡工作的一个很好的批评，因为我们疏忽了这一点，我们欢迎这样的建议和批评。……”

大家都赞成地点点头，对扩大成民兵连的决定，都报以热烈的掌声。

方书记看看手表，又望望葫芦湾的入口处，然后说：“再过个把小时，就会有好消息传来，现在大家回去吃早饭换衣服，然后再到这里来集合！”

民兵们立即活跃起来，一齐大声吵嚷着：“什么好消息？快告诉我们！”

“快告诉我们吧，不然回去饭也吃不下。”

双和叔说：“大家还是先回去吧，饭不吃，湿衣服总该换一下呵！”

民兵们七嘴八舌地说：“嘿，我们没有这么娇贵，上级不是号召我们‘冬练三九，夏练三伏’吗？在海上打鱼，整天风里浪里，我们连这点苦都吃不了，那还算什么民兵嘛！”

爷爷看大家不愿意回去，就走过来说：“大家不想回去吗，趁好消息还没有到，我先给大家讲一段故事吧！”

“好！好！”民兵们呼啦一下围了过来。

爷爷拣了块石头，坐了下来。他捋捋胡子，意味深长地说：

“我想说说我们同心岛的来历。我们这个岛为什么叫同心岛呢？提起来，是四百多年前的事了。在明朝嘉靖年间，海匪倭寇到处骚扰海疆，残害沿海渔民，真是弄得渔民日夜不安。那时候有一部分剿匪灭寇的戚家军和老百姓就镇守在这个小岛上。人数虽然不多，可是大家都拼死命地和倭寇作战，倭寇用了几十只艨艟船，围攻了七天七夜，还是攻不下这个小岛，以后倭寇就退走了。

“戚家军和老百姓望着退走的倭寇松了一口气说：‘倭寇害怕我们了，他们碰得头破血流，知道我们的厉害了，我们可以睡几宵安稳觉啦！’

“他们以为倭寇不敢再来了，就无忧无虑地睡了觉，刚刚睡下，忽然有人来报告：在虎头屿附近，发现有两只贼船。岛上军民立即起身上船追赶，结果把两只贼船截下了，押船的倭寇被杀的被杀，跳海的跳海，还抓来了两个活的。

“军民得胜回岛，打开船舱一看，真是叫人高兴，满船都是上等好酒。戚家军一边喝酒一边审问抓来的倭寇。倭寇说：‘这个岛上的守军和老百姓都很厉害，我们的头目说以后再也不来打这个小岛了。’

“岛上军民一听就放心了。打开酒坛，庆贺胜利，划拳行令，开怀畅饮，一直喝到过半夜，大伙全都喝得醉醺醺的，横躺竖卧地睡着了；那两个倭寇就悄悄地在石棱上磨断了绳子，然后在岛上放起火来。”

“真该死！”阿洪嫂骂了一句。

“埋伏在虎头屿的倭寇，看见火起，偷偷地摸上了海岛，戚家军和岛上的老百姓，因为喝醉了，全都失去了抵抗力，叫倭寇杀死了很多，没有被杀死的，便逃进了观潮山。

“后来，人们一提起这件事便伤心落泪，就把这个岛的名字改叫‘痛心岛’。过了几年以后，岛上老百姓又联合起来，同心合力把倭寇赶下了海，所以又把‘痛心岛’改成了‘同心岛’。……”

我说：“爷爷，你说的这个故事可真有意思，你是有意打比喻给我们听，叫我们提高警惕，不要睡大觉是吧？”

爷爷笑笑说：“就算是吧。”

我说：“你放心吧，我们是不会睡大觉的！”

爷爷有意地看看坐在旁边的双和叔，说：“并不是人人都很清醒。”

双和叔并不生气，他微笑着说：“德顺叔，你可不要以老眼光看人呵，人的思想认识总是一步步提高嘛。”

这时葫芦湾里传来了锣鼓声，一只白底船就要靠岸，船头上用两根竹竿撑着一条红布横幅，上写“向同心岛民兵致敬！”八个大字。一面锦旗随风呼啦啦地飘着。

全体民兵都怔住了，这是怎么一回事呢？

这时东西榕桥镇和其他村的男女老少都争先恐后地拥到沙滩上来，显然，他们是接到了乡公所的通知的。

有人嚷着说：“你们看，站在船头上的不是旺发爷爷的堂孙儿刘继武吗？看他那个神气劲！”

旺发爷爷提着枪，捻着胡子高兴地说：“是他，他怎么从海上回来了？”

正当我们感到莫名其妙的时候，刘继武跳上岸来，递给双和叔一封信，他说：“这是我们捕鱼队从海上写来的信。”

双和叔接过信先看了一遍，就交给我说：“你读给大家听听，真是了不起的好消息呢！”

于是我就向大家大声朗读起来。信是这样写的：

东西榕桥镇全体民兵：

我们向你们报告双丰收的消息。渔业生产计划已经超额完成，到目前为止，已经多捕了一千二百多担鱼鲜。我们还要进行半个月的捕捞，争取更大丰收，然后回岛。

今天，我们的民兵和蒋匪帮的小炮艇进行了一次战斗，被我们打伤的敌人的炮艇狼狈逃窜，我们俘虏了八个敌人（内有五个受伤），缴获了五支冲锋枪。

在战斗中，民兵排长陈阿洪勇敢沉着，打得顽强机智，对战斗胜利起了重大作用，我们已将详细战况报告了区委，请区委给以奖励。

希望你们在岛上的全体民兵努力生产，积极训练，提高革命警惕性，获得双丰收。……

信刚刚念完，海花就带头呼起口号来：

“向海上的民兵们学习！向海上的民兵们致敬！”

“提高警惕！保卫海防！坚决消灭一切敢来侵犯的敌人！”

口号声刚落，方书记已经把区委颁发给阿洪哥的奖状拿在手里了。

我说：“阿洪嫂，快点过来接奖状，这里面也有你的一份功劳呵！”

掌声像下大雨一样哗啦哗啦响起来。

谁知泼泼辣辣的阿洪嫂这时候竟害臊起来了，红着脸说：“要奖状我自己得，他的光荣是他的！”真要命，她起身就拔腿跑了。

我只好替她接了过来。

锣鼓声停止了，双和叔宣布群众大会开始。他简单地讲了几句开场白，说乡支部在方书记指导下昨夜开了半宿会议，批评了他的和平麻痹思想、忽视民兵工作和单打一的工作作风等等。然后他请方书记讲话。

方书记首先表扬了英勇作战的海上的民兵们，接着就讲到了民兵工作，他说：“我们永远不能放松警惕，一定要把民兵工作办好，劳武结合好了，民兵的活动不但不影响生产，反而促进了生产；劳武结合不好，有方法问题，也有思想问题，归根到底还是思想问题；思想问题解决了，矛盾也就迎刃而解了。……”最后他宣布了扩大和加强民兵组织，成立民兵连的决定，号召大家积极报名参加民兵。

刚刚宣布报名开始，刘继武就一头钻进人群，拱到桌子前边大声对我说：“海霞姐，今天我整整满十六岁了，快给我写上吧！”他整个身子挡在桌子前边，看样子不看见自己的名字落在纸上，他是不会走开的了。

旺发爷爷也提着枪挤过来，横了堂孙儿一眼说："继武，小孩子家来这里瞎闹哄什么！"接着一把把继武推到一边，然后对我说："海霞，先给我写上！"

继武不高兴了，冲着旺发爷爷说："你才是瞎闹哄呢，人家规定基干民兵不超过三十五岁，你都快超龄一倍啦！"

旺发爷爷对堂孙儿瞪瞪眼："你懂什么？……"看样子爷孙两个要继续吵下去。

我笑着说："你们别争啦，名字我全写上啦。现在是报名，要经过研究批准以后才算正式民兵哩。"

散会后方书记留下我说："我和乡里研究过了，准备叫阿洪嫂和海花担任女民兵一排的正副排长，黄云香和玉秀担任女民兵二排的正副排长。你有什么意见吗？"

我说："我赞成。不过最好把两个副排长调换一下。让海花到二排去，玉秀到一排去，这样，在性情上快慢、粗细搭配开好些。"

"那么你自己呢？"

"我保证当好一个民兵！"

"那么连长叫谁来当？"

"领导上自然会有安排了。"

"该不会叫领导上给你们派一个来吧？"

我的脑子一时没有转过弯来，便不假思索地说："当然是从我们自己民兵连里培养好！"

"区委和乡支部的意见，连长由你来当。"

简直把我吓了一跳，让我当连长，我做梦也没有想到。我着急地说："'人家不是撑船手，偏给人家竹篙头'……我干不了！"

"怕担子重了？"

我不高兴地说："明明只能挑五十，你偏叫我担一百，这叫我哪能挑得起？"

"忠于革命，意志坚强的人，担子再重也压不弯腰的，它只会使腰杆变得更坚硬！"

"我知道我的翅膀有多长，我飞不了那么高！"虽然我嘴里这么说，心里却在考虑方书记的话了，特别是他说的"忠于革命"四个字，使我受到了震动。

方书记满怀热情地望着我说："海鸥的翅膀不是在窝里变硬的，是在暴风雨里练出来的。海霞同志，这是党的需要。什么工作都不是一下子就能干好的，培养民兵连长的训练班现在还没有，以后怕也不会有。……要善于在工作和斗争中学习。毛主席说过：'……常常不是先学好了再干，而是干起来再学习，干就是学习。'……懂了吗？"

我激动地说："方书记，既然这是党的需要，我将尽一切力量去做，绝不辜负党的期望。"

方书记笑着说："怎么？这次你不说'好吧，我试试看'了？"

我知道他还记得我在两年前说过的话，便故作生气地说："你这当书记的，怎么专记着人家的短处？"

"同志，这不是短处，这是成长。参天大树总是由幼苗长成的呵！"方书记还是带笑地说。

第二十七章

老的和小的

这天晚上谁是最受欢迎的人？是从海上送喜报回来的刘继武。他是旺发爷爷的堂孙儿。这个小伙子虽说实足年龄刚刚满十六岁，身个儿也长得平平常常，却有一股渔民特有的倔强脾气，走路说话都有点横冲直撞，“困难危险”四个字在他脑子里是没有的。因为他不够正式民兵的年龄，便自封为编外民兵。他和旺发爷爷的关系有点儿紧张，因为他不但常想方设法把旺发爷爷的“宝贝”偷走，还经常要求旺发爷爷把它“交出来”。

今天晚上他可神气极了。他受到了民兵们简直像欢迎前线归来的英雄一样的欢迎。因为他亲自看到了这次海上战斗，并且被派回来报喜，这是多么了不起呵。在民兵们的眼里，他已经不是小鬼头了，而是经历过战斗的英雄人物了。

刘继武得意地给我们讲述海上战斗的经过，开头一句就夸耀地说：“我们东榕桥的男民兵正在海上打鱼，……”

阿洪嫂听他特意加重了“我们……男民兵”几个字，就有意煞煞他的威风，笑着骂他道：“‘龙王爷爷打呵欠——看你这股神气’！什么男民兵女民兵的？就是民兵得了！”

刘继武倒是的确有点怕阿洪嫂，他服帖地说：“好，好，就说我们民兵……正在海上打鱼……”

在大家的哄笑声中，他接着就神气十足地说起了这次海上战斗的经过：

天刚蒙蒙亮，渔民们正在海上撒网捕鱼，忽然听到了马达的噗噗声，大家都侧起耳朵来：

有的说："这是机帆船！"

有的说："不，这不像机帆船，机帆船的马达没有这样响，不会传得这样远，若是机帆船，早就看到桅杆了。"

大家都朝远处张望，这时太阳已经出来了。一个渔民猛然惊叫了一声：

"蒋匪帮的小炮艇，你们看，那不是直冲我们来了！"

大家都顺着他指的方向看去，果然从鲨鱼礁旁边，冒出一艘小炮艇，喷溅着浪花直扑渔船而来。

渔民们有些慌乱了。

这时陈阿洪站出来说："大家要安静些，赶快收网、张帆、散开，民兵们都到我这条船上来！"

于是东榕桥的十几个民兵全都上了阿洪驾驶的大捕船，他们装作收网，在等着敌人的小炮艇。

有个民兵担心地说："凭我们这点力量，能不能打过敌人的炮艇？"

阿洪动气地瞪了这个民兵一眼，说："解放军能木船打兵舰，难道我们连个小小炮艇也对付不了？大家都伏到船舱里去，把手榴弹准备好，听我的命令行事。敌人看我们是渔船，一定没有战斗准备，我们就给他个突然袭击，打他个措手不及！"

民兵们都纷纷下了船舱，手榴弹弦挂在指头上，枪支都用帆篷遮盖起来，留在船板上的人就假作收网。

小炮艇迅速地靠了过来，一个国民党军官举着望远镜不断朝渔船观察。见这只船上除了收网的渔民之外，既没有民兵，更没有解放军，便放了心。匪兵们都拥挤到甲板上来。他们靠近了渔船，便齐声叫唤道："你们是什么船？"

阿洪大声说："你们没有长眼？是打鱼的！"

匪兵们都把枪背在身上，根本没有战斗准备。炮艇减低了速度，慢慢向大捕船靠拢。他们大概在计算着怎么把这条船拖走，又觉得不好拖，最后决定派几个匪兵下到大捕船上把渔船押走。

在炮艇和大捕船靠得只有十来米的时候，阿洪大喝一声："打！"接着就把捆在一起的三颗手榴弹丢了过去!

舱盖一开，民兵们都直起身子，手榴弹像一群黑老鸹一样落在炮艇的甲板上。敌人一片混乱，烈火浓烟罩满了整个炮艇。

民兵们接着跳出舱来，从帆篷下摸出了枪支，向敌人猛烈地开火。

匪兵们有的是受了伤，有的是慌了神，乱纷纷地滚下海去。带望远镜的军官被打死了，炮艇失去了指挥。它像被打伤的野兽一样，嚎叫一声掉头就跑，险些儿把大捕船撞翻。

阿洪端着冲锋枪向炮艇上扫射。匪兵们从慌乱中清醒过来，想爬上炮位开炮，也被阿洪打死在火炮旁边。

民兵们见炮艇逃跑了，忙叫嚷着："快张帆！追上这个铁家伙，把它抓回去！"

帆还没有拉起来，炮艇已经逃远了。

看着远去的炮艇，民兵们气得干瞪眼，骂道："什么熊炮艇，真他妈的成了'跑艇'了。"

阿洪遗憾地说："叫它跑了算啦！我们来收拾海里的。"

于是民兵们就动手打捞落在海里的匪兵。其他渔船见敌人炮艇逃了，也都赶过来帮助民兵打捞。结果抓了八个俘虏，还得了五支枪；这时敌人的炮艇又向渔船打来了几炮，接着就跑得无影无踪了。

刘继武把战斗情景讲得活龙活现，大家为这次战斗的胜利热烈鼓掌。

掌声刚落，刘继武忽然冒出了一句："你们说，我的生日是哪一天？"

阿洪嫂笑着说："我们又不是你的爹妈，怎么知道你的生日？我看是大家拍巴掌把你给拍糊涂了！"

大家哈哈大笑起来。

刘继武脸红红地说："谁糊涂了？今天就是我的生日嘛，我已经满十六岁了，又正好碰上成立民兵连，我应该成为一个在编的民兵了吧？"

我笑笑说："当然可以。别人是先参加民兵，后参加战斗，你是先参加战斗，后参加民兵，当然要优先批准啦。不过，枪，现在还没有。"

刘继武挺有把握地说："枪嘛，我早就找到目标啦！"

群众大会过后的第二天晚上，乡里召开了民兵整组会议。会议一直开到过半夜。睡晚了，一觉醒来，太阳已经照进窗口，我匆匆忙忙地洗脸，生怕耽误了早饭后的民兵连成立大会。

因为今天是早潮，爷爷天不亮就到码头上去了。他把饭给我盖在锅里，我只要加一把火就行了。

“海霞，我有个大问题，你得给我解决解决。”

随着粗大宏亮的嗓音，旺发爷爷一脚闯进门来，他手里拎着他的“老伴”——步枪，一屁股蹲在门口的小竹椅里。

他的脸由于日晒雨淋、风吹浪打，黑得像紫檀木刻的，挂着一副几乎永不改变的严肃的表情。(这一点他和德顺爷爷刚巧相反，德顺爷爷是和蔼多于严肃，而他却是严肃多于和蔼。)他那钢针般密密匝匝的络腮胡子和浓眉间的两道深深的竖纹，给他憨厚刚强的面容，又增添了几分威武。

在开群众大会动员报名参加民兵的时候，旺发爷爷也报了名，要求当一名正式的民兵。昨夜的民兵整组会议，对他的问题专门作了研究，大家认为把他编进民兵连不够合适：一来不合乎上级规定；二来，基干民兵任务比较繁重，这不仅旺发爷爷会有困难，同时也给民兵工作带来很大的不便。

我把昨夜开会研究的结果告诉了他。

谁想到他竟对我发起脾气来了，他说：“小海霞，你忘啦，你那年唱渔歌的时候，我问你是谁教的，你说‘刘大伯不让我说嘛’那时候你还是个傻丫头呢。现在当了连长啦，看不起你旺发爷爷啦！”

我觉得有些好笑。我亲切而又委婉地说：“旺发爷爷，你是看着我长大的，怎能这么说呢？你年纪大了，要和我们年轻人一样当基干民兵，这对你是困难的嘛，这一点也不是丢人的事；站岗呵，放哨呵什么的，就叫我们这些年轻人担当起来吧。你看我们村里的小青年们，不是像山头那丛小树苗一样吗？几场春雨，转眼就成了树林啦，就说你的孙儿小继武吧，不也够正式民兵的年龄了？”

旺发爷爷闷声不响，他还是想不通。这时刘继武冒冒失失地一脚闯了进来。他背着一杆雪亮的鱼叉，兴冲冲地说：

“爷爷，我正到处找你哩，我已经给批准是个正式民兵了。吃过早饭马上就宣布。你不能叫我背着鱼叉去站队，你得把枪给我。没有枪，哪像个民兵的样子嘛！”

旺发爷爷正在气头上，说出的话都溅着火星子，他冲着堂孙儿说：“你整天就是想方设法算计我这支枪。我这杆枪，是从蒋匪兵手里得来的，区里批准我留下的，我不能让你一个毛孩子拿去摆样子，枪是摆样子的吗？”

“谁摆样子了？”孙儿毫不退让，“你又不是民兵，可又不把枪交出来；不站岗不放哨，才是拿它摆样子的呢。你不能让我拿着鱼叉去揍敌人！”

“你小鳖崽还有个老、有个小没有？你知道我是拿枪摆样子的吗？你知道这枪有几斤几两吗？”旺发爷爷把本来已经够高的嗓门提得更高了。

孙儿并不示弱，他和爷爷对吵起来：“你不要老是看不起年轻人！我也是在海上和敌人打过仗的，枪杆子几斤几两我都不知道了？”

爷爷一听，火气就更大了：“你打过仗，你打过什么仗？站在旁边看看就算打仗了？我就是看不起你，你受过几天苦？你见过渔霸海匪是什么样子？你知道渔行主的心肝是白的还是黑的？我吞的眼泪比你喝的水都多。……”由于气愤和激动，他的声音都发颤了。

看情势，如果孙儿再顶几句，挨几个耳光怕是现成的了。我向继武使了几次眼色，他才嘟嘟囔囔地走开了。

旺发爷爷仍然蹲在小竹椅里，紧蹙着眉头，闷声不响，他把枪搂在怀里，生怕谁把它抢走了似的。

我在灶膛里加火，热我的早饭。

旺发爷爷憋了一阵子，猛然以质问似的口气问我：“你说当民兵是论年纪还是论力气？”

我说：“俗话说，年纪不饶人嘛，上了年纪，夜里站岗放哨，还要参加训练，是有困难的，不把你编进基干民兵连，这也是照顾你的困难嘛。”

他固执地说：“你不用照顾我这种困难，你还是照顾照顾我的要求吧！”他拉下脸来粗声粗气地和我争起来，“你有你不收的规定，我有我参加的理由：你说，我的仇恨比年轻人少吗？我的力气比年轻人小吗？……毛主席号召全民皆兵，依我看，不管男女老幼，凡是拿得动枪的都应该是个兵嘛！”

他发这样大的火，我不但不气不恼，反而更加喜欢这个倔性子的老人了。但我还是不能答应他参加基干民兵。这不单单是不合乎规定，而且超过了年龄报名参加民兵的，还不只是他一个人。其他人虽然没有旺发爷爷这样执拗，却也是经过三番五次的动员，才勉强同意了不参加的。就说海花的阿爸吧，他那天瘸着腿也来报名，当劝他不要参加的时候，他说：“我落后的时候，你们编成戏来唱我，现在我进步了，你们又不要我了。你们是嫌我老嫌我瘸呵，可是我有话在先，你们要是收旺发大叔不收我，我可不依你们！我还比他年轻将近二十岁哩！”如果把旺发爷爷编进基干民兵，他们能没有意见吗？

直到我慌慌促促地吃完了早饭，旺发爷爷还是黏着不走。眼看开大会的时间就要到了，我一边要考虑这件事怎么收场，一边还要思考在民兵连成立大会上的发言内容，真急得我没有办法。忽然，我有了一个新的想法，我对旺发爷爷说：“我们民兵连成立了，组织扩大了，新成分增加了。但有些民兵还不知道枪杆子的重要，也不是所有民兵对枪杆子都有比较深的感情。旺发爷爷，你给我们当个教员吧，讲讲枪杆子的重要性，讲讲你为什么这样爱枪杆子。至于你参加民兵的事，也到大会上提提，听听大家的意见，民主民主。……”

旺发爷爷一听，痛快地说：“好！我正有一肚子的话要说哩！”他一提枪，头也不回地走了出去。

眼前这一关算是过去了，但我担心，在大会上会不会把他弄崩了。

民兵连成立大会，在大榕树前面的广场上举行。会场上没有什么特别布置，除了几条红色的标语外，还有毛主席关于人民战争的语录；一张方桌、两条板凳摆成了主席台。双和乡长讲了民兵连成立的重大意义，宣布了民兵连干部的配备及班排编制。然后由我发言，我在最后也把旺发爷爷要求当民兵的问题当作一个悬案提了出来。还没等我说完，旺发爷爷就跑到桌子前边，用激动得发颤的声音说：

“你们大家说说，我老旺发哪块地方落后了？……不错，我年纪大了些，可是我觉得我并不老，我才过了几年的好日子呵，我才真正像人一样的活了几年呵。……”

民兵们都屏着气息，圆睁着眼睛看着他。

“从前，我一家活蹦乱跳的四口人，眼下就剩下我一根光杆杆了。三十多年前，为了糊口，我把五岁的姑娘凤莲换了一百五十斤番薯丝。就在那一年，我那三岁的小阿宝活活地饿死了。渔霸陈逢时——就是陈占鳌的老子，趁我出海的时候，把年轻轻的阿宝他妈给逼得上了吊！这些苦情账我说到明年也说不完呵，想起来，心就痛得像刀绞。……”

旺发爷爷说到这里，把半旧的黑褂子狠狠地一扯，脱下来甩到凳子上，袒露出青铜色的宽阔的胸膛和强壮有力的臂膀，他指着右臂上的一道伤疤说：

“这道疤是叫东洋鬼子用枪给打的！细算起来，也有十多年了，可是，我还是记得很清楚。那时，我们刚刚搬下网，东洋鬼子的汽船就对着我们的渔船直冲过来，一下就把我们的渔船给撞翻了，全船人都落了水，他们就向水里噼噼啪啪地乱打枪，把我的胳膊打伤了，这些狗娘养的，看见水上漂起了血花，他们还快活得拍着巴掌笑哩。……”

他又指着肋骨上的一道疤说：“你们看，这是叫蒋匪兵用刺刀捅的！那时蒋匪帮在岛上到处安了卡子，到北岙镇去买东西，还得花两三毛钱买路条。那天我从渔行领了十五块银元的米票，要到米行去领米。我把米票和路条放在一起了。路过卡子的时候，我错把米票当路条交给了那个匪兵。到了米行，我把路条递了上去，米行老板点着我的额顶骂我说：‘你是不是穷糊涂了？怎么拿路条来当米票！’我一听就吓蒙了。在平时，我一准回米行老板几句，可是当时顾不得了。你们想想看，这十五块钱的米票是全船人的命根子呵。我一口气又从米行跑回卡子，看见还是那个匪兵站卡，我好说好道地向他讨还米票，那个匪兵冷笑了一声说：‘我这就给你……’抬手给了我两个耳巴子，打得我满口流血，我的肺都气炸了，一把揪住他的胸口，也还了他两个耳巴子。谁想到这个匪兵向后一退，挺起刺刀对准我的胸口就捅，我急忙把身子一歪，刀尖就贴着我的肋骨划了过去。……现在我想起这些来还恨得咬牙，要是那时我也有一支枪，我一准戳他个透心凉！

“这里……”他指了指右边的小肚子，“这里有市立第一医院给我开刀留下的疤。这是去年秋天，我到区里开人民代表大会，忽然发了转肠痧，当时东沙医院还不能治，去大陆的班船又刚刚开走，急得区委书记头上直冒汗珠子，就打电话给部队，解放军马上派了个专船把我送到了市立第一医院。给我开刀的医生说，幸亏送去的早，再晚两个钟点就没有命了，治病的费用也是公家给我支上的。……”

他的声音变得低沉起来：“夜里，我睡觉的时候，就摸着这三道疤想呵想呵，旧社会给我的是什么呢？一是穷二是苦三是恨，新社会才给了我好日月。共产党对我的恩情叫我说三天三夜也说不完。我想，我能替国家站站岗放放哨，就算我有福了，什么风呵雨呵、辛苦呵劳累呵，我全不怕，反而觉得心里痛快，想想今天，身上就有使不完的劲；想想过去，我恨不能把那些害人的坏东西统统杀个精光！渔霸陈占鳌，还有‘黑风’海匪，都还在台湾，我不亲手杀死几个坏蛋，我是至死不甘心的！……

“我为什么不愿意把枪交出来呢？就是怕你们年轻人还不知道枪杆子的用处。现在我的脑子转过弯来了，老一辈的人不应当信不过年轻人，而是应该往下交班才对呵！

“我为什么要讲这些伤心事呢？”他的眼圈湿润了，语音哽咽地说：“我是为了叫你们年轻人记住过去的苦楚，知道枪杆子的用处呵，枪，是我们穷人的命根子呵。现在我把枪交出来，……交给你们……你们这些年轻人呵，要是接去我的枪，也要接去我的心呵！……”他说不下去了，几滴泪水洒落在他揣在手里的枪身上。

会场被一种悲愤、仇恨、激动的气氛笼罩着。大家把枪紧握在手里，默然无声，只有喘吁吁的吐着粗气的声息，使你感到人们的心在激烈地跳动，热血在全身沸腾。现在谁也不肯去把旺发爷爷交出来的枪接过来。我特意看看连做梦也想得到这支枪的刘继武，只见他两腮上挂满了闪光的泪珠，像僵住了一样坐在那里。

会场上默然无声。

刘继武猛然站了起来，抖动着鱼叉说：“爷爷，这枪还是你留着用吧，我用鱼叉也一样杀敌人！”

旺发爷爷奇怪地看看他的堂孙儿说：“继武，你怎么又不想要它了？”

刘继武激动地说：“爷爷，你比我更懂得枪的用处，你比我更喜欢这支枪，我以前想要这支枪，先想到的不是用它打敌人，我是怕背着鱼叉叫女民兵们笑话……”刘继武说完，羞愧地垂下了头。

旺发爷爷脸上现出了满意的笑容。他说：“继武，你知道背枪不是为了摆样子就好，把枪交给你，我是放心的，你把它拿去吧，使起鱼叉来，爷爷要比你有门道！”

刘继武没有动，他不忍心去拿爷爷心爱的枪。

旺发爷爷走到孙儿身边把枪交给他，然后下命令似的说：“快把鱼叉给我！”

旺发爷爷提鱼叉在手，回头对大家扫了一眼说：“我要试一试这条老胳膊还有没有力气。”说罢他拉开架势握住鱼叉，右臂猛力一抡，鱼叉带着呼啸的风声向着四十米开外的大榕树飞去。噗咚一声，叉齿深深地扎进了树身；跑去两个民兵，才死拖硬拽地把鱼叉拔出来。

民兵们都敬慕地看着旺发爷爷，啧啧地称赞他的力气。旺发爷爷的脸上闪着兴奋骄傲的神采，好像向大家发问："你们看我老不老呵？"当他听到有人在赞叹"好厉害的鱼叉"时，他更充满豪情地说："若是敌人想来找死，我就让他尝尝我的鱼叉有没有老味道！"

散会了，旺发爷爷走在我的前面，傍午的太阳照耀着他魁梧的身影，鱼叉的倒钩齿在他的手上闪闪发亮。我向前紧赶了几步，走到他的身边，抱歉似的说：

"旺发爷爷，没有批准你参加民兵，你有意见吧？"

"现在没有意见了。"他脸上堆满了笑容，这是从心底里发出来的欢笑，"枪交在这些小伙子们手上我放心了，我不应该不相信他们！"

我见他的心情很好，忍不住和他开玩笑说：

"旺发爷爷，人家都说你的脾气格外倔，我看你并不像他们说的那么倔。"

他微微眯起眼睛笑着说："小海霞，你是说我今天痛痛快快地把我的'老伴'交出去，也同意不参加基干民兵了？我实话告诉你吧，你要，我也是个民兵；不要，我也是个民兵，我这颗心呵，要赖在基干民兵连里一辈子呢！你说我倔不倔呵！"

"真是够倔的了。"

于是我们俩都放声大笑起来。

第二十八章

乘风破浪

民兵连成立之后，从组织上来说是壮大了。但思想工作、训练工作都需要迅速跟上。双和叔对我说：“民兵连刚成立，新民兵多了，思想工作、训练工作你要很好抓一抓，时间我已经安排好了，要把这次演习中暴露出来的问题彻底解决一下。”

我说：“对，我们要像对待敌人一样对待缺点和错误，以猛冲猛打的精神把它消灭掉！”

匆匆忙忙地吃过早饭，我想召集民兵连的班排干部开个会，研究一下工作。走出门，就看见小继武唱着歌从街那头一蹦三跳地走过来。他扛着旺发爷爷那支枪，高兴得简直要插个翅膀飞上天，听他唱得那个高兴劲：

拿起了刀和枪呀，
我浑身是力量。
的哩哩哩得啷当，
的哩哩哩得啷当。
当民兵，为打仗，
我时刻准备上战场。
的哩哩哩得啷当，

的哩哩哩得啷当。
来一个我打一个，
来一对我打一双，
不想死的快投降。
的哩哩哩得啷当，
的哩哩哩得啷当。……

“小继武，看你高兴的，你到哪里去呵？”

“海霞姐，我正要找你，求你答应我一件事。”

“什么事？”

“批准我打一枪。”

他以热切期待的眼光看着我，使我忍不住要答应他。但我没有立即满足他的要求，我说：“你应该先练习好了再打，怎么昨天刚有枪今天就想打？光想过枪瘾，就忘了节省子弹了？”

“我已经瞄了八千六百遍了。”

“什么时候瞄的？”

“爷爷睡觉的时候，我就偷了他的枪到外面瞄，有一回瞄上瘾了，忘了时间，爷爷醒来找不见枪，还狠狠地和我吵了一通。还有，出海的时候，阿洪哥的枪就借给我瞄，他还把着手教我哩。”

我不太相信地说：“你瞄几枪给我看看。”我指着停靠在葫芦湾的渔船说：“就瞄桅杆上那盏渔灯。”

他果然老练地举起枪来，我一看，真还不简单呢：姿势、贴腮、抵肩、呼吸、击发都很合乎要领。我高兴地脱口称赞道：“好，是下了苦功夫了。批准你打一发子弹。”

小继武不太满足地说：“海霞姐，你可真小气，只给一发，你们女民兵打靶，每人起码是五发。”

“同志，等到实弹射击的时候，你也可以打五发，现在这一发是额外的。”我看他还要再缠磨，就吓他说：“你再黏，这一发也不给了。”

他高兴地说：“是！就一发！”他似乎怕我改变了主意，把答应的一发也收回来，便转身拔腿跑了。我想，他一定会马上把那发子弹打掉。但是，我一直没有听到枪声。

沙滩上到处是“立正！向右看齐！”“齐步走！一二一，一二一”的口令声。民兵连的工作还没有来得及研究布置，各班排已经等不及了，自己先抓紧时间练起来。这真叫人高兴，在战斗中是多么需要这种积极主动精神呵！

在沙滩上我召集了民兵连的干部会议。我说：“现在大家的练武热情很高，这是好的。但我们要好好抓一抓思想，思想不领先是不行的。”

海花问：“怎么个抓法？”

这时港湾口几只帆船，正扯满风篷，乘风破浪地飞速向大海驶去。我指着那些帆船说：“你们看，把帆扯满，走得多快！我们民兵工作也像行船一样，以毛主席思想的东风，张满我们思想上的帆篷，什么困难的浪头也挡不住我们前进。你们听，毛主席是怎么讲的：凡事应该用脑筋好好想一想。俗话说：‘眉头一皱，计上心来。’就是说多想出智慧。要去掉我们党内浓厚的盲目性，必须提倡思索，学会分析事物的方法，养成分析的习惯。就从前几天我们的演习来看，为什么搞得那么乱？是组织得不好，为什么组织得不好？我们可以动脑筋想一想，根源到底在哪里？……”

大家在凝神思索。我继续说：“原因是我们思想上缺乏战备观念。譬如说，我们划分战斗小组，是套用了一般陆地战斗班的形式。没有想到我们这是海岛，不仅要进行陆地战斗，还要进行海上战斗，按每条舢板所需要的战斗力来配备人员。所以我们就需要有两种准备，在岛上怎么打，在海上怎么打！”

阿洪嫂说：“你这一说我也明白了。就说那天晚上，方书记一说上虎头屿，我们就应该马上想到去扛橹，等跑到沙滩上再回来扛，不就晚了三春了。”

海花说：“忙中有错，这是一时想不起来嘛，怎能扯到思想问题上？”

我说：“不，这不是由于当时匆忙的缘故。打鱼人再忙也忘不了带网。这是由于我们平时往这方面想的太少了，没有这方面的思想准备。”

云香说：“自从那次演习后，我也想了很多。就说射击吧，我们平时打靶，都能打优秀，为什么那天没有打好呢？是因为我们缺少海上射击的训练。今后我建议多瞄海上活动目标，还有山地俯角仰角的射击也要练习。譬如我们在山头上往下打，就和平地射击不一样。……”

我说：“云香说得很对，这就说明了我们的训练没有切切实实从实战出发。……”

大家都热烈地发言、争论。脑筋开动起来，问题的原因找出来了，解决的办法也就有了。

最后我说："今天晚上，以班为单位好好学习毛主席关于阶级斗争和人民战争的几篇文章。我们识字班的人，都分到各个班里去。"

"书不够怎么办？"有人担心地说。

我说："双和叔已经派人到东沙岛买去了，下午就可以发到各班。"

从这一天开始，我们民兵连就投入了学习毛主席著作和练武的热潮。在训练场上，练一会儿武，累了，就坐下来学习一会儿毛主席的书。大家情绪高极了，从山崖上那一条醒目的大标语上，也可以看出我们练武的决心来：

平时练武多流汗，

战时敌人用血还！

这天，我看见海花在山坡上带着一个战术班练习战术动作。这个班里有一半是新民兵。我忽然想起，要用方书记考查我们的办法，考查一下民兵们的战斗意志。我大声说："海花：听我的命令，海湾里发现'敌人'，带领全班向沙滩发起冲击！"

海花带着全班，平端着枪，喊了一声："冲呵！"就从山坡上扑了下去，我跟在她们的身后。

快要到潮水线的时候，我正要喊"停止前进"，但海花却带头冲进了潮水，几个老民兵也都冲了下去，潮水在她们脚下溅起白色的浪花；我见新民兵们稍稍犹豫了一下，也勇猛地冲了下去。她们越走越深，水都淹没到她们的胸口了，她们还喊着冲杀声。这一场景虽不能说惊心动魄，却也十分激动人心。直到我下达了"停止前进"的命令，她们才收住了脚。尽管有些人的冲击动作还不够准确，但这不要紧，只要有这种不怕艰难困苦、敢冲敢打的精神，还有什么武艺学不会、练不精呢！

这些日子，采珠进步很快，她学习毛主席著作非常热心，练武也很积极。她的两肘都叫砂石磨破了，包上手帕还是照旧练。

我和她开玩笑说："采珠，你的脸都快晒成紫檀木了。"

采珠笑笑，恳切地说："脸晒黑了，身子骨也练硬了。"

全身被海水湿透的海花也跑过来插嘴说："思想也练红了！"这个尖嘴姑娘并不是时常刺人的，她在为战友的进步而由衷地高兴呵。

毛主席呵，你的光辉的思想有多大的威力呵，它使人变得心明眼亮，它使人变得聪明智慧，它使人变得勇敢坚强。毛主席呵，在你的伟大思想的光辉照耀下，我们的民兵连成长起来了。

吃过晚饭，民兵们又到沙滩上来练习夜间射击，大家一齐向港湾里二百米开外的渔灯瞄准。船随着海潮波动着，渔灯在海风里晃来晃去，闪动着红光。

“砰！”一声枪响，渔灯忽然灭了，接着传来玻璃破碎的响声。

“这是谁？”我立刻站起来四处寻找放枪的人，正看到小继武站在后面退弹壳。

“好枪法！”练瞄准的民兵们都欢呼起来，一听说是刘继武打的，都敬佩地说：“刚扛上枪，就打得这样好，真了不起！”呼啦一下把他围起来，叫他介绍经验。

我严厉地说：“刘继武，你违犯纪律了。”

但这并不影响他得意扬扬的心情，他说：“我赔好了，我家里还闲着一个渔灯。”

“赔也要检讨！”

这被打碎的渔灯是张金福大伯的，这个老头子向来爱吵爱闹，我想这一次非吵下天来不可。我正要代表民兵连去向他道歉，他急匆匆地找来了。

他气喘吁吁地说：“我的渔灯是谁打的？”

我说：“张大伯，你别生气，是继武这个小鬼头干的，我们准备赔给你。”

不料张大伯听说就生起气来了，他说：“谁要你们赔？你当只有你们民兵学习过毛主席的书吗？我在旁边也听过呢。书里头也有一个姓张的，叫——张什么来？……”

我说：“是叫张思德吧！”

“对对，是叫张思德，和我还是本家子哩，人家对革命那个忠心呵，咱比不了，可也得向人家学呵。只要你们练出好枪法，我一盏渔灯还出不起？真是敌人敢来，我连这老命也要豁出去。我不是一个民兵，可我还知道为着保卫海岛出把力。……”接着他又四处找人，他说：“继武这个小鬼头呢？他不敢见我了？”

刘继武硬着头皮站过来知罪地说：“张大伯，你打我几巴掌吧，我是想试试枪法。”

张大伯果真举起了手，我还怕他当真要打呢，他却轻轻地拍拍刘继武的头说："好小伙子，枪法不错。就这样向坏蛋们的脑袋上打！"

刘继武已经作好准备挨耳巴子，却没有想到受了表扬，一时不知说什么好，突然喊了一声："我保证！……"到底保证什么，恐怕他自己也没有想清楚。

张大伯又对我说："你们练习吧，我再去挂上一盏灯！"

不一会儿，桅杆顶又升起了一盏渔灯，多么红多么亮的一盏渔灯呵！从这又红又亮的渔灯里，我看到了一个普通的渔民的火热的心。

我们的民兵连在成长，岛上的每一个人都在成长。我从这些闪着英雄光彩的新人的身上，看到了毛泽东思想的光辉的照耀！

第二十九章

狭路相逢

关于断腿刘阿太的事，福建一直没有信来。当然，我们并没有把希望完全寄托在来信上。我布置民兵们，特别是玉秀，时刻注意他的行动。我把他的一切可疑的表现都记在我的笔记簿上。但是，他的可疑之点并不多。

他有时到小卖部去打酒买烟，却并不和尤二狗多讲话。因为他初次和尤二狗相见时，就主动提出马上去给他理发，这就使我一开始就曾怀疑过他和尤二狗的关系，我怀疑他是不是想和这位账房先生勾搭？

可是过了两天，我这种想法又被打消了。玉秀告诉我说："舅舅给尤二狗理发之后很后悔，他说，'早知道他是这种人，我说什么也不给他理发。我为人民服务，可不是为渔霸的账房先生服务！'……"

此外，他还鼓励玉秀好好当民兵呢，要玉秀为他那条断了的腿报仇……

断腿阿太的话是真是假？是我多疑了，还是他知道这些话一定会通过玉秀的嘴传到我的耳朵里，才故意这样说的？

根据大成婶的反映，这位久别重逢的哥哥对她们母女都很体贴关怀。不仅把理发赚的钱全部交给她，而且把变卖福建老家的东西得来的五百元钱也全部交给了她；他自己除烟酒外，并无别的支出，也从来不说落后话。

我也感到断腿阿太的一些活动并不避讳我们民兵。比如他搭船来同心岛，就是和我们的民兵同船；要给尤二狗理发，也是当着我的面提出来的；有时他到东沙北岙镇去，还问我们民兵带不带东西。……

我也曾经认为阿洪嫂的跌伤和他的出现有关系，但是转念一想：像这样一个断了腿的人爬到陡崖上，把垫石板的石头抽掉是很困难的，甚至是不可能的。想来想去，我好像走在雾里，好像看见了些什么，但又看不清楚。

方书记一再告诉我："敌人不仅是毒辣的，而且是很狡猾的。"对，在和暗藏的敌人的斗争上，我是一个没有经验的人。我要更加提高警惕，我要学得更聪明些。

根据民兵报告，昨天刘阿太到东沙北岙镇修理理发推子去了，下午没有回来。我决定到东沙去一趟，了解一下他在东沙的活动，也顺便到区委去作一次汇报。这天正是早潮，我赶到东沙的时候，人们才刚刚吃过早饭。

登上码头，有一条很宽的公路绕上山头；远远可以看到部队的营房、阵地和练兵场。

夏日的清晨，空气格外新鲜。咸湿的海风混杂着一股稻花的香味。沿着公路向前走，细沙铺的路面在我脚下发出沙沙的响声。

在沙滩旁的山崖上，有两棵高大的榕树，看上去相距七十多米，正好挂住网的两端，苍劲的枝干横空直伸，好像要彼此拉起手来，用它们又厚又密的枝叶，给织网的姑娘们遮住烤人的太阳。

这些爱吵爱闹爱唱的姑娘们，像一群叽叽喳喳的喜鹊一样，嘴巴没有一会儿安静。她们手里的竹梭儿上下翻飞，又灵巧又轻盈；脸上都挂着幸福的微笑，好像心里装满了喜事似的。

当我走到她们跟前的时候，她们正在拉开嗓门唱渔歌：

大海边，沙滩上，
风吹榕树沙沙响，
渔家姑娘在海边，
织渔网呵织渔网。
高山下，悬崖旁，
风卷大海起波浪，
渔家姑娘在海边，

练刀枪呵练刀枪。

这时我才发现在榕树下架着上了刺刀的枪支。

这些织网的姑娘们，我们也偶尔见过面，但她们之中没有去军分区参加比赛的人，所以也都叫不上名字来。她们看见我站在旁边，就嘻嘻哈哈地问：

"你是同心岛的吧？"

我说："是呵。"

"你是民兵？"

"当然是了。"

"你们是海霞民兵连的？"

我纠正说："为什么是海霞民兵连的？应当说海霞是我们民兵连的。"

另一个胖姑娘，比我们的海花还要胖，她不以为然地看了我一眼说："海霞是你们民兵连的？别看我们没有见过海霞，可是我们知道海霞真正了不起呢！"

从别人嘴里听到这样的评价，真使我感到惭愧不安，我反问她说："有什么了不起？优胜奖旗不是叫你们扛来了！"

她却认真起来，她说："正因为这样，才了不起呢！奖旗是她让给我们的。"

她为什么竟然这样想？我感到惊讶。我说："我不明白你的意思，要么海霞是个傻瓜，不然为什么要把奖旗让给你们？"

她急得脸红起来了，看样子非要说服我不可。她说："是月秋连长比赛回来时讲的。我们看见得了优胜奖旗，心里真是高兴，月秋连长就对我们说：'你们不要这样得意，更不要骄傲，我们可没有什么了不起，我们比同心岛的民兵还差得远哩！'

"我们不信，还满有理由地说：'我们比她们差？那怎么奖旗叫我们扛来啦？'

"月秋连长就告诉我们说：'不，这次比赛，我们上去的都是连里选拔出来的优秀射手，可是同心岛的民兵却拿出了一个建制班，根本就没有选拔。我们只比她们多打了四环。因为同心岛这个班里有一个人，三发子弹只打了十七环，把全班成绩给拉下来了；如果把这个十七环换成二十七环，她们的成绩不就超过我们了吗？'……我们这才心服口服了。"

"为什么要把十七环换成二十七环呢？"

“因为海霞没有上去嘛，若是她上去，不用说打二十七环，就是二十九环都没有问题。”这位胖姑娘说的是那样肯定。

我否认地摇摇头说：“话应该这样说：海霞应该帮助那个打十七环的民兵打二十九环，那个民兵没有打好，是海霞的责任。”

这引起了胖姑娘的不满，她竟批评我说：“你是不是有点儿嫉妒人家？我们连长说，这次比赛，不只学来了技术，更重要的是学来了好思想、好风格。我们比的不是优胜奖旗，而是比赛高尚的风格，所以我们要学习同心岛民兵连的实事求是、严格要求自己的风格。”

我告别了这些热心而多嘴的姑娘，一边走一边沉思：“月秋可真会做思想工作呵，她能从‘失败’的对方找到长处，能从自己的胜利中找出不如别人的差距。她对民兵连里的思想工作抓得多紧呵！我是不如她的。老实说，比赛射击技术，也许我们不相上下，或者她们还比我们稍差一点，可是她们比我们组织起来的晚，能有这样的成绩是不简单的；这也说明我们的工作不如她们。她们前进的脚步比我们快呵！”

“这不是海霞吗？”

一个柔和而又亲切的声音打断了我的沉思。一抬头，看见东沙岛的民兵连长汪月秋同志站在我的面前。

“哟，是你呵！”我赶过去和她握手。

她说：“哪一阵海风把你吹到我们这里来了？”

我说：“十二级台风。”

她笑着说：“莫开玩笑了，到哪里去？”

“到区里去。”

“若是你的事情不太急，我想请你看看我们的战术训练，给我们提些意见；我们是第一次搞，很不像个样子。”

我逗她说：“你什么时候学得这么客气？你们的优胜奖旗都把我们的眼照花啦，我还敢提什么意见？”

“不服气？”

“是眼红！”

“既然眼红，那就再夺回去！”

“那你可要当心呵……”我还想和她再捣几句，只见那些织网的姑娘们都跑过来了。她们不明白我为什么和她们的连长说得这么亲热。

月秋指指跑过来的姑娘们，对我说："我们就是先训练这个班。"然后她对围上来的姑娘说："你们还不认识吧，这就是同心岛的民兵连长李海霞同志。"

那个胖姑娘伸伸舌头说："哎呀呀，你就是海霞呵，我的老天爷，幸亏刚才没有讲你的坏话。"

我故意逗她说："还说没讲坏话呢，刚才骂我嫉妒人家的不是你吗？"

月秋也笑着说："你就原谅她吧，这是我们民兵连里有名的快嘴李翠莲。好啦，我们现在就开始，请你多多指教。"

我说："我倒很想看看，学习学习，意见恐怕提不出来。"

月秋说："听方书记说，你们搞了一次演习，我要请你来给我们介绍经验呢。"

我说："嗐，得了吧，我们那次搞得一团糟。方书记还没有把我批评死；经验谈不上，教训倒有一大堆。"

月秋说："你有千条妙计，我有一定之规。不管你怎么说，不给我们提意见，我是不放你走的。"

课目开始了，一声螺号，姑娘们纷纷跑到大榕树下，拿起武器，站好了队列。汪月秋在队前大声宣布："课目，班防御！……进入阵地！"

战术班的姑娘们提枪跑上了身后的山崖。她们黑红色的脸上挂满成串的汗珠，汗水浸透的衣衫上沾满泥土，她们用手绢包着被沙石磨破的臂肘。

月秋很快地下着命令：

"进入阵地！秀芹，快些，姿势要低！"

"占领射击位置！阿娥，把枪提得高些，枪口吃土了。"

"出枪！金兰，注意由下而上出枪！"

"射击！……"

"前进！注意利用地形地物……"

就在这向前跃进的时候，那位快嘴李翠莲的动作慢了些，她脸红红地看看我，觉得在客人面前出了丑，很不好意思。

就是这一点小动作也没有逃过月秋的眼睛，她严厉地喊："翠莲，你的眼睛往哪里看？注意敌人，前进！"

听到喊声，这位胖姑娘更慌了，不当心被脚下的石头绊了一跤，重重地跌了下去。

我向她跑了几步，正想去把她扶起来，她却猛然跳了起来，向前冲去了……

月秋的性情有点像我们的黄云香，是个温柔娴静的姑娘。说话慢声细语，斯斯文文的，可是在阵地上她竟变成了另一个人。她下达命令的声音是那样洪亮、坚决、肯定。她的眼睛几乎能看到每个民兵的每一个动作，并且立即纠正，迅速而又准确。女民兵们对待每一个动作的练习，都是认真、刻苦而又泼辣；她们有很多地方值得我们学习。

在休息的时候，月秋进行讲评。她说："每个人先自己想一想，自己的动作有哪些优缺点。利用地形地物的目的是什么呢？是为了发扬火力，隐蔽身体，消灭敌人。这一点我觉得大家体会得都不够，……至于怎样利用地形地物，存在的缺点就更多。'三从三便'不知和大家讲过多少回了，实际运用还是不行。现在我再说一遍，'三从'就是从下而上的占领、从下而上的观察、从下而上的出枪。……"

有的民兵问道："若是碰上门窗、树木、屋角呢？"

"那都是从里到外……"月秋迅速地说，"……'三便'就是便于观察和发扬火力、便于隐蔽身体和格斗、便于向前跃进。大家揣摩揣摩，自己的动作合乎不合乎这个要求！"

月秋这种办法很好，她首先启发民兵自己动脑子，由民兵自己先评评自己的动作，讲得不对的或没有讲到的，她再来补充纠正。

因为有我在场，民兵们生怕说错，所以发言不算十分热烈，有些过分小心和拘谨。

最后，月秋非叫我提提意见不可，不然就不让走，这真是"拦路打劫"！没有办法，我只好提出了我的意见。我感觉她们教练的最大优点是勇敢、认真、积极、不怕吃苦，……但是，在训练中和我们民兵训练时犯了一个同样的毛病——敌情观念不够，脑子里没有敌人。这种思想大大影响了训练质量的提高。就说发扬火力和隐蔽自己吧，因为没有想到前边有敌人，就不容易想到选择有利地形、发扬火力去杀伤敌人；也没有想到敌人会对她射击。……很多姑娘一边做动作一边还想着旁边有客人参观，只是想极力做得好一些，不要出丑。当一发现自己某些地方做得不好，就心慌意乱了……

匆匆忙忙和月秋她们告辞后，我转道向区委所在地——北岙镇走去。因我是从汪月秋民兵连的阵地上走下来，所以就离开了公路。我想抄一条近路，以弥补我耽搁的时间，便从一条小路上斜插过去。刚走过山脚的急转弯，忽然看见刘阿太提着理发工具箱子迎面走来，我的脚步不由得停了一下，在这里碰面，他和我同样感到突然、意外。他稍微怔了一下，立即镇静下来，争先和我打招呼：

“海霞连长，你到哪里去呵？怎么从这里走哇？”

“真巧，怎么你也走到这里来了？”

“到北岙修推子去了，一时修不好，赶不上潮水，只好住了一夜，幸亏乡长给写了公函，不然今天还修不好呢。”显然，他嘴里讲东，心里却在想西。

“你从北岙来，怎么走这条路？”我继续盯着他问。

他恼火地说：“一个小孩子指给我条近路，谁知这个小鬼头开我的玩笑，走转了向，越走越远了。”

我笑笑说：“这么说，你是上了这个小孩子的当了。”

他看出我没有相信他，脸上不由得渗出一层汗珠来。

我心想，这家伙到底是个什么人？他来我们同心岛快半个月了，我们还没有面对面地较量过。于是我说：“你拄着拐爬这么陡的坡，累坏了吧！看你满脸是汗，歇一会儿再走吧！”

我首先找块石头坐下来，又指着对面的一块石头叫他坐。

他显然已经镇静下来，平静地说：“是应该歇一会儿了，累得要命！”说着就在我对面坐下了。

我看得出来，他也要摸摸我的底。在他的眼里，我只不过是一个幼稚莽撞的小孩子——好对付得很。

我等着他首先发问。果然他很自然地说：“海霞连长，你忙得很呵，你要到北岙去吧？”

“是呵，忙是忙了些，所以对你关心不够，照顾不周。”我把话儿引到他身上去。

“嗳呀，可别这么说，我真是感激得很呢，你们这么信任我，给我安排了工作……乡里真是对我关切得很呵。”

我否认地摇摇头说：“不，我们对你生活上关心得不够，对你政治上关心得更不够。”

他狐疑地看了我一眼说：“这话从哪里说起？”

“就从生活上说吧，为修个理发推子，还要叫你费神劳力，瘸着腿跑到东沙来，如果我们想得周到，每天来往的人很多，给你捎来修理一下，不就省下你累成这个样子了吗？……不就不会上小鬼头的当了？”我故意刺了他一下。

“这个嘛……”他故意拉长了声音，寻找措词。显然这些话完全出乎他的意料，他已经明显地感觉到我对他亲自来东沙岛修理发工具有怀疑。他的右手忍不住在断腿上敲起鼓点来。“这个嘛……这些小事何必再麻烦乡里。”

我用眼睛盯着他继续说：“再说政治上吧，你来到以后，我们也没有向你介绍一下当地的情况，让你第一天就去给渔霸家的账房先生理了发。当然，理理发并没有什么关系，可是，谁是好人谁是坏人，应当向你说清楚，免得你上了坏人的当。”

他没有想到我们的谈话会一下子扯到政治问题上，不过他也想趁此摸摸底，便试探地对我说：“这是怪我莽撞，既然谈到这里，我想顺便问问，尤二狗这个人怎么样？要是在我们福建，这种人早就管制劳动了。”

我想先给他个错觉，看看他的态度怎样，便说：“尤二狗嘛，这几年表现还可以，对揭发陈占鳌有贡献，改造的决心也比较大。当然，思想改造嘛，也不是一天半天的事。”我故意说得很肯定，然后问他说：“你对这个人的看法怎么样？”他竟顺着竿儿爬上来了。他说：“是呵，尤二狗这种人就是这样，没有什么立场，他不接受改造也没有什么出路，就像你说的，改造的决心倒是满大。有一回他还和我说，他已经脱胎换骨了呢。……”

有意打乱他的思路，我的态度忽然一变，严肃地逼问他一句：“你真是这样看法？”

他发现我的态度有了变化，摸不透我刚才说的是真是假，拿不准我到底怎么看，他也变换了态度，模棱两可地说：“……当然，我也摸不透，刚才也只是顺嘴胡说。”

于是我就有意打草惊蛇地说：“老实说，对尤二狗我根本不相信他，你说他这种人没有立场，不对！我说他有立场，这就是反动的立场！我告诉你吧，这种人真是‘外披羊皮，内藏狼心’……”我两眼直盯着他，仿佛要一直看到他心里去。他忍受不住了，把眼睛转到一边去，望着前面的一段陡崖。

他没有想到我忽然来了这么一个急转弯，他感到自己刚才说漏了嘴，脸色有些变了，但却装出蛮不在乎的样子说："海霞连长说话真痛快。"

我笑笑说："我这个人，就是心里有什么就说什么。"

他也真话当成玩话地说："你对我这个人怎么看？"

我倒没有防他这一手，这的确是个难题。我应该怎样回答池？是含糊其词地回答他？还是故意给他一种错觉，叫他认为我们很信任他，来麻痹他一下呢？

我迅速地考虑了这个问题，认为表示信任他并不太妥当，显然，他已经知道我们在注意他、怀疑他。甚至我们第一封到福建查问他的信，可能他都看到了，倒不如震动他一下，看看他的表现。

我说："实话对你说了吧，我们绝不会轻易怀疑一个人，也不会轻易相信一个人。绝不会冤枉一个好人，但也绝不会放走一个坏蛋，不管他是多么狡猾，狐狸尾巴总是藏不住的。你知道，我们这里是海防前线。当然对你也不能例外……"

"是，是，当然……"他的右手又在断腿上敲起鼓点来。

但是，我故作坦率地紧接着说："我们已经写信到福建查问了，在福建没有来信之前，我们是不能盲目信任你的！……"

他的眉宇间忽然掠过了一丝笑意，显出轻松地舒了一口气说："对每一个人要审查清楚，这是应该的，我们海防前线就更应该这样！……"

最后我给他的这颗定心丸果然起作用了。他甚至得意地望了我一眼说："时间也不早了，再见吧。"

他为什么突然变得这样轻松呢？道理很明显：陈小元叫尤二狗代发的信，一定被他们扣下了。他虽然知道我们不信任他，并且在注意他的活动，但不知道我们采取什么办法对付他。现在他相信，由于我的天真、幼稚和直爽，无意中把底露给了他，认为我们是在等福建的回信，这是他所最希望的，因为他一定不止一次地计算过，如果我们等不到福建的信，一定还要再写信去查问，这样一来一去，已经又是半个月过去了。在这样长的时间里，他什么事情干不出来呢？

但是，我们的脚步却不是按着敌人的如意算盘走的。

第三十章

奇怪的呼号

这次和断腿刘阿太的巧遇，使我心里就更有底了，尽管证据还不多，但我可以断定这是一个敌人。我一边走一边想，不知不觉进了北岙镇。

这北岙镇是东沙岛的大集镇，交通方便，经济繁荣，是东沙、半屏、同心三岛的商品集散地。北岙镇的经济有渔业、商业、手工业和农业。但渔业是经济的基础和命脉，其他行业都依附并服务于渔业。各种鱼类或加工的鱼货是大宗的、唯一的出口货物，进口的主要有大米、棉布、糖、煤油、麻、木竹铁器等各种生产资料和生活用品。所以半屏岛、同心岛到北岙来的人非常多。尤二狗就是经常地到北岙镇来办货。

我穿过熙熙攘攘的大街，走进了区公所。一脚踏进办公室，看见方书记、区治保主任和团里的保卫股长正在开会，我不知往里走好还是退出来好。

方书记抬头看见了我，立即对我打招呼："海霞，你来得正好，我们正在这里解难题呢！"

我说："我是想把同心岛的治保情况向区委汇报一下。没想到你们正开会，要么我等一等。……"

方书记说："不要等，正好，你就先来谈谈你们的情况吧，说不定我们的问题和你们的情况有关系。"

我在桌子旁边坐下来，会议继续进行。

当我谈到断腿刘阿太到东沙来修理理发推子，以及我刚才跟他相遇的情况时，方书记兴奋地说：“这个情况很重要。”接着他转身对保卫股长说：“现在我们来分析一下海霞介绍的情况，我认为海霞提供的线索，给我们刚才的假设，提供了有力的根据。”

方书记又简单地给我介绍了这几天东沙岛发生的事情：最近东沙岛守备部队有新的调动，又新增加了两个120迫击炮连；据雷达站报告，这几天敌人的海上活动也很频繁；电台侦听组报告，昨天黄昏在北岙镇附近收到了一种奇怪的电台呼号和密码电波，肯定有秘密电台向敌人发报；部队和民兵对这个地区立即进行了严密的搜索，但是毫无结果，估计这部电台在发报后马上转移了。而且在前几天，也发生过一次这样的情况。

对于这方面的知识，我是很缺乏的。但是我想，这件事是不是和断腿刘阿太来东沙有关联呢？于是我问：“上次发现密码电波是哪一天？”

保卫股长说：“是在七天前的下午三点钟。”

这就是说，在我们成立民兵连的第二天。我打开了我的记事簿。真是意外的发现，就是在这一天，断腿刘阿太也来过东沙岛，理由是购买理发工具。这是偶然的巧合吗？为什么两次密码电波的出现，都发生在这位不速之客来东沙的同时？我把这个发现告诉了大家。

方书记点点头说：“从时间上来看，这两次密码电波是和断腿刘阿太有密切的关系。我们是不是可以初步假定：他就是发报人呢？”

大家同意了这个判断，并且着手做具体分析：

第一，断腿刘阿太两次来东沙的时机，是在我们同心岛民兵连成立和东沙岛驻军调动之后；第二，两次来东沙的理由，一是购买理发工具，二是修理理发工具，粗粗看来理由都很正当，细细分析却都站不住脚：为什么刚刚买了就要修理呢？况且这些事情，他完全可以托别人代办，而不需要亲自来，因为从码头到北岙镇需要翻三个山头，这对一个一条腿的人来说，是太不方便了；为什么要来东沙发报？这是必须解释的第三个问题。大家经过分析争论，认为刘阿太来东沙发报的原因，一方面固然是为了搜集情报，但主要还是为了不暴露他的潜藏地点，你想，谁会想到在东沙岛发现密码电波，而又到同心岛去搜查电台呢？这说明这个敌人是非常狡猾的。

最后就谈到了发报机本身。我很容易地就联想到他提来提去的理发工具箱子，估计发报机就装在箱子里面。在统一了认识之后，就继续研究下一步的行动计划。方书记要我想法检查一下他的理发工具箱，我担心这样会不会打草惊蛇。

方书记说："就应该惊他一下，看看他的动静，这也是一种办法；你这次和他相遇，不也是惊了他一下吗？只有当他受惊的时候才容易露马脚。我们浙南山里人打猎就是这样，兔子跑起来好打，山鸡飞起来好打！……"

为了加强这方面的行动，方书记和我同船到了同心岛。

断腿刘阿太的临时理发处，就设在村头一个竹扎的芦席棚里。这个棚子是我们剖海蛎用的，现在海蛎早已剖完，席棚正好空着。我和玉秀走进席棚的时候，刘阿太正在给一个老人理发。

玉秀说："舅舅，我的枪背带坏了，用用你的剪刀！"这是事先我和玉秀研究好的检查方法。

断腿刘阿太用难以察觉的狐疑的眼神看了我们一眼说："就在工具箱子里，你自己拿吧！"说完又继续埋头理发。

玉秀故作失手，工具箱子"哗啦"一声摔在地上。

理发师只是责备了一句："玉秀，怎么毛手毛脚的？"他只是淡淡地说了一句了事，连头都没有回，看来他丝毫也不着急。

我趁机赶过去，帮玉秀"收拾"散在地上的理发工具——梳子、推子、镜子、刷子、肥皂……连箱子的木壳我们都敲过了，甚至连每条缝都瞅过了，没有电台！

我们失望地走出席棚。

他的电台放在什么地方呢？夜里，我失眠了。想呵想呵，我想着和他见面以来的每一个细节，想着他的每一个动作神态，想着他的每一句话。我的思绪就像织网梭一样，在我的脑海里穿来穿去，我极力把这些细枝末节、蛛丝马迹联结起来，织成一张搜捕敌人的无形的网罗。……

猛然，我想到了他的断腿。我记起，每当他心神不安的时候，他总是在他那半条腿上敲鼓点。这是不是由于习惯而产生的下意识的动作？

于是，我产生了一个近乎奇怪的念头：发报机能不能装在这半条腿里？他这半条腿是假的？可能吗？我缺乏这方面的起码知识，如果真有可能，发报机装在假腿里面，那可真是太便当了。他走到哪里随时都可以发报，发完之后抬腿就走，在他通过岗哨的时候，谁又会想起去检查他的断腿呢？

方书记就住在乡公所里，我立即起身去找他。正好双和叔也在，他们还在研究工作，没有睡呢。他们听了我的想法之后，双和叔说：

“这可能吗？”

方书记说：“完全有可能，他的腿也许根本不是从膝盖上断的，而是从大腿根断的。敌人是狡猾的，你们听说过吗？特务都能把照相机装在狗的眼睛里，难道半截大腿的地方还装不下发报机？”

我说：“要不要立即抓起他来，检查检查他的腿呢？”

方书记沉思了一会说：“不，我的意见是不要这么急，你和他在东沙相遇，接着又去检查他的工具箱，他一定意识到自己已经露了马脚。在这种情况下，他一定会采取新的行动，而不会坐在那里等候我们动手；我们要对他严密监视，从他的动态中弄清他的意图。这家伙到底是个什么人？他好像对这一带的情况很熟悉，尤其是对大成嫂的情况，他是从哪里弄到的？这个家伙的来历很不简单，他竟装扮成因公成了残废的渔民，并且在贫苦渔工家里安了身。这个庇护所找得很不错呵，这家伙上岛来的任务是什么？此外还有什么人？我们要彻底把他弄清楚！……”

“他会不会跑掉或是进行什么破坏呢？”双和叔担心地说。

方书记说：“不，既然我们已经发现了他，我们就有办法制服他。暗藏的炸弹只有在没有被发现的时候才是危险的！”

第三十一章

短兵相接

玉秀是我们最好的监视哨。断腿刘阿太在大成婶家的一切活动都逃不过她的眼睛。我们约定：如果夜里发现什么紧急情况，玉秀就可以假托上岗到民兵连部来报告。

根据玉秀的报告，这一夜，断腿刘阿太却没有动静，一躺下就扬起鼾声。第二天早晨，他一切照常，提着他的理发工具箱，哼唱着谁也听不懂词的调儿，走向他的理发棚，显得格外轻松愉快而又悠闲。

难道我们又判断错了？还是他虽有异样的表现，只是由于玉秀没有经验，观察不出来？我决定亲自监视他。

他把工具箱放在理发棚里，然后又提着一只空酒瓶子向小卖部走去。因为小卖部回收空酒瓶，这倒没有什么奇怪，但是，我还是一步也不放松地监视他。他从小卖部前门走进，我在小卖部后门的缝隙里观察。(这个后门通着旺发爷爷的家。) 只见他把空瓶往柜台上一顿说："来瓶老酒，空瓶退掉！"

尤二狗几乎什么话也没有说，算好了钱，把酒瓶递给他的顾客，便转身整理他的货物去了。刘阿太提着酒瓶又回他的理发棚去了。

他们的对话出奇的少，反而更引起我的猜疑。酒瓶子里会不会有问题？等刘阿太走远，我立即走进小卖部。尤二狗正要把断腿阿太带来的空瓶塞旋开，看见我突然进来，他不禁打了个寒战，往后退了两步。

“你……你来买什么？”他慌乱极了，连“嗯……嗯……”都吓忘了。

“我要买这个空瓶子！”我抢过去把空酒瓶拿了过来。尤二狗的脸色，就像一把石灰刷子在他脸上刮了一下，变得一点血色也没有了，两只恐惧的眼睛呆呆地瞪着我，嘴歪扭着，什么话都讲不出来，只是全身发抖。不过，他这种神态只保持了几秒钟的时间。他的身后就是小卖部为渔民们代买的铁器：铁锅、铁勺、鲨鱼钩、海蛎铲……他突然一低头抓起一把铁铲，他的两眼立刻变得血红，眼神由恐慌绝望而变得狠毒凶残。我觉得我面前站的不是人，而是一头被逼得无路可走的野兽。

他用充满杀气的眼睛恶狠狠地盯着我，大声喝道：“把瓶子放下！”

我拿着瓶子，心里十分镇定，镇定得连我自己都觉得奇怪。房子是这样的窄小，我身后就是墙壁，如果他抡起铁铲，可以准确无误地打中我，因为我无处可退。其实，我根本就没有想到后退。我好像不知道他的铁铲打下来会把人打死。我觉得他手中的铁铲连根稻草都不如，它不能伤害我半根毫毛！我为什么会这样想？我觉得在我身后的不是挡住退路的墙壁，而是支持着我的民兵连的全体民兵，是支持我的全国人民，他们给了我无限的、压倒一切的精神力量。我有我的信念，我有我的爱憎，根本没有想到我个人生命的安危。而他是个什么东西？是一头临近死亡的恶狗。他除了想保全他那条狗命以外，什么信念都没有，他的力量怎么能够和我相比？

我也恶狠狠地瞪着他，命令他说：“把铁铲放下！”

他竟然把铁铲举到了半空，脸色苍白得像死人一样。只要一眨眼就可以打下来；我丝毫不动地站着，又命令他说：“放下！”

我的声音并不高，却有着不可抗拒的力量。他支持不住了，胳膊像中了枪弹、抽掉了筋骨一般，无力地垂挂下来。“当啷”一声，铁铲掉在地上。他也“扑通”一声跪倒在地，哀求道：“嗯……我全坦白，我全坦白，嗯……只要饶我一条狗命，我全坦白，嗯……嗯……饶我这条狗命吧。我是叫人逼的呵！……”他竟一把鼻涕一把眼泪地哀号起来。

我把他带到乡公所。根据尤二狗的招供，事情原来是这样：

断腿刘阿太在来岛的当天傍晚，就到小卖部去给尤二狗理发。

“理发师”抓抓售货员的蓬乱的长发开玩笑说：“你的头发这样长，不怕别人抓你的小辫子吗？听说你过去是陈占鳌的账房先生，现在混得不错呵！”

尤二狗弄不清“理发师”的身份，十分警惕地说：“嗯……我是真心实意地进行改造，嗯……已经脱胎换骨了，我是没有小辫子可抓的。”

“过去，你可是陈占鳌家的台柱子呵！”

尤二狗不由得惊慌起来：“嗯……还提这些干什么？嗯……我和陈占鳌没关系。”

“陈占鳌全家可没忘了你的救命之恩呵！”

“什么？”尤二狗耳边响了一声炸雷，他吓得从座位上跳了起来，剃刀在他耳根后面划了一道口子。“你……你是谁？”他惊骇地看着“理发师”。

“怎么不认识了？不是你在那天夜里送信给我，把陈占鳌全家救走的吗？”

“你……你是‘黑风’大头目？”

“难道你认不出来？”

“嗯……你的腿……"

“我的腿就是那天夜里，让机关枪给打断的。”

“嗯……你的满口金牙……”

“这也是‘脱胎换骨’呵，连你都认不出我来，我放心了。”

“天哪，你不看看这是什么时候，嗯……想逃都逃不掉，你还来自投罗网。”

“你不相信我们会反攻大陆？”

“嗯……我盼望有这一天，但是，我又不相信会有这一天，若是有能耐反攻，嗯……就不会从大陆上撤走。走了再想回来，嗯……难如登天。原来我还指望第三次世界大战能打起来，嗯……可是美国人也在朝鲜吃了大败仗，……我可真是寡妇死了独养儿——一点指望也没有了。嗯……开头，我还想和他们斗斗法，可是有什么用？嗯……身子都掉到井里，耳朵还能挂得住？嗯……我是火烧眉毛顾眼前。当然，我也有仇恨，可是我觉得什么也没有我的命重要！嗯……三十六计，忍为上计。……”

“你忘了，你是陈占鳌埋在共产党门口的一颗炸弹了？”

尤二狗丧气地说：“嗯……嗯，这颗炸弹，嗯……恐怕炸不响了。……我不是不想动，嗯……我是怕……”

“黑风”讽刺地说：“不炸了？是不是受了潮了？我的账房先生，你的如意算盘打得倒不错，如果共产党知道是你送信给我，救走了陈占鳌全家，会怎么样呢？难道你就不怕？”“黑风”停住手里的剃刀威胁说。

“嗯……我求你……”

“没有那么便宜的事！我有任务给你！”

“嗯……你想要我干什么？”

“陈占鳌在台湾，已经当了反攻大陆先遣纵队的司令了，他时刻准备回到同心岛来！”

“能站得住脚？”

“为什么要站住脚？我们只要袭击他们一下，烧他个片瓦无存，杀他个孩伢不留。我们就对‘自由世界’有功了，就可以提高反攻大陆的士气，打击共产党的国际威信。向全世界证明，大陆我们可以自由来往，并不是什么铜墙铁壁。现在同心岛没有驻军，男民兵又北上远海，这是最好的时机了，就是女民兵讨厌，你得想法把她们破坏掉。这里不是你久居之地，陈占鳌来时可以把你带走，你的职务是他的纵队参谋长。我的账房先生，不要灰心丧气，振作起来，高官厚禄很快你就可以到手了！”

俗话说“狗改不了吃屎”，尤二狗被说动了心。他说：“嗯，一不作二不休，嗯……搬倒葫芦洒了油！嗯……你说嗯，怎么办吧！”

“理发师”说：“擒贼先擒王，你想法把李海霞干掉，要干得干净些，不要搬起石头打了自己的脚。”

“嗯……经你这一说，我倒有个主意，嗯……李海霞每天夜里要上观潮山去查哨，嗯……我叫她死也不知怎么死的！我真是恨死她了。嗯……李双和乡长都相信我，就是她不相信我。嗯……简直是我的对头星！”

这就是那天夜晚紧急集合时出了事故的原因。虽然阿洪嫂替我受了害，但是敌人的阴谋总算部分地得逞了，他们借此散布谣言，瓦解民兵，造成我们第二次紧急集合时的困难。他们却没有想到我们反而知难而进，马上扩大民兵组织——成立了民兵连。敌人不得不缩起狗头收起狼爪，不敢轻举妄动了，只是搜集军事情报，向他们的主子——外海美国军舰上的特务机关拍发情报。

方书记打开用纸条卷成的瓶塞。上面写着：

我们已被发现，情况万分危急，趁男民兵回岛之前，必须立即采取行动，以求脱身。特命你今夜十一时，按原订计划行动，生死攸关，勿误。

“你们原来的计划是什么呢？”我问。

尤二狗说："嗯……'黑风'一来，就确定了一个策应偷袭同心岛的计划。嗯……在预定的时间，嗯……由我放火烧渔业仓库，那时民兵必然前去救火，趁全体民兵只顾救火的时候，他们就可以趁机上岛。"

这些事，他们本来是可以用口讲的，但断腿刘阿太认为小卖部来往人太多，小卖部的板壁又有邻居相连，口头交换情况太危险，便用酒瓶塞当他们的联络工具。

方书记说："你们和海上联络的信号是什么？"

"嗯……就是渔业仓库火起的火光！"

我气愤地说："哼，你们是想来个趁火打劫呵！你们的电台放在哪里？"

"嗯……电台我不知道，我知道的全说了，嗯……我可以对天赌咒。"尤二狗惊慌而又发急地说。

方书记看看手表，正是上午十点钟，便自言自语地说："来得及。"然后对尤二狗说："'黑风'不是还等待你的行动吗？你现在就像没出事一样地回到小卖部去。"

"回小卖部？"尤二狗茫然不知所措了，然后讨好地说，"嗯……我求你们快把'黑风'抓起来吧。"

"这不关你的事。"方书记严厉地说，"要想立功赎罪，你就按照我的话去做，现在你快回去吧，你应该懂得我们有多少枪口在对着你，我想，你总不会拿自己的脑袋开玩笑！"

尤二狗走后，方书记对我说："海霞，这位'黑风'大头目由你带几个民兵来对付他，在夜里十一点大火烧起来之前，你可以不必逮捕他。关于民兵的战斗准备，以及其他事情由我来办理好了。今天不得不浪费点柴草了。"

我说："舍不得鱼饵钓不了鱼来。不过，这个'黑风'还是早点抓起来好。"我怕夜长梦多。

"如果你早把他抓起来，他没有机会把报发出去，陈占鳌怎么会来上钩呢？"

"他也许察觉我们已经有了准备，发报叫陈占鳌不来上钩怎么办？"我担心地说。

"对，他也可能发现我们有了准备，越是这样，他越要他的同伙上钩。你想，他会可惜他们同伙的性命吗？他们这些人一为命二为钱，为了救自己，连

娘老子都可以不要的，临死他们也要拖上几个垫垫背，何况他正企图借他同伙上岛，好在混乱中脱身呢；从他给尤二狗的纸条中，你就可以看得很清楚，本来他们是不敢让匪特偷袭的，只是因为他们知道自己已经暴露，为了寻求脱身之计，才这样决定的呵！”

第三十二章

“黑风”

天色慢慢昏暗下来，海上升起了迷迷蒙蒙的夜雾。

我把几个民兵布置在房子周围，然后便和玉秀一齐躲在她家的里间屋里，透过破旧的门帘向外间屋里注视着，等候“黑风”回来。他的床就在外面。“黑风”原来是住在外面一间草棚子里，由于前几天一场暴风雨，棚顶塌了，需要修理，所以大成婶搬进里间和玉秀一起睡，把外间的床暂时腾出来，让给了这位“舅舅”。为了不使他怀疑，我把玉秀站岗用的步枪（玉秀是机枪射手，但民兵都要站岗，所以玉秀也有一支站岗用的步枪）放在他的床边。我怕大成婶沉不住气露了马脚，我们的行动对她也严守着秘密。我是瞅她出去汲水的当儿躲进来的，所以她并不知道我就在她的里间屋里。

这时“黑风”还没有回来。玉秀故意对大成婶说：“阿妈，我那件蓝布褂子袖肘破了，你在外间里给我补一补，我先睡了。困得要死，千万别吵醒我，我怕灯光。”

大成婶怕妨碍女儿安睡，在外间屋点上灯。忽然发现女儿的枪放在外面，就说：“玉秀，你的枪怎么丢在这里，要不要拿进去？”

玉秀吓唬大成婶说：“里面有子弹，你不要动，待会我还要上岗哩！”

大成婶不说话了，在她的破箱子里找碎布，翻来翻去，结果翻到了大成叔的一件破褂子，正想扯开给玉秀补衣服用，却又立刻把衣服抱在胸前，泪水从布满皱纹的眼角流了下来，挂在腮上，在灯光里闪动着。她想起亲人来了。

房门猛然敞开，“黑风”卷了进来。他神情显得十分焦躁，张口就问：“玉秀在家吗？”他像热锅上的蚂蚁一样，在外间屋里转了一圈。

大成婶抹了一把泪，轻声地说：“睡了。”

他看见大成婶满脸是泪，警觉而不安地问：“你哭什么？出了什么事？”

“我想找片碎布给玉秀补衣裳，找到了她阿爸的褂子，人到底还在不在呢？”说着说着又啜泣起来。

“妹妹，自从我来到这里，还没有和你说句贴心话呢。”这位“哥哥”在大成婶对面坐下，斜起眼看了看玉秀的枪，声调充满“感情”地说：“哥哥待你不错吧？”

大成婶有些不解，诧异地说：“你这是哪里的话？”

“我们可是亲手足亲骨肉呵，若是哥哥有了难处，妹妹可要相帮呵！”

大成婶更是摸不着头脑了，吃惊地看着“哥哥”说：“你怎么老是说些不着边沿的话？叫人摸不透，你出了什么事吗？”她真诚地为“哥哥”担心了。

“不是我出了什么事，我是为你和玉秀担心呵！”

大成婶说：“这倒奇怪了，我们不是很好吗？有什么值得担心的？你有什么事就照直说吧，我们有人民政府，就算有天大的难处也不用怕。”

“唉，我的糊涂妹妹，你还蒙在鼓里呢，大成还活着呵！”

“真的？”过分的突然，使大成婶感到震惊。她停下了手中的针线。玉秀也忍不住紧紧地抓住了我的手。

冒牌的哥哥对妹妹说：“你别急，我原原本本地告诉你。在海上，我是和大成一起被国民党抓走的。”这家伙假话讲得比真话还像。“大成的犟脾气你是知道的，他死活不肯走，国民党要用枪打死他，我跑上去阻拦，子弹正好打在我的腿上。”

大成婶疑惑地看着他的半截腿，她不明白“哥哥”为什么要撒谎：“你不是说，你的腿是救解放军叫飞机炸的吗？”

“我的好妹妹，你怎么聪明一世糊涂一时，这事怎么好向外面露呢？你听我说，大成到了台湾就碰上了陈占鳌。”

“我的天，不是冤家不聚头，又碰上这个坏蛋了。你怎么知道的？”大成婶焦急起来。

“陈占鳌现在当了大官了，他看见大成，可并不记仇，”断腿阿太并不回答大成婶的提问，只顾往下说，“亲不亲，故乡人嘛，一笔写不出两个陈字来，就叫大成当了他的副官啦。”

“我不信，他不会干这种事情，你是编排了故事来骗我。”大成婶不高兴了。

“骗你？你可认识这件东西？”

“黑风”走近他的床头，从包袱里取出一个巴掌大的黑东西。外面灯光比较暗，我看不出这是什么。但玉秀不禁动了一下，把我的手攥得更紧了。大成婶开始一怔，一把把黑东西抓了过去，放在胸前。我看清了，这是大成叔用过的烟袋荷包。

大成婶由于过分激动，气喘吁吁地问：“大成真的活着？你真的从他那里来？”

“怎么不是真的？他叫我告诉你们娘俩……”

“黑风”还没有把话说完，大成婶就猛然跳起来，把烟袋荷包往地上一丢，对他说：“走，我们到乡公所报告去！”

“什么？”大成婶的举动完全出乎他的意料。“你……你糊涂了？共产党知道大成在台湾当了军官，你就成了匪属，牢房监狱敞着门等着你和玉秀哩！”

大成婶气愤地和他大声吵了起来：“呵，原来你是这样的人，我若是把这件事瞒着政府，我就对不起政府，你快跟我到乡公所坦白去！”

“好妹妹，你就不为大成想一想？一日夫妻百日恩爱，你不想见大成了？”这个匪徒看出了大成婶的决心，他绝望了，但还要作最后的挣扎，继续说：“你就是不顾大成，你也该看在我们兄妹的情分上，你也应该为自己和玉秀想想……”

大成婶坚决地说：“若是大成真的当了国民党土匪，我就不认他是我家里的人。玉秀也不会认他是阿爸。他要真敢和陈占鳌回到岛上来，我就叫玉秀用枪打死他！”大成婶猛然指着这个匪徒的鼻子说：“你……你是哪一路的哥哥？你大概就是台湾来的特务。说不定大成就是叫你给害死了呢！”大成婶不顾一切地大声吵嚷起来。我没有想到大成婶平时思想上有些糊涂，到这种时候，是非却这样的分明。

“黑风”直到这时候，才知道自己打错了算盘。他满以为大成婶为了丈夫，为了他费尽心机建立起来的“兄妹”感情，为了她自己不当匪属，为了玉秀的前途……可以和他站到一起来的，眼前的事实粉碎了他这一场春梦。于是他的原形毕露了，他一把抓过玉秀的步枪，拦在门口，对着大成婶冷笑道：“你想现在去报告？来不及了！我实话告诉你，国民党的先遣纵队就要上岛来了。”

尽管我抓住玉秀的手，一再要她沉着冷静，但是玉秀却忍不住了。她把门帘一掀，扑了出去……

一条腿的“黑风”怎么能经受住这样突然的打击？他大叫一声，马上跌倒在门边了，我立即用枪指着他，命令道：“把手举起来！”

这时玉秀已经把步枪夺了过来，大成婶也顺手摸到了一把柴刀；枪口、刀口都准对着他的鼻子。

“黑风”，这个在从前横行一时的海匪，像条癞皮狗一样躺在我们的脚下。我命令他坐到床上，把他的假腿打开。

他完全绝望了，他知道反抗是没有用的，虽然他还在寻找机会，但是两支枪、一把柴刀和六只燃烧着仇恨怒火的眼睛，使他放弃了反抗的念头。

他尴尬、顺从地遵照我的命令，像剥自己的皮一样，卷起了裤脚管。果然，一部发报机就作为一段假腿吊在他的腰上。

我说：“‘黑风’大头目，你的任务完成了，电台该交出来了！”

他突然抬起头望着窗外，渔业仓库方向升起的大火映红了窗口。他脸上掠过一线希望的光亮，带有几分激动地说：“渔业仓库失火了，快去救火！”

我微笑着说：“谢谢你的关心，鱼食不会白下，这堆柴草也不会白烧的！”

他的汗珠立即从额头上滚下来，吐出两个字：“完了。”

我说：“还没有完，你还没有和陈占鳌见面呢！”

第三十三章

天罗地网

半边残月从西山头落下去了，夜显得更加深沉宁静。这是半夜时分，渔业仓库附近的大火正在熊熊燃烧。

我把“黑风”交给几个民兵看守，然后就到葫芦湾口来了。方书记、双和叔已经把民兵全都布置好了。大家都散布在岙口两旁的岩石上。大家都穿着黑色的衣服，左臂上缠着白色的毛巾，所有枪口都对准了每块黑魆魆的礁石，准备着迎接我们的死对头。十二只小舢板已经摆在岙口，准备去截断敌人的退路。

民兵阵地后面，聚集着无数群众，他们手里拿着木橹、鱼叉、柴刀……海花的阿爸也瘸着腿跑了来，他手里是提着一根麻绳子。一见到我，他把绳子在我面前抖抖，满腔仇恨地说：“今天我要亲手拴起这些狗娘养的！”

群众这种复仇的情绪是可以理解的。在黑暗的旧社会里，他们受尽了这些坏蛋的欺压、剥削和凌辱，如今这些害人的豺狼又要上来了，他们是准备上来杀人、放火、抢劫的，哪一个能不愤恨万分呢？但是方书记怕人多了反而影响战斗，把他们全都安排在民兵阵地后面。

旺发爷爷提着他的鱼叉跑到民兵阵地上，刘继武对他说：“爷爷，你怎么也跑来了？这里没有你的事！”

旺发爷爷气愤地说：“你少放屁！抓特务我不能来？这都是你们的事？海霞

呢？我要找海霞连长！”

民兵们着急地低声说：“旺发爷爷，小声点，要不，暴露了目标你负责？”

我走到旺发爷爷面前说：“旺发爷爷，你还是到后边去吧，这是规定！”

“海霞，你不能叫我到后方去呵！”

我说：“这怎么是后方呢，只差那么几十步嘛。”

他还是固执地说：“不，我不去！我不亲手攮死他们几个，死不瞑目！”

方书记走过来说：“旺发大伯，你这个要求很好，我给你一个重大的任务，赶快上舢板，准备给民兵驾船！拦截敌人的退路。”

旺发爷爷高兴极了，雄赳赳地说了声“是！”就跑到沙滩上去了。

时间过得很慢，我焦急地说：“难道敌人不来了？‘黑风’又耍了什么花招？”

方书记说：“根据部队可靠的情报，敌人已经从外海美国军舰上换乘当地渔船进来了。”

“部队知道了？”我心里像放下了块大石头。

“知道了，刚才团里来了电话，部队已经把敌人的退路封锁住了，还问我们要不要派部队来帮助。我对部队的同志说，部队只要帮我们把海上的网口封住就行了；这是消灭敌人最重要的关键。杀鸡用不着牛刀，敌人敢上来，我们同心岛的民兵包啦！”

我问：“来了多少人？”

“一只机帆船，最多不过三十个人。”

我笑笑说：“太少了，这叫老虎吃蚂蚱，不够嚼的！”

方书记见我很镇定，当然很高兴，但是他警告我说：“海霞，要记住毛主席的话，战略上要藐视敌人，战术上要重视敌人。弱敌要当强敌打，这些匪特都是经过美蒋特务机关训练的，是些穷凶极恶的亡命之徒，都是些反动透顶的家伙，大意麻痹是要吃亏的！”

渔业仓库附近的火焰慢慢小下去了。民兵们已经等得焦躁起来。忽然海花面前的岩石上冒出了一个黑影，这个家伙是潜水上来的。海花立即用枪指着他低声喊：“什么人？举起手来！”

对方被吓住了，扑通一声又跌到水里。刘继武也跟着跳了下去；海水翻腾了一阵，刘继武竟从水里把这个家伙提了上来。

一见那么多枪口对着他，这家伙就慌了，扑通一下跪在地上说："饶命吧，我是叫他们抓走的渔民呵，是他们硬逼我来探路的。"

方书记问："你们来了多少人？他们都在什么地方？"

"长官，……我全都说出来，我不想跟他们干了。我只想回家……"

根据这个匪特简单介绍的情况是这样：陈占鳌当了先遣纵队司令之后，就带着他的全部人马——二十七个匪徒，停泊在外海上的美帝国主义的军舰上，等候301号特务也就是"黑风"的情报，伺机偷袭同心岛。因为同心岛没有驻军，他们认为选择这个最薄弱的地方是万无一失的。这天下午他们收到了301号的电报，约定当晚偷袭。美国顾问便大张酒筵，为他们饯行，祝贺他们旗开得胜，马到成功。黄昏后，他们就从美国军舰上下来，换乘机帆船到了虎头屿。狡猾的陈占鳌虽然看见了约定的火光，但是，他还是不敢贸然上岛，想先派人上岸探探虚实，但是匪徒们都借口地形不熟，不敢上岛。陈占鳌没有办法，才派了这个匪特上来，这人叫张阿炳，是半屏岛人，也是和陈大成一起被国民党抓去的渔民。由于他对这一带地形很熟悉，陈占鳌便极力对他进行威胁、利诱、欺骗，把他拉进了匪特组织。

方书记考虑，到底把这个匪特扣留下来好，还是放回去好。如果扣下来，陈占鳌不见张阿炳回去他是不会上岛的；如果派他回去，这家伙不一定可靠，这样岛上的情况就会暴露。但是方书记还是决定放他回去，对他说："你不是说你是个渔民吗？那你过去一定受过渔霸、海匪、国民党匪军的压迫，今天你就不应该给他们来卖命。你不是想回家吗？这就要看你自己了。你要争取政府宽大，你要立功赎罪，你就赶快回去告诉陈占鳌，就说岛上民兵都在救火，葫芦湾口没有人站岗，有个尤二先生在葫芦湾口等他上岛。……"

"是！是！是！"张阿炳点头哈腰地说。

方书记严厉地警告他说："你可不要耍花招！你们是跑不掉了，除了给我们打死就是投降，没有第三条路可走！你要是想得到政府的宽大，想回家，你就按着我的话去做！"

"是，是，我明白了。别忘了我叫张阿炳。"海水翻了个浪花，他又游回去了。

张阿炳一走，方书记就说："海霞，我们得改变原来的计划，在这里等敌人是不行的。陈占鳌十分狡猾，即使张阿炳照我的话去做，如果他看不见301号的真凭实据，他是不会轻易相信的。他也可能派人跟在张阿炳后面，一方面监视他，另一方面也好回去核对情况，如果这样，我们的准备情况就暴露了，陈占鳌很可能从虎头屿逃跑。我们必须作两手打算，现在，我留下二排守岛，你立刻带一、三两个排乘舢板包围虎头屿，不能让他脱钩跑掉……”

我们只用了五分钟就全部上了舢板。方书记凭他以往丰富的战斗经验，告诉我们说：“夜里行动要特别当心，现在是敌人在暗处，我们在明处；敌人在山上，我们在船上。行动不能冒失，既要抓住战机，也要善于等待。你们只要把网口收紧，他就不会跑掉。什么时候对我有利，就什么时候打！什么地方对我有利，就在什么地方打！”

玉秀的机枪就架在我的船上，十二只小舢板一字儿摆开，向虎头屿驶去，旺发爷爷和德顺爷爷都来给我们驶船。因为前些日子我们在这里演习过，这次实战果然用上了。当我们接近虎头屿的时候，我吩咐每条舢板都找块礁石作为依托和隐蔽物，注意观察敌情。

当时我决定的打法是：如果敌人不下山，我们就等到天亮之后再打，这样可以减少伤亡；如果敌人上船逃跑，这样就最容易全歼，我们就在海上打。

我乘的一只舢板靠虎头屿最近，傍在一块礁石后面，玉秀把机枪架在礁石上。我们立即发现虎头屿的山凹部聚集着一群黑影，看样子他们正要登船。海风迎面吹来，我们听清了匪徒们的声音。

玉秀说：“打吧！”

我制止她说：“等一下，等他们上了船再打！”

“……狗东西，你还想骗我！你以为只派你一个人上岛的吗？”我听出这是陈占鳌的声音。果然不出方书记所料，他真的派人跟在了张阿炳的后面。

“信不信由你。”这是张阿炳的声音。

“只要你把船给我开到外海，我就饶了你！”陈占鳌的声音。他果然要想脱钩了。

“我不开！”张阿炳的声音。

“我枪毙你！”陈占鳌的声音。

“司令，使不得，没有张阿炳掌舵，我们的船开不出去，这里的暗礁比他妈的鲨鱼嘴里的牙还多……”另一个匪特说。

“好！我开！”张阿炳说。

陈占鳌大声对他的匪徒们说：“兄弟们，我们已被发现了，岛上民兵有了准备，快上船呵。往外海开！”

匪徒们一听说要逃跑，都争先恐后地纷纷上船，机器立即发动起来。我对玉秀说：“等靠近些再打！”

但这时却看见机帆船猛然一拐弯，向一块礁石上撞去！船撞碎了，匪徒们纷纷滚到海里。

玉秀没有等我下命令，就向匪徒们开了枪。曳光弹流星一样在匪群里飞着，其他几条船上也都开了枪，激烈的战斗开始了。涛声枪声响成一片。

一团黑色的东西向我们漂浮过来。我正要开枪，忽然听到张阿炳喊：“别开枪呵，我是张阿炳呵，我要戴罪立功……”

我们把舢板靠过去，张阿炳和一个匪特在海水里正扭打成一团，黑暗里很难分辨出哪个是谁，我们把他们一齐提上船来。张阿炳一上船就躺倒了，他被这个匪特的匕首刺伤了好几处，他昏昏沉沉地说：“我……我要立功赎罪，我要……我要回家。”

那个匪特一上船就哇哇地吐着海水，躺在船板上装相。从他刺伤张阿炳这一点来看，这是个顽固凶狠的家伙，不管他肚子里装了多少海水，我们还是牢牢地把他绑了起来。

在天放亮的时候，海上战斗已经结束。

阿洪嫂遗憾地说：“这样就完了？嘿，还他娘的美蒋武装匪特呢！真不经敲打！”

采珠说：“就像‘三天不喝水，吃一颗酸杨梅’，又痛快又不过瘾。”

玉秀擦拭着她的机枪说：“这哪里是战斗，这简直是在海水里捞‘草包’嘛：我这第二梭子子弹还没有打完呢！”

我叫各条船靠拢，清查俘虏的数字。清查结果，死的伤的加活捉的，一共二十四名。

我简单地审问了几个俘虏，都说一共来了二十七个。这和张阿炳的口供也相符。这就是说，除了匪特司令陈占鳌以外，还有两个匪徒没有落网。经过继续查对，这两个匪特是副司令和参谋长。奇怪，为什么单单少了这三个匪首呢？从海上逃跑了？不会。打死了？海面上又没有他们的尸首。

我明白了，这三个家伙根本没有上船，当张阿炳和另外一个匪特从同心岛回到虎头屿之后，陈占鳌就知道我们已作了充分准备。他们一定预感到和机帆船一起走是逃不脱的，就来了个“金蝉脱壳”。是了，怪不得他大喊大叫地催他的匪徒们上船呵！这三个家伙藏在哪里呢？

太阳已经升起来。海上弥漫着淡青色的晨雾和火药气息。我向民兵连布置了新的战斗任务：我命令第三排——男民兵排乘舢板搜索虎头屿周围切水线上的岩洞，因为男民兵的水性比女民兵更好些；我带着一排上虎头山搜索。正想抽一个班把俘虏押回同心岛，方书记、双和叔却带着二排和许多群众乘船赶来了。把俘虏交给了方书记他们后，我就带一、二两排立即投入了对虎头山的搜索。大家的战斗热情高涨得难以形容。我告诫大家说：“虽然只剩下三个坏蛋了，这三个却是最狡猾最顽固的家伙，千万大意不得。我们为了战斗胜利并不怕伤亡；但我们绝不允许因为麻痹大意而造成不应有的伤亡！现在以战斗小组为单位，开始搜索！”

有的民兵问：“要死的还是要活的？”

我说：“最好是抓活的！”

“若是敌人死不投降呢？”

我把握紧的拳头向下一劈说：“那就消灭它！开始行动吧，注意利用地形地物！”

晨雾开始消散，山头从轻纱似的淡雾里露了出来，朝阳染红了这座小荒山。这座荒山虽说不大，山势却十分险恶。怪石横躺竖卧，岩缝里茅草荆棘丛生，根本没有道路，每一步都要仔细观察。我们的手脚胳膊腿，全都叫刺针划破了，沁出了一丝丝的血滴。但渴望着战斗的我们全然不注意这些，心里只有一个念头：消灭敌人！

在接近山头的时候，我发现有一丛茅草被踏倒了。这就是说，有人到过这里。因为在这乱石丛中，随时都可能受到敌人的冷枪射击，我便找了一块巨石作掩护，向四周观察。

阿洪嫂已经提着枪绕上了山头。“海霞！有个山洞！”她向我大声喊道。

“闪开洞口！”

我一边警告她，一边向上攀登。这时四面也都传来了民兵们搜索敌人的喊声。

我接近了山洞右面，阿洪嫂躲在山洞左面。我看见洞口外的茅草被踏倒了一片，就断定洞里藏着敌人，便大声喊道：“陈占鳌！你们被包围啦，赶快投降！不然就把你们统统消灭！”

洞里静悄悄，没有一点声息。

阿洪嫂忍不住了，她说：“别和这些狗杂种们磨牙了！干脆轰死他们！”她把手榴弹举了起来，向上探了一下身子；就在这时，洞口里扫出一梭子冲锋枪子弹，打得阿洪嫂面前的石头上碎石乱迸，火星横飞。阿洪嫂跌到岩石后面去了，我同时也向洞口打了两枪，心想，阿洪嫂可能负伤了。

我正要抢过去救护她，却见阿洪嫂一侧身把手榴弹抛了出去，原来刚才是她的一个假动作，欺骗了敌人——我们这员猛将也会动计谋了。但她的手榴弹丢得不够准，在洞口的岩石上蹦了一下就爆炸了。

洞口里的冲锋枪像急雨一般向外扫射。真是要顽抗到底啦！我一股怒火从心头升向脑门儿，一颗手榴弹正正地抛进洞口，敌人的枪声停了一下，阿洪嫂又接连投进了两颗手榴弹。

烈火浓烟从洞口里喷出来，弥漫在洞口四周。这时从烈火浓烟里滚出一个人来，他身上的火苗虽然滚熄了，却还冒着焦煳味的浓烟。阿洪嫂向他扑了过去，这家伙临死还要作最后挣扎，举起短枪向阿洪嫂射击，我急忙赶过去用刺刀一拨，他的短枪飞出了十米开外。

阿洪嫂气得狠狠地捣了他一枪托，然后抡起枪来又要砸。

“哎呀！饶命吧！我投降！”这家伙翻身起来跪在地上，这就是陈占鳌。

我命令他说：“快向山洞里喊话，叫他们投降！”

满身血污的陈占鳌吓得全身发抖，狼狈不堪地说：“不……不用喊了，都叫……都炸死了！”

我愤愤地说：“这就是顽抗的下场！”

阿洪嫂仍然不相信，她的手榴弹丢光了，又把我的一颗抢了过去，丢进了山洞。爆炸过后，洞里仍无声息，经过搜查，那两个家伙果然被炸死了。

我用刺刀指着陈占鳌说：“走吧！301 还在同心岛等你呢！”

陈占鳌垂下了头，跌跌撞撞地向山下走去。

一轮红日升起在东方，霞云飘飘，霞光万道，好像无数面庆贺我们胜利的彩旗迎风招展；海潮也好像在欢呼跳跃，发出哗哗的笑声。

我们押着这群美帝国主义豢养的走狗，走上沙滩。渔霸陈占鳌、“黑风”大头目和账房先生都相会了。他们一齐被押送往人民的法庭去听候审判。

愤怒的人群都拥到陈占鳌面前，指着他的脑袋骂道：“陈占鳌，你也有今天，整天想抓你抓不到，你倒送上门来了！”

“你算是恶贯满盈了，这次‘黑风’也救不了你啦！”

“先遣纵队司令”陈占鳌，穿着被烧得稀烂的布衫，肥胖的脑袋耷拉到胸口上，像母猪筛糠一样颤抖着走过愤怒的人群。

“黑风”拄着他的木拐，跟在陈占鳌的身后，他也懊丧地垂着头，脸色比吊死鬼还要难看，他的断腿又少了半截。再往后就是那些美帝国主义豢养的亡命之徒的行列。

两旁是端着步枪、威风凛凛的民兵，他们身上还披挂着“运输大队长”送来的美国武器。

人们看着这群狼狈不堪的匪徒，不禁感到有些奇怪：“难道这就是一跺脚同心岛就震动的海霸王陈占鳌吗？难道这就是比凶神恶煞更可恶的‘黑风’海匪吗？难道这就是受过美国训练的武装特务吗？”他们现在比一群落水狗还要狼狈，也比落水狗更令人憎厌。

方书记一边走一边告诉人们说：“毛主席说‘一切反动派都是纸老虎’。像这些家伙还想来碰碰人民的铜墙铁壁，这不是蚂蚁撼大树、鸡蛋碰泰山吗？……不要说美帝国主义、蒋匪帮派这么一点‘草包’来，就是美帝国主义亲自来，也不够我们收拾的！”

双和叔参加战斗回来，感慨万分地对方书记说：“方书记，这几天连续发生了这些事情，我就像从梦里醒过来一样。我革命这些年，想来真是惭愧，我的麻痹思想真的成了敌人的防空洞了。”

方书记严肃地说：“你能认识到这一点，这很好。是呵，我们应该把这看作是一个具有严重意义的教训。在和平的环境里，我们思想上的防线就松弛了，把阶级敌人忘记了。生产是要抓的，但更要抓革命，抓阶级斗争。”他看了一眼在沉思着的双和叔，继续说道：“今天我们消灭了这一伙阶级敌人，但敌人是不会死心的，外海上还停着美帝国主义的军舰，说不定哪一天又会来个张占鳌、李占鳌……”

双和叔长吁了一口气说：“是呵，这次给我的教训很深，不抓阶级斗争，是十分危险的。”

方书记很满意双和叔有了这样的认识。看来他是要趁热打铁，又接着说了下去："'千里长堤，溃于蚁穴。'我们应该保持高度的警惕。今天发生的事情不仅教育了年轻的一代，也告诉我们有过一段革命历史的老同志，更要牢记毛主席的教导：'夺取全国胜利，这只是万里长征走完了第一步。'……"

我出神地听着方书记和双和叔两人的对话，觉得自己也在受教育。正在这时，乡文书陈小元拿着一封信气喘吁吁地跑到我面前说："……福建惠安来信了！"

我急忙打开念道："贵乡来函查询之断了腿的刘阿太，我乡并无此人……"

陈小元一听，全身像撒满了蒺藜，羞愧不安地在我面前，不知是站好还是走好。

我说："小元同志，你想，如果我们早就得到福建的信，那么也早就把敌人抓到手了。你该好好想想这事的严重后果，好在今天我们还没有什么伤亡。"虽然我看他已经很难过的样子，我紧接着还说了几句："对待革命工作，一定要严肃认真，我们绝不能让敌人钻我们的空子……"

陈小元惭愧地垂下头说："让我好好想一想，我实际上是给敌人帮了忙，对不起党对我的培养，明天我就写份检讨书，请求领导给我处分……"

在一旁看着这一切的方书记、双和叔，一直没有说话。双和叔只是拧紧了眉毛，不满地望着陈小元；这时方书记说话了："小元同志，处分是容易的，真正认识错误却不是很容易，你不忙考虑处分不处分的问题，还是好好对照毛主席说的话，先找找自己的思想根源吧！"

第三十四章

严阵以待

在消灭匪特的当天，大成婶和玉秀就来打听大成叔的消息。大成叔到底是死了，还是活着？他和“黑风”又是什么关系？为什么“黑风”对大成婶的底细知道得这样清楚？为什么烟袋荷包又落在这个匪特的手里？

经过对陈占鳌和“黑风”的审讯，总算把事情的经过弄了个水落石出。

海岛解放以后，陈占鳌没有跑掉，他就和尤二狗商量好，万一他被捕挨斗，尤二狗就假装好人，把一切罪过全推给陈占鳌，这样便于骗取群众和政府的信任，隐蔽下来进行破坏活动，因此，在那次斗争陈占鳌的大会上，尤二狗就出来“揭发”。其实这些罪行他不揭发，群众也会揭发，假山下的库房，他不揭露别人也会发现。他之所以出来“揭发”，是为了换取一张改过自新的假皮，把自己伪装起来。结果他们的阴谋得逞了：尤二狗没有被拘留，自由自在，逍遥法外，这时“黑风”正在虎头屿。尤二狗就在一个风雨之夜到了虎头屿，把“黑风”匪帮引上了同心岛，劫走了陈占鳌全家。当时尤二狗也想跟着走，但陈占鳌没有允许他，因为他已经伪装得很好，已经在这里站稳了脚跟，就要他潜伏在这里，像一颗定时炸弹一样埋在这里，等待时机。劫走陈占鳌全家的那次，部队闻讯后就从观潮山赶到沙滩，向海上打了几梭子机枪，打死了几个海匪，也把“黑风”的大腿打伤了，这个匪徒就是在那次截了肢。

盘踞在台湾的蒋匪帮在美帝国主义的支持下，为了实现他们窜犯袭扰大陆的阴谋，开办了特务训练班，搜罗了一些逃亡地主、渔霸，以及海匪流氓等反革命分子，加紧训练，“黑风”就给选上了。他是一个惯匪，除了凶恶残忍狡猾以外，他还具有比较丰富的海洋知识，又加上他是个残废，不易引起人们对他的怀疑，更便于携带收发报机，因为他具有这些条件，所以被作为派遣特务，化装成渔民潜来了海岛。

但是他们也感到打入沿海岛屿并不容易。他们首先觉得为难的是到岛上找什么地方落脚的问题。这些阴险狡猾的匪徒想到最好是选择一个穷苦的渔民家落脚，于是他们便在抓去的一批渔民中挑选。

“黑风”混在被抓去的渔民中，假装也是被抓去的渔民，并被蒋介石匪帮打断了腿，这引起了渔民对他的同情。他又进一步和渔民们说，因为蒋介石匪帮看他是残废，不能当兵，准备送他回大陆去。为了表示患难之交，为了渔民的义气，他让被抓去的渔民把自己的家乡住处全都告诉他，他回大陆后，好去探望他们的亲人。原来陈大成没有被蒋匪打死，而是和其他渔民一道被抓到了台湾。

“黑风”把渔民的家庭情况摸了底之后，认为陈大成最合适，就专门作大成的工作。陈大成是个憨厚耿直的渔民，他哪里能看透敌人的阴谋呢？便把他的全部家底告诉了他的“朋友”。最后“黑风”还要陈大成写封信带着，这样好使大成婶相信；大成是不会写信的，便给大成婶带来了一个信物——她亲手缝的烟袋荷包。

一切都弄到手之后，“黑风”便公开了自己的面目，并且和陈占鳌一起劝诱陈大成参加匪特组织。大成一见上了当，气红了眼睛，抓住“黑风”讨还烟袋荷包，就在这时，“黑风”狞笑一声，说:“留你也没有什么用处了。”当胸给了大成一刀。……

“黑风”根据陈大成提供的线索，伪造了证件公函，混进了福建北上的捕鱼船，然后和东沙岛渔船相遇，就上了东沙岛的船而后转送到同心岛来，一来到同心岛他就和尤二狗挂上了钩。发到福建的第一封信，尤二狗果然交给了“黑风”，这封信并没有引起他们的惊慌，他们把信压了下来，心想如果我们收不到信再去查问，至少还得半个月，认为他们弄到的这段时间满可达到他们的目的了。

他们本想借那次阿洪嫂跌伤的严重事故在民兵思想上引起混乱后，就可以造成袭扰海岛的机会；但他们没有想到我们却知难而进，反而加强了民兵工作。他的主子见偷袭暂且还难以得逞，就命令“黑风”搜集军事情报后，待机逃走。

我和“黑风”在东沙相遇后，他已察觉被我们发现；第二天我们去搜查他的工具箱，对他的震动更大。于是他决定立即寻求脱身之法。他知道我们已对他严密监视，想只身逃走是不可能的，便企图在匪特偷袭海岛的混乱中趁机脱逃，于是他一面通知尤二狗火烧渔业仓库，一面给海上发报，要陈占鳌当晚上岛。

发报后他还不放心，一来怕陈占鳌未必能顺利上岛；二来又怕即使上了岛，他也未必能够安全脱逃。于是他又准备了另一条路：利用他和陈大成一起生活过的那一段得到的情况，来威胁引诱大成婶和玉秀站在他这一边，以备在危急的时候掩护或送他出海。

第三天，同心岛开了祝捷大会，鞭炮齐鸣，锣鼓喧天，欢庆全歼美蒋匪特的胜利。有些人还特意穿上了新衣衫来参加大会，简直像过节办喜事一样热闹。

旺发爷爷及其他参加战斗的群众和民兵们都坐在前排，胸前都挂上一朵光荣花，人们都热烈地为他们鼓掌。方书记在会上讲话，勉励我们民兵，要继续提高警惕，再接再厉，随时准备消灭一切敢于来犯的敌人！

军分区奖给我们民兵连一面大红锦旗，上面绣着“铜墙铁壁”四个金色大字，在阳光下闪着耀眼的光辉。

同心岛最大的祸害陈占鳌抓到了，海匪“黑风”就擒了，哪一个不是欢天喜地、兴高采烈呵！从人们喜气扬扬的声音里，从人们的笑脸上，我看出经常威胁着人们的直接的敌人已经消灭了，至于盘踞在台湾的蒋匪帮和最凶恶的敌人美帝国主义，在人们观念上却并不那么具体，比较淡漠和认为那还相当遥远，因此“大仇已报，可以高枕无忧”的思想，可能在人们的观念中慢慢滋长起来。

就拿我们民兵来说，这一段时间以来，思想工作算是抓得比较紧的了，可是往往还有这样的情形：当大家思想上有敌人的时候，警惕性就高，当思想上没有敌人的时候，任凭你一再讲“提高警惕”，到头来，还是和平麻痹。这说明大家对毛主席伟大的人民战争思想的战略意义，认识还是不够深刻；阶级斗争观念树立得还不够牢固。如果不充分认识到这一点，要做到常备不懈是很困难的。

庆祝大会散会以后，我就和双和叔说："今晚上我想再搞一次紧急集合。"

双和叔十分赞成地说："好，我同意。我们民兵已经经受了战斗的考验，再看看我们的民兵能不能经受住胜利的考验！"然后他又感慨万千地说："海霞，你的工作比我有预见性，想得深，看得远。你成长了，你老练了，比我强，我虽然年龄比你大，资历比你老，但是我落在你后面了，我要赶上去才行！"

我为双和叔诚恳的话语而感动，我更为他的提高和进步感到高兴。自然，我也更想到了自己的不足，便说："双和叔，你不要那样说，你有很多长处是值得我好好学习的。只要我们好好听毛主席的话，我们都会在党的培养下不断提高，不断成长。"

我半夜起身，背上螺号，走到大榕树下。这天正是旧历五月十五，一轮明月正在当空，虽然已近盛夏，海岛的夜晚还是有些凉意。月亮照着沙滩，像是在滩面上撒上了一层薄霜。海湾里白浪滔滔，闪动着银色的光亮，海岛的夜真是静极了。但是我们的海岛是警惕的，只要我的螺号吹响，整个海岛就会立即醒来。

五月的天气多变。说风风到，说雨雨来。这时，一朵乌云从东南角的丛山上升起来，越展越大，漫过海峡，仿佛从波涛上爬了过来。几分钟后，云层便兜起了繁星，吞没了月亮，大地骤然昏暗下来。远处蓝色的电光闪动了一下，跟着就响动了第一阵雷声，隆隆地滚过我的头顶，一阵狂风，卷着潮湿咸腥的海水气味迎面扑了过来。树林山草发出了呼啸声，海潮像发了狂的野兽猛扑着沙滩，已经分不清哪是海洋、哪是岛屿、哪是天空了。陡然间渔村又被一道刺眼的白光照亮，一声炸雷，雨点带着沙子般的硬度打在我的脸上，越下越大，越下越急，接着就是倾盆大雨。就在这时，我的螺号吹响了：

呜——嘟嘟，呜——嘟嘟……

螺号声压过风雨，吹进家家户户的窗口，吹进每个民兵的心里。

冒着倾盆大雨，我们的男女民兵到大榕树下来集合了。双和叔也背着他的驳壳枪来了。

我们的民兵连很快就集合好了，但是有个别的民兵没有来。其中一个就是昨天刚刚写了检讨书的陈小元。各排立即派人去把迟到的民兵叫来了。

有个迟到的民兵不满地说："怎么还要集合？现在还有战斗任务吗？"他倒好像蛮有理呢。可是他也立即受到了好几个民兵的批评："你忘了你是个民兵了？"

这情形真叫我高兴。

陈小元最后才到，双和叔问他说：“小元，你怎么来晚了？”他低着头找了一个不是理由的理由说：“我看书看晚了，睡得迟了，没有听见螺号声；再说敌人已经消灭了，谁会想到还要搞集合。”

双和叔说：“你看的什么书？”

“是你叫我看的有关渔业和农业的书呵。”

“看生产知识的书当然也是必要的，但是不能脱离政治。以后，你还是多多学习毛主席的书吧！”

陈小元迷惑地看看双和叔，奇怪地说：“乡长，你过去可没有对我这样说过呵！”

双和叔说：“过去，过去我是犯了错误，如今我清醒过来了。”并且他双关地说：“你快站到行列里去吧！”

陈小元提着枪跑进了民兵的行列里。

风雨仍然很大，双和叔让我把民兵带到剖海蛎的草棚子里去，这就是“黑风”当理发室的草棚子。

双和叔向大家说：“这样大的风雨，把大家集合起来，你们说，到底是为了什么？”

阿洪嫂说：“为了检查和提高我们民兵的警惕性，随时准备战斗！”

我问道：“陈占鳌、‘黑风’和他们的爪牙已经被我们消灭了，我们还要不要随时准备战斗？”

“……”

民兵们你看我，我看你，没有人立即回答这个问题，都在凝神思索着正确的答案。

陈小元说：“既然陈占鳌、‘黑风’和他们的爪牙被我们消灭了，那还有什么战斗？”

采珠忽然起来反驳说：“这话不对，我们手里的枪可不只是对付他们几个匪特的，这一伙匪特消灭了，你不能说不会又来一批；而且，我们还要对付帝国主义！”她说得多好！她的成长又多快！她起来反驳陈小元，使大家都感到意外，我高兴得直想过去抱紧她。

陈小元羞愧地垂下头去。

我说：“采珠说得对，只要帝国主义存在一天，我们就要随时准备战斗！我们既然是民兵，就要时刻准备打，把‘打’字挂在心上！”

双和叔说：“民兵同志们，我在民兵工作上曾经犯过错误，区委方书记和乡的支部委员们都对我进行了多次的批评。我学习了毛主席关于人民战争的一些文章，我才深深体会到：一个人不好好学习马列主义、毛主席著作，脱离了政治，眼睛就会瞎，耳朵就会聋，就会迷失方向，就会犯错误。从前由于我只抓生产，只抓业务，忽视了政治，所以我就把枪杆子给忘掉了。我们民兵在战争中的地位和作用是什么呢？

“民兵是战争中的强大的后备兵源；人民战争是置一切敌人于死地的天罗地网，我们民兵就是这个天罗地网的重要组成部分；民兵是巩固后方和支援前线的强大力量！……国内外的阶级敌人不甘心于他们的失败，他们还要捣乱，还想颠覆我们伟大的社会主义祖国，我们要随时准备战斗，消灭一切敢于来犯的敌人！我们是靠枪杆子打天下的，我们也要靠枪杆子保天下，谁要是忘了枪杆子，谁就会犯重大的错误！”

全体民兵对双和叔的讲话，也是对他的巨大转变，报以热烈的掌声。

陈小元在民兵队伍解散之后，诚心诚意地对我说：“海霞连长，毛主席的书我也看过，关于民兵工作的报告我也听过，就是记不住……”

我说：“这可是个大问题，为什么会记不住呢？同志，这不是记得住记不住的问题，而是头脑里有没有阶级斗争观念的问题。你有了阶级斗争观念，就会字字印在你心坎上；要是没有呢，那就像你说的那样，‘记不住’了。你也不要以为看得懂就行了，重要的是按照毛主席说的话去做，俗话说‘大海有鱼千万担，不撒渔网打不到鱼’。学习是为了指导行动，不是懂了就算，这一点你还得向采珠学习呢！”

“好，这次不写检讨书了，我要写一份挑战书……”

我故意问：“给谁呢？”

“给……给一个民兵呗。”

我笑笑说：“是不是给今天会上批评你，说你讲的不对的那个民兵呵？”

陈小元也顽皮地说：“这是个军事秘密。”

陈小元的转变也使我非常高兴。我想，如果有人问我：“你们海岛的民兵怎么样？”我就可以大胆地说：“放心吧，只要我们时刻按照毛主席的话去做，我们的民兵是经得起一切考验的！”

第三十五章

——

尾声

13 次列车进了站，我们民兵的故事也告一段落。

秀珍大婶沉思了一会儿说：“海霞，你们民兵连的成长，证明了一个真理——按照毛主席的教导做，沿着毛主席的革命路线走，就一定会取得胜利。你们所取得的成就，也充分证明了毛主席人民战争思想的英明、伟大。毛主席说：‘真正的铜墙铁壁是什么？是群众，是千百万真心实意地拥护革命的群众。这是真正的铜墙铁壁，什么力量也打不破的，完全打不破的。反革命打不破我们，我们却要打破反革命。……’

“陈占鳌、‘黑风’、尤二狗……他们和一切反动派一样，虽然狡猾凶残，如果我们时刻保持高度的革命警惕性，他们能有什么作为呢？只能在我们的铜墙铁壁上碰得头破血流。”

代表们都沉默着，思考着秀珍大婶的话，也思索着我们民兵走过的战斗的里程。

列车长鸣一声，出了车站，又继续在祖国的春天的原野上行进。

我就要和同车的伙伴们分手了。我就要和我们的民兵连见面了，我要把我所见到的、听到的和想到的一切，统统告诉他们。

第三天早晨，我回到了同心岛。这时旭日刚刚升起，万道金光照耀着碧海，千帆竞飞，群鸥乱舞。我看到我们的民兵了。他们披一身朝霞向我跑来。

他们一齐拥到我的身边，异口同声地急切问道：“你见到伟大领袖毛主席了？”

我充满幸福地回答说：“见到了，见到了！毛主席还和我们握了手呢！”

他们一听，立即欢呼着，呼啦一下子把我围了起来，几十只手一齐伸到我的面前。

“快！快把你的手伸出来，让我们握一握！”

伟大领袖毛主席呵，您的手是为劳动人民造福的手；是改天换地、扭转乾坤的手；是指引革命走向胜利的手呵！和您握过手的人，是无限幸福的！于是我和我们连的民兵们都握了手，让他们分享我的幸福和欢乐。

当我讲到会见毛主席的情景和毛主席身体非常非常健康的时候，立即掀起了震天撼地的欢呼声：

“毛主席万岁！”

“毛主席万万岁！”

欢呼声响彻云霄，传向远方，引得高山大海都起了回声。

所有民兵的脸上都露出了无比幸福的笑容，大家由衷地说：“这是全国人民的幸福，也是全世界人民的幸福呵！”从他们万分激动的声调中，可以听出，他们对伟大领袖有着多么深厚的无产阶级的感情呵！

阿洪嫂关心地问我：“我们叫你捎的话，给我们捎到了没有呵？”

这叫我怎么说呢？

在见到毛主席之前，我曾把大家的话翻来覆去背诵了上千遍：“敬爱的毛主席！我们同心岛的全体民兵向您问好！并且向您保证：积极生产，加强战备，紧握手中武器，时时刻刻准备战斗，消灭一切敢于来犯的敌人！”

可是，当我见到毛主席的时候，千言万语都一齐拥到喉头，化成了满眶激动的热泪。我一句话也说不出来。

云香问我：“你见了毛主席之后，你想了些什么？”

我说：“这叫我几句话怎么能说得完呢？见到了毛主席，这是我最大的幸福，是我终身难忘的幸福。我激动得几夜都睡不着觉，多少往事一齐拥向心头，甜的，苦的，快乐的，悲伤的，……一个吃草根、穿破衣，受人欺侮、挨尽打骂的穷孩子，能有今天，不是从地狱一步登上天堂了吗？……

“当时，我多么想跑到毛主席他老人家的面前，向他诉说永远也说不完的感激呵：

“这最大的幸福和崇高的荣誉使我振奋鼓舞，也使我羞愧不安，我想：自从解放那一天起，自从我站在党的红旗下，高举紧握的拳头向党庄严宣誓的那一天起，我是多么想多多为党为人民做些工作呵，我恨不能立时生出十双手来。

“今天，我觉得我为党做的工作太少了，真是太少了，比起党对我的恩情来，党给我的是大海，我给党的不过是大海中的一滴水，我时时刻刻在想，我要做些什么事情来报答党的恩情呢？

“民兵同志们，怎么来报答党对我们的恩情呢？每一个人都应该用自己的行动，向我们敬爱的领袖、伟大的党作出回答！”

我和我们连的民兵们肩并着肩，手拉着手，一齐阔步前进，放声高唱：

我们是民兵，
个个思想红；
保卫祖国建设祖国，
嗨！处处显威风！
生产是能手，
打仗是英雄；
能文能武全民皆兵，
嗨！力量大无穷！

我们的歌声雄壮响亮。它追逐着云朵，激溅着浪花，在天空和海上飘荡，飘荡……

ISBN 978-7-5171-3668-2

9 787517 136682 >

定价：65.00 元